曲水流觞
QUSHUILIUSHANG

时代出版传媒股份有限公司
安徽文艺出版社

张永中——著

张永中，安徽枞阳人，毕业于中南大学，冶金工程硕士，高级工程师，安徽省作家协会会员。先后从事过企业技术、生产、党建、运营改善和管理等工作，发表专业技术、政研类论文数十篇，获管理创新、技术创新成果及国家专利多项。业余时间创作，在各类报刊杂志发表作品数十万字，文章曾荣获全国报纸副刊年度美文、安徽省作家协会"国口杯"江南散文大奖、马鞍山市政府太白文学奖、马鞍山市作家协会散文大赛一等奖、中国宝武集团散文类主题征文一等奖等。

曲水流觞

QUSHUI LIUSHANG

张永中——著

图书在版编目（CIP）数据

曲水流觞/张永中著.—合肥：安徽文艺出版社,2023.10
ISBN 978-7-5396-7846-7

Ⅰ.①曲… Ⅱ.①张… Ⅲ.①散文集－中国－当代
Ⅳ.①I267

中国国家版本馆 CIP 数据核字(2023)第 171010 号

出 版 人：姚　巍
责任编辑：胡　莉　　　　　　装帧设计：熙宇文化

出版发行：安徽文艺出版社　　www.awpub.com
地　　址：合肥市翡翠路 1118 号　　邮政编码：230071
营 销 部：(0551)63533889
印　　制：合肥创新印务有限公司　　(0551)64391446

开本：710×1010　1/16　印张：21　字数：330 千字
版次：2023 年 10 月第 1 版
印次：2023 年 10 月第 1 次印刷
定价：59.80 元

（如发现印装质量问题，影响阅读，请与出版社联系调换）
版权所有，侵权必究

目录 CONTENTS

序1 一个有"背景"和"靠山"的人 韦金山 / 001
序2 在路上 荣健 / 004

古韵跫音

曲水流觞 / 003

春天里 / 008

瓷坛 / 011

岁月流金 / 013

古韵跫音 / 015

先秦诸子漫话 / 021

窗外物语 / 028

慢城 / 033

街·园·山 / 035

春天里的叩拜 / 040

落叶 / 042

香樟,香樟 / 044

花不迷人人自迷 / 049

雪之韵 / 051

相见散章 / 053

美不自美，因人而彰 / 056

活着 / 058

往事不如烟 / 062

走过的那座山 / 065

写在秋天 / 068

寻找烟墩山 / 071

再寻烟墩山 / 073

一只鸟 / 075

泰国印象 / 077

花未全开 / 084

黄山偶记 / 086

深山观云 / 089

面朝大江 / 091

深秋的雨 / 093

文化标本 / 095

山花烂漫 / 097

走在路上 / 099

千江有水千江月 / 101

英语老师 / 103

最是武学能致远 / 105

青春之歌 / 110

秋夜思 / 112

四时相催迫 / 114

水墨居 / 116

天使之水 / 118

独行女孩 / 121

失约古徽道 / 123

依依杨柳 / 125

归兮，江东 / 127

一份报，一世情 / 129

墟里樵歌 / 131

梅山 / 133

人性杂说

上士愚公 / 139

虚幻的真实 / 141

人性杂说 / 143

指月之喻 / 145

沈括的梦 / 147

胆识杂侃 / 149

卑微 / 151

有笼必有鸟 / 152

暗物质 / 154

运动之说 / 156

坐标之说 / 158

登高望远 / 160

一蓑烟雨任平生 / 162

我见青山多妩媚 / 164

扫地 / 166

等待 / 168

转身 / 170

第一与第七 / 172

公园的门 / 174

时间窗口 / 176

道德绑架 / 178

爆竹之说 / 180

猫和老鼠新解 / 182

角度 / 184

历史的天空 / 186

花未全开月未圆 / 188

认识你自己 / 190

用未来思考今天 / 192

低碳年代 / 194

沧海啸 / 196

物含妙理总堪寻 / 198

赛车 / 200

蚁 / 202

司马光的破与立 / 204

地球仪 / 206

树上有几只鸟 / 208

别了,菲尔普斯 / 210

给心灵一点空间 / 212

穿越 / 214

年味随感 / 216

多元的真实 / 218

年轮 / 220

日新为道 / 222

旦复旦兮 / 224

道不远人 / 226

你若安好,月壤自来 / 228

新年序章 / 230

犇 / 232

书香静气

尘眼看读书 / 237

书香静气 / 239

善行者无迹 / 241

在路上 / 243

向善而生 / 245

泥上偶然留指爪 / 247

人间有味是清欢 / 249

阅读力 / 252

历史没有局外人 / 254

美的巡礼 / 256

带着地球去流浪 / 258

让历史告诉未来 / 260

钢铁精神 / 262

皮囊之读 / 264

中庸之道下的底线 / 266

奇迹,从仰望星空中走来 / 269

时间都去哪儿了 / 271

从哪里来,到哪里去 / 273

吃些"五谷杂粮" / 275

行走的阅读 / 277

选几本故书做至交 / 279

谈读书的体系性 / 281

书房变迁曲 / 283

烟雨桃核山

  桥 / 287

  烟雨桃核山 / 291

  找寻 / 293

  最难的永远不是技术 / 295

  别了,圆通大师 / 297

  烟囱不冒烟了 / 299

  三遇小孟 / 301

  橘子洲头感怀 / 303

  桃核山 / 306

  在皖南宣誓 / 308

  谁与祖国同呼吸 / 310

  幸福路1号 / 312

  一江春水向东流 / 316

后记 / 320

序 1

一个有"背景"和"靠山"的人

韦金山

马钢是个大的钢铁企业,高耸的厂房、飞溅的钢花,气势雄壮,每行其中,气为之夺。我有幸在马钢工作了二十多年,每当骑行于厂区,我知道,在那高大的厂房间、铁轨旁、高炉前,每个职工就像精密的仪器被安放在一个个小房间里,他们操控着按钮,指挥着巨大的设备运转。他们就如巨大设备中的一个个小零件,按章操作,不可违规。

但人是有情感和思想的,不可能等同于毫无感觉的零件,他们有人的苦闷和喜忧,有人的复杂心理和情感需求。我想,他们就是作为零件,也是有情感的零件,但职业的要求又让他们不得逾规,于是许多人,特别是才走上工作岗位的年轻人,苦闷之余都捧起了书本,他们要用书本拓展眼界,提升精神,超越庸常的生活。不用说,年轻时永中也是其中一员。

我和永中很熟悉,他为人谦逊、温和,眉宇间总是挂着淡淡的忧思。这是传统读书人的神情:守静而致虚,笃志而忧世。

永中喜爱读书,是发自内心的,因喜爱读书,才把书当成最重要的宝贝、最大的财富。大学毕业到单位报道,他背的就是一摞摞的书,经常为如何安置书而苦恼,读他的《书房变迁曲》,我想,每一个读书人当能深切体会其中的悲喜交集,心爱的书因无处安放被老鼠咬成碎片时,那种心痛沮丧,和财主丢失财富没什么分别。最后终于有了独立书房,仿佛对自己有了一个交代:书的适宜归属,也让自己的精神结束了漂泊之旅。

我没到永中家去过,没参观过他藏书丰富的书橱,从他拍的照片背景中只看到书橱一角,惊鸿一瞥,我仿佛看到他文中所说的"超级大书橱",庄重、典雅、大气、深邃，让人油然而生敬畏之心。坐于书橱前，他精神富足，书气满身，神游天外，世俗之念顿消。由此我知道，永中是一个有"背景"和"靠山"的人。

永中是理科生，理科生的思维严密、做事精益求精的特点，也被他用在了读书上。永中读书绝不赶时髦，他喜爱看文史哲和经典名篇，很少看心灵鸡汤类的文章，这决定了他阅读的品位和高度。同时，他读书不是泛泛涉猎，而是系统地去读，唯恐所得不全、所思不深。就拿《先秦诸子漫话》这篇来说吧，先秦诸子，号称百家，他能深入其中，深研其理，并能轻松跳出，来"漫话"一下，进得去，出得来，难能可贵。《奇迹，从仰望星空中走来》是永中再读《时间简史》写的一篇读后感，我为什么单把这篇文章提出来呢？因为我也读过此书，拿到手后，因为理论太过高深，我的物理知识不够，翻了几页就读不下去了。毕飞宇说，世上能读懂此书的只有六个半人，可见此书之艰涩和深奥。而永中不仅能读下去，还有兴趣再读一遍，还能得到精神的愉悦享受，没有读书的"钻"劲，很难做到。毕飞宇如果知道，可能要说，世间读懂此书的应有七个半人了。

读书的系统性是永中读书的特色，但他到底不是为了学问而学问，他读书，更多地是在享受读书的乐趣，开心智，长见识，所以他读书还有另一特色，就是庞杂，只要有益身心、丰富心灵的书，他都愿意读。这从他所写的读书心得中可以看出。人物传记、小说、美学文章，这些被统称为"五谷杂粮"的书和文章，构成了永中阅读中的另一面。这也说明，永中不是一个迂腐固执之人，不是陷于偏见之人，而是有着洞悉世事后的豁然，人情练达后的达观。

古人说，读万卷书，行万里路。永中书读得多了，也常出去走走。他到过泰国，到过太行山、黄山，都写了游记。这些游记与平常所看的游记不同，因为它的"小"。平常看到的那些游记，往往都往大了写：要么介绍一番当地的历史，上下几千年，再加一些辞藻华丽的景观描写、夸张而不走心的赞叹；要么写当地的典故与传说，弄得如资料的堆砌，和景区介绍无两样。永中全然抛开这些，只写他眼中的当地，带有个人的印迹，谁能想到《泰国印记》中，永中写的是当地人喝水、讲话，甚至是房间中的壁虎。这正是永中的独特之处，唯其小,见其真。

永中不是社会工作者,他生活的主要范围还是家庭和单位,偶尔外出也是来去匆匆,不可能深入某地长时间体验。好在他不急,书本已经给了他一双慧眼,让他能从熟悉的地方看到别样的风景。

生活需要诗和远方,但永中知道,远方并不是地理意义上的远方,而是志存高远、超越庸常生活的能力。远方有时不在远,而在近;不在高,而在低。翻开《曲水流觞》,书中许多文章写的都是作者身边的景和物,他写单位门口一座桥,他写单位后面的核桃山,他写天天走的"幸福路",都是大家司空见惯的场景,而永中就是在这种平凡的场景中,写出了新意,写出了与众不同,让平凡的事物焕发出别样的光彩。于熟悉的地方看出风景,这是能力,更是审美。因为有书香的氤氲、学识的沉淀,永中有了"四面环山皆入画,一年无日不看花"的发现和写作能力。

永中虽读了许多书,写出的文章却从不掉书袋,不故作高深,不发惊人之语。此书收录文章皆不长,可看出都是作者率性而写,信手拈来,读之亲切有趣,实难想象是出自一位理科男之手。

《曲水流觞》可看作是作者的读书史、生活史,也是他的成长史、心灵史。祝愿永中写出更好的作品,丰富他的生活,也丰富我们的生活。他肯定能写出,别忘了,他是一个有"背景"和"靠山"的人。

(韦金山,《作家天地》杂志社社长,马鞍山市作协主席。)

序 2

在 路 上
荣　健

素知永中一直勤学善思、笔耕不辍,但拿到这本300多页的沉甸甸的书稿,读完收录于其中的近150篇文章,心里还是生出些意外和感动。意外的是知其勤奋而不知其勤奋如斯,知其进步而不知其精进如斯;感动的是历经波折、变动,他初心不改、情怀依然。

我与永中因文字相识,其后因文因人愈交愈笃。多年前,我就曾说,在永中不甚高大的身躯里隐隐有中国传统"士"的影子,他的文字里时时折射出"士"之风骨。现在,我更加坚定了这个判断。

或许这与永中的经历有关。

永中的家乡在安徽枞阳,地处皖南。唐宋以降,皖南一直是中国文化重镇,不论城乡,无论贵贱,耕读传家、诗礼兴家的思想深入乡人骨髓。这在永中父亲的身上可以得到验证。在《走过的那座山》中,"山"成为一种意象。永中写道:"我似乎看到父亲伛偻的身影在那里晃动。他正挑着担子走村串户,吆喝着收买鸡蛋,做着辛苦的小生意。""他一直引以为豪的是我的学习刻苦、成绩优异,以全校第二名的成绩考进浮山中学。那是一所省属重点高中。我知道父辈的希冀,常常暗下决心,决不辜负父亲肩上沉甸甸的担子。"对于父辈而言,这份希冀,既是对子女的爱,也蕴含着一种文化传承的期盼。对于永中而言,希冀如山也意味着责任如山,激励他在人生的道路上坚韧有力地走下去。

这种责任感体现在工作中,就是敬业,这也是永中在技术、政工、企业管理等各个岗位都有突出表现的原因。当这种责任感化为文字,便有着"人生不满百,常怀千岁忧"的家国情怀,便有了由"小我"至"大我"的人文关怀。

大凡好的文字,都有理有情。这在永中的文字中,已有体现。

"理"之要,在于"意""思"。

意犹帅也,无帅之兵、之众是散兵游勇,东晃西荡,难成气候。立意有高下之分。"墨子的理想虽然有侠义式的崇高,但毕竟'乌托邦'意味太浓,践行很难。"(《先秦诸子漫话》)在反思中剖析中国传统文化的韧性与惰性,在幽微处探寻人性中的猛虎与蔷薇,并赋予其时代观照和现实意义,以达到扬弃赓续、向上向善之目的。这个宏大的"意"在书中或明或暗多有呈现,令人印象深刻。这也是我说永中有"士"之风采的原因。

学而不思则罔。思必有的放矢,这个"的"即为"意"。若再能独出机杼,发人所未发,予人以启迪,则更胜一筹。"人类文明中,有很多孔融让梨式的美德,作为一种和谐的因子、德行的航标,应当而且必须提倡,这是文明的必然。但是,社会之治,不能完全寄希望于此。"(《人性杂说》)"但凡世间的物景,都是因人而生,因人而异,因人而深刻,因人而灿烂的。唯有依存于滚滚红尘,自然界才有完美,才有灵性,才有和谐。"(《我见青山多妩媚》)诸如此类的反思、哲思在书中俯拾皆是,尽管有些观点值得探讨、挖掘,但确实反映出他在努力跳出前人窠臼,以自抒之胸臆引发读者之思悟。

"情"之要,在于"真""心"。

夫缀文者情动而辞发。情动于心,笔下含情,切不可无病呻吟。文章情真意切,富有真情实感,观文者方能入情。在永中笔下,亲情友情、人文关怀,因其真而令人感动;江山胜迹、旧人故事,因其真而引人共鸣。我特别喜欢他关于故乡、关于亲人的几篇文字。"老香樟卖掉的第二年,老屋也拆了。离开了老屋,母亲的身体开始变差,父亲的心脏的老毛病也常犯。母亲在一个晚秋的深夜,静静地走了,走完了她八十三年的生命历程。父亲在母亲去世后不到两年,也离我们而去。从此,老屋场上,便是空荡荡一片。只有老栎树还在那里,孤零零的,陪着满地的野草,竞相疯长。"这篇《香樟,香樟》我读了好几遍,读着读着,一些人、一些事便不由自主地涌入了脑海,让我模糊了双眼。

古人评价杜甫的写作态度,是"搏象用全力,搏兔亦用全力"。杜甫也说:"文章千古事,得失寸心知。"提笔须先有敬畏之心:对文字敬畏,谋篇布局、遣词造句断不能敷衍了事;对读者敬畏,切不可端着架子、居高临下。平心而论,由于是理工科出身,且偏于说理,他初期的文章往往过于着意逻辑的演绎与观点的表述,读起来有些晦涩;在字句的锤炼、文章的起承转合方面也还有进一步提升的空间。但在这本心怀敬畏之心、经过精雕细琢的集子里,明显感觉到他在思想、视野、学识以及表达技巧上的精进,而且从中可以看出他已经逐步形成了自己的创作风格——化繁为简,真实自然。以《古韵跫音》这篇文章为例,从马鞍山市三处名胜凌家滩文化遗址、翠螺山、古昭关说开去,由景及人,从古至今,文字自然,结构简单明了,说理纵横开合,俨然已成气象。其余如《曲水流觞》《烟雨桃核山》等等,俱为佳作。

这几年,各自忙于工作,我与永中相聚不多。此次永中嘱我作序,心中倍感惶恐,只怕才不足以称心,文不足以达意。但好友有托,只有勉力为之。

善行者无迹,至简者致远。对于永中的创作发展之路,我充满信心和期待。正如永中所言:"写作不仅仅是写作,写作的背后,其实是思想的历练、心灵的梳理、阅读的喷吐、情感的表达,写作就是一种人生修炼。"真诚希望永中能够创作出更多有理有情的文字,修炼出更多发光发热的成果。

是为序。

(荣健,安徽省作家协会会员,马钢新闻中心采编部主任。)

古韵跫音
GUYUN QIONGYIN

曲 水 流 觞

一

走进绍兴，让人有点眼花缭乱。这里，历史的气息太过炽烈了。

兰渚山不高，但竹林清幽，古木参天；兰亭江不泓，但静谧委婉，清澈潺潺。在鹅池边，仍能听到白色的精灵们"曲项向天歌"。伴随着"歌"声，是红掌拨弄出的清波与诗情，承延了历史的跫音。康熙帝御笔所题的"兰亭"碑，却是"兰"字缺尾，"亭"字缺头，写满了沧桑与苦难。看着修葺过的碑石，禁不住想，历史深处，其实真正伟大、永恒的，不是什么帝王将相，而是文化的血脉与光辉。

流觞亭里，看那曲水仍在款款地流淌着，两岸的石头犬牙交错，仿佛让人看到了公元353年的那场盛会。一群文人雅士，纵情山水，游心翰墨，分坐在曲水之滨。觞自源流处荡出，一路跌跌撞撞，在曲折的水域里且行且停。觞偶然留驻，瞬间，欢呼喝彩声响起。坐跪在那里的雅士，慌忙起身作揖，低头搔首，接着便是吟诗作对，口吐莲花。作不出诗，那便只好饮酒三觥了。觞就这样漂漂停停，顺着曲曲折折的水流，成就了一个又一个诗文的"驿站"……

那天，王羲之举觞成诗，兴致极高。酒酣之余，他看着十五首即兴的新鲜诗作，情不能抑。公推之下，他铺开了纸卷，泼墨挥毫，即兴写下了《兰亭集序》，一气呵成。这看似寻常的举动，却拨动了中华文化的一根重要琴弦，刻下了一个永久性的坐标原点——神来之笔，开辟了中华书法史的一个新纪元，成为千古绝唱！

书圣，连同他的兰亭，就此铸就了一座高山仰止式的山峰，塑造出了中华文明的一个新骨骼。书法史上的贝多芬，文化世界里的达·芬奇，在兰亭！

二

兰亭共流觞,禹庙争奉牲。从兰亭向东看,却是另一座山峰——会稽山。那里,有大禹的足迹。

从东晋溯源到上古,回望着历史的光年,不得不让人感叹,其实,一部中华文明史,就是一部"曲水流觞"史。文明是水流,历史是曲渠,自上而下,水韵悠悠。每及流觞结穴处,就有一个文化的"驿站"出现,那里,总会有一位历史诗篇的"扛鼎人"在等待。中华文明,就因为有了这些文化接力者,才有了如此恢宏的格局与气象。

扛鼎人,王羲之是,大禹更是。并且,大禹是站在曲水流觞的源头位置的,他写就了开源性的"诗篇"。

拜谒大禹陵,其实就是一个朝圣的心灵洗礼的历程。

这里,地势开阔,青峰隐隐,水木含秀。大禹的塑像,风尘仆仆的,似从上古的时代一路走来,站在了会稽山的峰顶。那深邃的目光和刚毅之躯,让人感受到了中华"始祖"的那份辛劳、威严与博爱。

禹陵、禹祠、禹庙,逐一地拜谒过去,虔诚与敬畏的心扉,愈加地紧了起来。莽荒的上古,洪水横流,泛滥成灾,生灵涂炭。当治水的接力棒传到大禹手中时,禹是"思天下溺者如己之溺,劳身焦思,过家门不入,胼手胝足,形体枯槁"。治水,关键是要有效,是要有一劳永逸的功勋。在"疏"的智慧下,大禹终是"披九山,通九泽,决九河,定九州"了。

芒芒禹迹,划为九州。如果仅仅是治水之功,禹就不可能是"禹"了,也谈不上"曲水流觞"的首创者了。其实,禹的伟大,治水只居其一,更鲜明的是"精神",是中华一统的大格局形成!无私与爱民、勤劳与俭朴、不屈与坚忍、创新与实践……乃禹之本原与精髓,这些都融入了中华的血脉当中。禹的精神力量感召了日月,教化了万民,终使华夷成了华夏民族。涂山大会,防风氏问斩,万德归心,"四海之内,舟车所至,莫不宾服",宣告了中华民族的初始时代来临!

会稽山祭禹,如今已成了中华儿女每年的一大盛事。其实,这种大祭,不只是一种慎终追远,更多的是在祭拜一种精神,一种已根植于中华儿女体内的共同的精神操守!

三

移目会稽山,再看那流觞往下漂浮,从上古,穿越两晋,悠荡而下。站在绍兴,毫无疑问,接下来的觞点就是南宋的陆放翁了。

陆放翁的曲水流觞演绎地,当然是沈园了——一个感天动地的千古"爱园",一个诗与情的交融地。

走进沈园,满眼的亭台楼阁,飞檐垂角,小桥流水——一座精美的宋代园林。陆放翁馆展示了他的天才诗歌与跌宕人生,面对那个偏安一隅的南宋软弱小朝廷,陆游表现出的是"上马击狂胡,下马草军书"的那份报国情怀……

只是,这雕梁画栋的锦绣风景里,飘荡的主题音乐却不是"沙场秋点兵"的豪放与旷达,而是千回百转的凄婉与哀怨,是"执手相看泪眼"的那份无奈。

陆游与唐琬,中华情爱史上一个代表性的符号!

沈园之夜,再现了862年前那个春天的一幕。陆游与唐琬,这对昔日的情深伉俪,在沈园邂逅。但昨是今非,伊人已成他人妇,伴随夫君,近在咫尺,却似天涯。看着伊人隔空送来的酒菜,心为之恸,情为之怆,不能自抑。谁之过?棒打鸳鸯的"礼教",光宗耀祖、无后为大的观念……

情何以堪?只有一曲《钗头凤》在心头宣泄,赫然上墙:

红酥手,黄縢酒,满城春色宫墙柳。东风恶,欢情薄,一怀愁绪,几年离索。错!错!错! 春如旧,人空瘦,泪痕红浥鲛绡透。桃花落,闲池阁,山盟虽在,锦书难托。莫!莫!莫!

翌年,唐琬重游沈园,读了陆游的题词,悲怆万千,禁不住提笔泪和,另一首《钗头凤》杜鹃泣血般刻在了墙上:

世情薄,人情恶,雨送黄昏花易落。晓风干,泪痕残,欲笺心事,独语斜阑。难!难!难! 人成各,今非昨,病魂常似秋千索。角声寒,夜阑珊,怕人寻问,咽泪装欢。瞒！瞒！瞒！

唐琬血泪诉说了对陆游的无限思念。她肝肠寸断,幽思成疾,历此心灵的刺激,不久便香消玉殒,在忧郁中辞世。故事凄怆至此,并没有结束。此后的岁月中,陆放翁数度重游沈园,追寻着伊人的足迹,留下大量的思念诗篇。去世前的那一年,八十四岁高龄的他,最后一次来沈园,依然伤感无限,写下诗篇,真是一生情痴处,思梦在沈园。

沈园的爱,留下了那个时代的"原罪",幻化成了一种无形的"情爱化石",使中华文化史中多了一份荡气回肠的爱与缺憾的美。

四

当时空由大宋流转到清末民初,人们定会惊呼,流觞在鲁迅那里停了下来。这一刻,是鲁迅站起身高吟的时候了。

鲁迅故里充满了"鲁迅"的元素。我们从"民族脊梁"四个大字前经过,走进咸亨酒店,走进三味书屋,走进百草园,也走近了鲁迅。

咸亨酒店里,"三月六日孔乙己欠十九钱"的牌子分外惹眼,茴香豆已成了招牌的小吃……鲁迅让孔乙己成了"名人",塑像立在门口,名头颇响。其实,孔乙己的身后,不是酒店,也不是所欠下的文钱,而是黑暗,是腐朽,是一个时代……

三味书屋仍在那里,松鹿图完好地挂着,屋后园子里的蜡梅与桂花树也依旧枝繁叶茂;百草园里,有几畦菜地,光滑的石井栏,高大的皂荚树,斑驳陆离的墙壁……一如鲁迅笔下的风情。

百草园并无奇异之处,天下类似的园子可能不计其数。但是,天下没有第二个鲁迅。鲁迅吃了百草园的"草",挤出了"牛奶"似的文章,横眉冷对千夫指,成为一名时代的勇敢"斗士",这便让百草园与众不同,有了质的升华。

对于鲁迅,评价之多,已是溢满中华了。鲁迅的骨头是硬的,鲁迅的文章开时代之先,作为文学家、思想家,作为文化新军伟大、英勇的旗手,实至名归。他在中国文化史上树立起了一座丰碑,他唤醒的是一个时代和整个民族的灵魂。

但时代的发展、思想的演化,也让鲁迅在互联网时代遭遇了一些质疑,质疑他的尖酸与刻薄、"狭隘"与"残忍"。站在鲁迅的故里,深觉这只是一个伪命题,不值一驳。鲁迅用他犀利的笔锋,在剥开那个时代残忍阴暗一面的同时,也剥开了国民的劣根性,其目的只是想从人性的角度,不懈地呼唤中华民族的一片艳阳天。

鲁迅以笔为枪,在曲水流觞的规则中,亮出巅峰诗篇,成为中华民族的脊梁,那是一种永恒!

春 天 里

一

去山野看春天。

明媚的阳光下,草木吐翠,花卉竞艳。田间地头到处蝶舞蛙鸣,水潆土软,英英相杂,绵绵成趣。不时有鸟儿展翅滑过,留下几声动听的歌谣。油菜花热情奔放地开着,金灿灿的,铺满了整个山坡。花丛间,数不清的蜜蜂穿梭其中,忙碌在蕊瓣上,嗡嗡作鸣,正在合奏着春天的交响曲……

春的气息,在万物的萌动中袅袅升腾,涂抹出山野缤纷多彩的新装。

这样的境地,总会如期而至,年复一年,似乎在复制着某种永恒。但每每踏寻,又不得不感叹:年年岁岁景相似,岁岁年年春不同,每个春天,都是唯一的,是万难克隆无法拷贝的唯一。在生命的长河中,春一头系着万物的轮回,一头连着人生长廊的某个阈值。

踏着山野的草木,无数美好的记忆碎片在眼前复苏。

二

小时候,每每草长莺飞的日子,放学的铃声一响,便是我走进田野采草的时候。

那时家贫,为了生计,母亲养了不少的鸡、鸭、猪、鹅。这些家养动物,都需要食料。野外的花苗根草,是很好的免费饲料,也是大自然的特有馈赠。

春天的田野,远比课堂有吸引力。空气中弥漫着泥土的芳香,青蛙的鸣叫声此起彼伏,蜜蜂、蝴蝶在花间游走,阡陌沟野上花草葳蕤,翠色欲滴。来采草的小伙伴不少,大家竞相铲草,比着篮子里的收获,动作一个比一个迅速。但采着采着,就玩到了一起。抓田蟹,捅蛇洞,捕蝴蝶,甚而玩起了弹子,打起了野仗。后来,有人偷偷带来了扑克,我们在偏僻的野地里席地而坐,玩起野外调主 40 分(一种牌类游戏)。一圈人玩牌,一圈人围观,一圈人争论,大家面红耳赤,喧哗声在田野荡漾。只是,玩得天昏地暗的时候,忘记了篮内还是空空如也。

夜幕降临时,母亲们喊吃饭的声音此起彼伏,这时,大家不免心慌起来,草草收场,一个个拎起篮子,胡乱抓几把草,偷偷溜回家。不久便传来母亲们的责骂声,小伙伴们的哭喊声。只是,过不了几天,同样的场景又在田间上演。

彼时,孩童的快乐,如野外的春风,激荡在乡野大地。

三

春风化雨,这个节气中,感觉颇为神圣的东西莫过于茶了。落日平台上,春风啜茗时。薄暮初起,如鸟般归巢,卸去了白日里的伪装。沏茶,观茶色,闻茶香,让茶汤在舌尖上滚动,唇齿回甘,意蕴幽幽。茶香袅袅中,一天的疲乏也随之渐渐褪去,心就跟着静了下来。

我极喜品茗。我常常在春天里去看茶,曾去太平湖两岸寻觅黄山毛峰的新芽,去西湖灵隐寺后看龙井茶庄的精致,去舒城看九一六茶场小兰花的渊源,去峨桥欣赏应有尽有的茶"聚会"……

那年春天去武夷山采风。走进九龙窠时,崖壁上赫然刻着"大红袍"三个大字。细看,寥寥六株茶树,挺拔在悬崖峭壁之上——这便是久负盛名的大红袍母树了。远观,并没有特别之处,但细读铭文,感觉这已然不是简单的茶树。母树已有三百余年的历史,差不多"贵极"近乎"神"。春暖花开时节,这里便举行开山大典,做大红袍祭茶仪式。监护人身着鲜艳的民族服装,焚香卜烛,宣诏令,读颂词,给六株茶树披盖大红袍,仰首喝山:"茶发芽!茶发芽!"众声应和,山谷中回音袅袅,颇为壮观。人们心目中的大红袍,已然成了"天涵之,地载之,人育之"的天地灵物,不再是"草本"了。

大红袍由山崖之上繁衍到整个山谷当中。举目望去,满眼的生机盎然,茶族

"族丁兴旺"的气场,在春光无限中铺展出一种希望的神圣。

　　常常想,人们在齿颊留香中品大红袍,寻找到了人间的至爱与乐趣,却也赋予了这个茶族无限的精神符号——这便是一种文明的沉淀吧。但凡物质,入了尘世,都要分个三六九等。茶既入世,也就免不了俗。茶从深山来,长于涧野,归于红尘,为人所役,于是,就有了高低贵贱的分别,甚而泡茶的器皿,亦有了高下的讲究。茶,由此就有了社会的气息,变得层级繁杂,深不可测,回归自然,已不再是简单的事了。

瓷　　坛

父亲说:"这瓷坛,你拿去吧,装炒米粉不回潮的。"

我说:"你自己留着用吧。"

"我与你妈都这把年纪了,还能用得上几天?"

听着父亲的话,看着已是白发苍苍八旬有余的他,我禁不住有些伤感,更是推说不要了。

回来后,我发现瓷坛静静地躺在车子后备厢里。揭开盖,是半坛炒米粉,香喷喷的,一如从前。

瓷坛,一袭的青花瓷纹,上面嵌有四个双喜字,错落有致,素净柔和,有着"孔雀蓝映着月光"的质感美。听父亲说,这瓷坛颇有些岁月了,是爷爷辈传下来的,其历史要追溯到晚清以前。

凝视着这浸满时光的古瓷器,很多陈年往事不自觉涌上心头,父母一辈子的奔波劳碌,以及在岁月的打磨下慢慢老去的沧桑身影,一股脑地朝我走来,仿佛穿越时光。

瓷坛于我,是再熟悉不过的一件家什。小时候粮食匮乏,家贫兄多,平时不仅油水稀少,就是填饱肚子,也是困难的事。每每不到开饭的时间,就饿得不行了。这个时候,母亲往往会拿着葫芦瓢,从瓷坛里盛出一点炒米粉,用开水调和,分给我们充饥。炒米粉香腻可口,对我们来说简直就是山珍海味,以至于我们狼吞虎咽之后,嚷着要再添些。但吵是没有用的,这个时候,母亲往往不会理睬我们。她要精打细算,否则难以为继。瓷坛,一直高高地雄立于橱顶,我们即便是垫着凳子也够不着,只能眼巴巴地看着。至此,在我的印象里,瓷坛简直就是个神圣的东西,充满了魅力与幸福。

上中学时,我住校,一周才回家一次,吃的菜全是从家里带的咸菜,所以既馋且饥。每每回家,第一件事便是泡上一碗炒米粉,以饱口福。走时,除了带一大瓶咸菜,就是从瓷坛里取些炒米粉捎上。母亲往往是算好了我要回家的日期,早早把瓷坛备满。瓷坛里的炒米粉,似乎总是取之不尽。

其实,伴随着一路解馋的瓷坛炒米粉的,是双亲一辈子的含辛茹苦。父亲是名老党员,奉献革命的热情很高,那时候虽然是个村干部,但一年几乎不拿回一分钱。真正养活一大家的,是他们田里挑、地里刨,面朝黄土背朝天永无止境的辛苦劳作。

想想,双亲其实就是一条船,一条用他们的全部心血与勤劳双手拼接成的一条船。几十年如一日,他们一刻不停地划着船,不辞劳苦地把我们众兄弟一个个送上岸。及至今日,我们都成家立业,蓦然回首,却发现那条船已然老矣,八十多年岁月的风霜,在染白他们头发的同时,也让他们腰背伛偻、耳目不清、行动迟缓……

清明那天,我与妻女回家祭祖。父亲不顾年迈之躯,执意要陪同我们一起去爬那陡峭的山丘。步履蹒跚间,他带我们来到一块杂草丛生的荒地前,指着说:"我走后,就埋在这里,我与村上讲好了。这是我出生时的老屋地,也算是圆满了……"闻言,我看着牙已尽落的父亲一脸憨笑,沧桑中有从容,禁不住眼睛模糊,暗自伤感……

回家后,妻把瓷坛放在餐桌上,顿时,整个屋子荡漾出一种特别的时光。妻即刻买了一个豆浆机寄回去。妻说,这对咀嚼困难的双亲应该有帮助。

岁 月 流 金

　　独宿于度假村。工作之需，暂时关闭了通信工具，断了网络。一时间，人变得空落落的，生活似乎失去依存，步入蛮荒年代。寂静中，不时猜想很多不确定的信息，遐想不同情境下的牵挂，心愈忐忑。睡意在辗转反侧中没了踪影，于是静卧，看窗外无边的墨黑，听天地的呼吸声响，思维在无序中回旋。

　　房舍翼然于水塘之上，有丝丝寒凉从窗外袭来，弥漫着初冬的气息。寂寥中，隐隐约约有犬吠，有野鸟鸣叫，这份"鸟鸣山更幽"的静谧，让我仿佛置身于幻化梦境。这乡村的夜晚，分明是简约与天籁的合舞，舞动中尽是朴实的奢华。

　　想起日间踱步于村头，水塘里荷叶枯瘦，采藕者伏身于泥沼，不时举起一根根带着泥浆的藕。成担成堆的白藕，看着让人眼馋，我们便向主人索要几节，采藕者大方甩上几节。洗去泥，大口嚼着带泥香的藕，脆甜爽口，心中油然升起与乡村浑然一体的感动。环顾四野，片片水域，塘埂上枯草素寂、芦絮飘飘，只有大白菜在展示着翠绿，显露着生机。有人在垂钓，有人在踏枯，有人独步于阡陌田间，怡然自乐，宁静平和……

　　这种图景的回放，使我平添了很多的兴奋与欣悦，禁不住翻身起床，披衣临窗，默默地凝望着夜空——一个真实而大美的天地。顷刻间，心灵深处生出一种感念，感念岁月流金！虚掷，该是一种亵渎，一种精神上的莫大懈怠。想起儿时家乡的夜，也是这般铺天盖地的黑，只是那时没有这份栖居的诗意，有的只是对信息闭塞的隐隐麻木，对都市光怪陆离的无限期盼。终于有一天，走进了繁华的都市，拥有着发达的信息，尽享着浮华的世界，亦步亦趋地踏着时代的足印，深深体悟出，这种信息与生活方式已镶嵌到很多人的肌体与骨髓当中，成为一种必需与当然，须臾不可离。人们也在无上的优越中，歌唱着伟大的当下——这是一个流金的时代！

都市之夜,在五彩缤纷中流淌着发达,那是一种姣美;乡村之夜,在朴素静谧中蕴含着温情,那是一种流金。所以,"山中无甲子,寒尽不知年",会成就一种纯净;而网络手机信息流、地球变"村",会成就一种富庶……

这样想着,已隐约有鸡鸣声传来。那是村鸡在报晓——先是断断续续零星的,接着越发密集,继而汇成一片,使整个乡村变得生动起来。清晨,推开门,寒风悠悠,一地的杉叶,纯黄素美,有种不忍踩踏的感觉。

有服务生来扫落叶,我笑着说,这种天然的地毯是大自然一夜的杰作,扫了可惜,是种破坏。

服务生连连点头,一脸灿笑:还会有的——

多美的日子!

古 韵 跫 音

  站在这片土地上,感知古韵,聆听跫音,她是那么近,又是那么远。远远近近之间,满是历史的积淀和时代的凯歌,厚重而意味深长……

——题记

一 烟雨凌家滩

  烟雨蒙蒙,空气中迷漫着寒冬凛冽的风雨。一个人疾驶于高速公路,雨刮器在模糊与清晰之间摇摆,切换着忽明忽暗的世界。独自冥想,这一刻,太湖山下会是氤氲一片,凌家滩应该在重演着某个历史的图景,传递远古时光的信息吧。

  "凌家滩为中华文明的重要起源地",无数次拨动我的心弦,让我凝神静气,激起我朝圣的虔诚与念想。要知道,五千五百多年的时光,会让世界很多文明顿然变"小",会让远古文明骤然拉"长"。对于中华民族,这是天大的幸事;对于一座小城,是骄傲与荣光。

  与凌家滩多次擦肩而过。最早是几个友人相约,去那里喝老鹅汤。有了第一次品尝之后,往往会惦记第二次,那是一种神奇的诱惑。几次经过凌家滩,都只能远观,彼时正在发掘,不对外开放。愈是如此,愈勾起我无限的期待与关注。陆陆续续的考古发现与报道,一日日增添了我对这片土地"千年一叹"的情结。

  这一刻终于到了。细雨霏霏,我撑开伞,踽踽独行,站到了祭坛遗址的最高点。一层薄膜遮盖着史前的土壤,皿罩敞透着史前的器物,远古的文明在这里灿烂辉煌。我的眼睛显然不够用,玉人、玉龙、玉鹰、玉龟、玉璜……大量美玉艺术品折射出的耀眼光芒,不再是玉文化"第一高峰"的本身,而是背后的文明表达。我仿佛看到了史前城邑的繁华、祭祀的庄严、等级的森严、手工艺的精湛,以及红砖陶品的极尽铺张……中华文明的曙光,在"新石器时代晚期有巢氏聚落中心"闪烁出它的世界意义。

中华文明,源远流长,是人类古老文明中仅有的没有中断的宁馨儿。只是,凌家滩文明是在农人锄头偶然的叩碰下横空出世的。沉睡五千载,如殷墟般一朝苏醒来,呈现出大量文明的"物证",没有高调的嗓门,没有只言片语,却让世人惊愕不已。这一刻,站在裕溪河畔,看山,山朦胧;观水,水悠悠,一切笼罩于烟雨迷蒙之中,显现出神秘的色彩。

那时,九州不见大禹治水,尼罗河畔不见法老陵墓,两河流域也不见诸国争霸……而这片土地已显露出繁华。先民在这里生活,成为那个时代的弄潮儿,远古的文明就在这里积淀。只是,刹那成永恒,这片土地的辉煌文明,却又如楼兰、玛雅,似乌尔、庞贝,突然消逝在历史的深处,没留下任何说明,成为千古之谜。

遥看太湖山,绵延数十里。山下无湖,却以湖命名,让人颇觉诧异。青灯黄卷,神交古人,钩沉史志,我发现,古之太湖,江流泛滥,有湖临山。后来江水南移,湖化为田。可以遐想,长江南移后,裕溪河畔水草丰茂,气候宜人,凌家滩人在此繁衍生息,创造文明。

依旧是细雨蒙蒙,天地间茫茫然一片,我走进凌家滩文化村。一位白发老者迎面而来,慈眉善目,身后跟着一头老黄牛。问及凌家滩的谜,老人顿步,欣然之情溢于言表,说远古的洪水太厉害了,这里的作坊、神庙、祭坛和先民,可能就是在一夜之间被荡涤殆尽的,现代考古学已找到水淹的迹象。不过,这是考古人的推演,或许也不尽然吧,凌家滩人走出太湖山,携带自身的文明早早重心外移,散落于华夏四野,内化成皖江人的气质秉性,亦有迹可循……

老者娓娓而谈,老黄牛站在身后,远逝的凌家滩如淡淡的水墨画,令我流连忘返……

二 写意翠螺山

从凌家滩南望,我以为,在江东大地,再没有一处的山能像翠螺山这样,每一寸肌肤都携带着江东的特质,承载起一座城市的经纬。"清水出芙蓉,天然去雕饰。"翠螺山是清纯的,却又散发着"往事越千年"的沧桑。

远远望去,翠螺山似螺浮于水面,林木葱翠,故名之曰"翠螺山"。

我常常行走在这片山水间。

水流荡荡,矶山掩映,悬崖断壁间,雕梁画栋,飞檐峭壁。曲径通幽处,下可汲水,上宜攀缘。凭栏远眺,江天一色,水鸟翔集,大有"渔舟唱晚"之风,又有"西施浣纱"之美,宛如一幅江南名画,极具写意,令人惊羡。

眼界高处无碍物。三台阁是制高点,最宜登临。

在这里,可以听风铃声脆,天地私语;可以看层林尽染,漫江碧透。"青山不墨千秋画,绿水无弦万古琴",很多潜在的意韵在不觉间流淌出来。极目四野,城市的繁华图景尽收眼底——滚滚长江触手可及,东西梁山夹江而来,一桥如虹飞架南北,大青山默然正颔首,佳山雨山衔湖凝望……我感觉,江东大地有了三台阁,就有了经天纬地的召唤,城市骤然就有了浓缩的中心。

常常想,三台阁下风云滚。历史的长河中,这里向来为重要的渡口,扼金陵之要,乃兵家必争之地。你可以在这里感知孙策、黄巢、常遇春、李秀成等历史人物留下的刀光剑影,但浪花淘尽英雄,一切都付笑谈中,值得仰望的东西实在不多。

站在三台阁,大可发思古之幽情,咀嚼文明的积淀。举目望去,姑溪河波光粼粼,游走于大青山脚下,宛若一条飘动的白丝带,在曲曲折折、百折不挠中奔向大江,与之融为一体。至此,这江水中,一个是"日日思君不见君",一个是"天门中断楚江开";一个是"落得清闲与物疏",一个是"余亦能高咏,斯人不可闻"……苍茫的绝唱,在翠螺山的上空回荡,空气中弥漫着诗的气息,一个伟大的身影自然闪亮登场。

翠螺山的魂魄,应在诗仙。文昌星栖憩于三台阁,李太白歌于翠螺山。余秋雨说:采石矶是万里长江的结穴处,长江流到这里,具有了世间一流的品相。诗仙在这里画了个句号,使整条河流淌着诗文。诗仙的风华墨香、大鹏绝唱、捉月骑鲸,撑起了翠螺山的无限奇瑰,谪仙楼、衣冠冢在翠螺山留下了诗仙的风骨。

很多人来了。白居易、苏轼、王安石、陆游、辛弃疾等纷至沓来,凭吊怀古,留下了数不清的千古诗篇。当代"草圣"林散之,早早就许下了"归宿之期与李白为邻"的期望，现今如愿以偿。

杂花生树、群莺乱飞的季节里，我常常寂坐怀谢亭，回望历史的风尘。怀谢亭屡毁屡建，在山林间留下李太白穿越时空的呼唤——"此地即谢尚闻袁宏咏史处"，世间不应再有"登舟望秋月，空忆谢将军"的感叹。李白的面孔，历经千年时光的冲刷，在翠螺山不但没有模糊，反而越发清晰，显露出奔放、烂漫和蔑视权贵的特质。那气贯长虹、豪放飘逸的诗篇，代代相传，在两岸青山中鲜活，丰富了中华民族的文化基因。

结缘诗仙，绵延千古，这片土地由此就有了一个独特的称谓——诗城。而诗城的渊源地，自然在翠螺山。

三 古道跫音

从凌家滩向北，不过四十公里，便是古昭关。

春光明媚，万物竞妍。穿过昭关口，踏上伍子胥古道，行进几公里，就到了尽头。站在出口处举目望去，赫然发现，古道口与华阳洞、褒禅寺的入口汇合。三个不同特色的标牌呈三角鼎足之势，相互守望，让人有种穿越时空的感觉，仿佛看到三个不同时代的古人面对面，在交流走出古道时的心路历程。

古道不古。柏油路面蜿蜒穿梭于深山峻岭之间。一路上林木苍翠，鸟语花香，水秀泉潆，生态原始。显然，古道满足了现代人户外骑行的需求，马拉松的触角已然伸入这片原始的土地，让这里不乏时代的气息。

早春的清晨，我翻阅文献，没有找到古道的历史记载，却找到了三个历史人物的身影，伟岸挺拔，足以让这片土地在中华文明中熠熠生辉。回望这片山水，我想，历史上有没有真正形成过这样一条古道并不重要，重要的是这片原始山林间，确实有人走过，并且是这样三位历史名人。他们差不多沿着同一个方向，从春秋，到大唐，再到大宋。

时至今日，人们索性为其开辟出一条通达的坦途——这是历史古道、生态古道、人文古道，更是连接伍子胥、慧褒禅师和王安石三人的时空古道。

回望历史的长河，这三个人物确实都曾经在这里留下了深浅不一的足迹，演绎过曲折的故事。但同样是行走，三个人的步伐颇不相同，在历史的长空中发出迥异的跫音。

时光回到公元前522年,我仿佛看见伍子胥行色匆匆,步履急促。他攀荒岭,越沟涧,狂奔不息,以一种时不我待的姿态狂奔,一夜之间急白了的长发飘扬在密林深处,留下了仓促、慌乱的背影——那是生与死的较量,更是"一人过关、几国兴亡"的历史序幕的开启。

两千多年前,伍子胥在东皋公的帮助下智过昭关。我想,对于那个时代,这是个关键时刻,缺少了这跨越关口的奔跑,我们可能就看不到阖闾、勾践、夫差、西施等人演绎的精彩历史,看不到春秋霸主吴王的身影,看不到兵家孙武的传世奇书,更看不到司马迁《史记》中"弃小义,雪大耻,名垂于后世"的呐喊,历史可能会被改写。

伍子胥走出密林一千多年后,慧褒禅师闪亮登场,步入这片土地。他似闲云野鹤,且行且驻足,步伐中充满了布道的慈悲、弘法的坚忍。穿行于这条小道,走到大庙村深处,我似乎感知到慧褒禅师当年的喜悦,这里山水灵秀,环境优美。他停下云游的步履,决定散尽金银布施于百姓,结庐于此,修行直至圆寂。

大庙村村口银杏树下,坐着几个休憩的村人在拉家常。聊起慧褒禅师时,他们一个个神情端庄,眼里满是自豪。他们口里与玄奘、鉴真齐名的慧褒禅师,行善积德,后山因其而改名。走进大庙村深处,有种说不出的宁静,慧褒禅师亲手种植的千年银杏树枝繁叶茂,古褒禅寺遗址隐现在郁郁葱葱的竹林之中,千年古井渠,清澈见底。村人说,这井渠久旱不涸,久雨不溢,凝结了禅师的神奇智慧。

慧褒禅师长眠于古道密林间四百年后,王安石来了。我仿佛看见他步伐稳健,年轻气盛,一行五人仰望空山,正走在绝胜之地。王安石的脚步里没有杂音,也没有急促,他刚刚辞去舒州通判的职位,行走在回家的路上。

王安石的退,看不出一丝的意冷,或许,醉翁之意不在酒,退便是进吧。他们穿过古道密林,直奔华阳洞,要破解那里的谜。终了,王安石在这里找到了四个因子——有志,有力,有物,不随以怠。三个月后,王安石写出了千古名篇——《游褒禅山记》;四年后,他写出了万言书,主张政治改革,以"天变不足畏,祖宗不足法,人言不足恤"的勇气与胆识推行新法。

站在古道上,不禁遐思,这貌似只是密林一游,却深深激发了大宋江山的内生动力,划亮了历史的长空,耀眼如星。

奔走于昭关古道上的三个身影,一个是兵家,一个是佛家,一个是法家,却如此默然契合,遥相呼应,踏平坎坷成大道,竞相绚烂,实属奇观。这三个历史人物,隔空相叩,王安石在敬拜慧褒禅师的同时,不忘远眺伍子胥,大赞:"子胥出死亡捕窜之中,以客寄之一身,卒以说吴,折不测之楚,仇执耻血,名震天下,岂不壮哉!"

站在这片土地上,感知古韵,聆听跫音,她是那么近,又是那么远。远远近近之间,满是历史的积淀和时代的凯歌,厚重而意味深长……

先秦诸子漫话

一　摩登孔子

很多时候,孔子只是一个符号。

中华的崛起,带动方块字也"崛起"了。这个星球,汉语正以势不可挡之态流行开来。在不太长的时间里,以汉文化传播为主流的国际学院就发展到了几百所。这类学院,都冠有一个响亮的名字——孔子学院。汉语言教育、汉文化推介,让"孔子"已然成了一个识别性的符号,直白且形象。孔子,无疑是现代的了!

孔子生命的跨度只有七十三个春秋,但其思想的命脉却延续了两千余载,塑造了一个民族的固有气韵,成为中华民族精神信仰的核心。中华文明的血脉里,如果缺少了"孔儒"的元素,真不知道会是什么样子。"天不生仲尼,万古如长夜。"历史不能假设,但我想,如果没有他,这个民族或许不会如此丰富而坚忍……

20世纪,对于孔子来说,是黯然神伤的。这个百年中,他遭遇了两场巨大的质疑与打击——新文化运动中的"打倒孔家店","文革"中的"批林批孔"。人们将中华民族走向积贫积弱的怨气一股脑地撒在了孔夫子的身上,认为落后的原因在传统文化。就连那些从儒文化深处走出来的知识精英,也在做着"打倒孔家店"的事。由此,西学东渐之风日甚,大有全盘西化之势。

但是,孔子的基因里从来就不缺少摩登的元素,从来就经得起历史的检验。两千多年前,他争鸣高谈的那些基本命题,从来就没有真正淡出过炎黄子孙的血脉与心灵深处。中华的强势崛起,让"孔家店"里的很多东西,又光亮地出现在了世人面前,那么恢宏大气,那么理所当然!

所谓的"孔家店",其实是个杂货铺,那里面的东西并不都是孔子的。现在看来,传统文化的很多糟粕让一些人以偏见的方式装进了店铺,孔子其实是背了黑锅的。但是,这个店铺又不得不打上孔夫子的名号,否则,文化的箭垛无法树立,道统的象征无法凸显。孔夫子注定与中华文明画上了互喻的符号,总得站在时代的风口浪尖上。

"抱柱之信"不是孔子,"三纲五常"不是孔子,"吃人的礼教"不是孔子,"存天理、灭人欲"也不是孔子……孔子,乃"圣之时者",少有教条与古板,少有偏狭与迂腐。

两千多年前,孔子就高调地提出了"毋意、毋必、毋固、毋我"的自律原则,提出了"以直报怨""父子相隐"的人伦思想,提出了"有教无类""教学相长"的教育理念……这些,在 21 世纪的今天,仍不失睿智,仍被人们不懈地追求践行。

孔子不极端,亦不曾和稀泥。

"人而不仁,疾之已甚,乱也。"孔夫子反对以不道德的极端手段去对待不道德的行为。那种用极端的手段去守卫道德的,本身就是不道德的,并且可能引起更大的不道德。这种思想,在今天,映衬出很多当代人的野蛮与落后。

这个世界,在文明发达的外衣下,其实并不安宁,对抗、纷争与敌对并不鲜见。国际政治生态中,价值观的多元化与矛盾性,使得热爱和平的人们不约而同地喊出了四个字——和而不同!这是一个时尚的理念,这是一把有效的金钥匙!"和实生物,同则不继。"和,就是反对无差异,就是多样性的统一;同,则是单调死寂,难以为继。尊重差异,反对同一,这已是当代国际政治关系中的主流准则之一。和而不同,那是孔圣人在两千多年前就喊出来的一个词。

二 时尚老子

英国科学家霍金曾说过一句话:"事物之所以如此,是因为我们如此。"这话有点拗口,但话糙理不糙。这其实是宇宙学中人择原理的一种简约表达。

自然界的和谐起源,宇宙学家们已经研究颇多。其中,有一种不是解释的解释,叫人择原理——只有和谐的宇宙中才会有我们人类,不和谐的自然界不可能出现人类。也正因为如此,我们看不到不和谐的宇宙自然;我们身在其中,只可能是和谐的了。

这似乎有点强词夺理,却又不乏合理性。人类之于自然,是依赖和被依赖的关系,是渺观与宇观的关系。人类苟存的唯一依据,只可能是自然界的内在规律。

17世纪以来,人类中心主义普遍盛行,以至于人能胜天的做法占据主流。但是,站在21世纪的今天,回眸这两三百年来的人类境况,不得不承认,那种认为自然只是广延性的纯粹机械客体的观点,已经被地球不友好的生存环境和频发的极端行为击得粉碎。人类正在为昔日的很多行为埋单,低碳环保让人心力交瘁,极端灾难使人忧心忡忡,"世界末日"让地球人寝食难安……人类似乎不敢再那么自以为是了。

"自然",已日渐成为这个时代的风向标,很多时候,被理所当然地奉为当代的"最高价值"。这一切,不能不让人想起先秦时代的一位先贤——老子,一位在两千多年前就提出了核心概念"道"和"自然"的伟大哲人。

先秦诸子,百家争鸣。面对那个混乱的年代,老子似乎有点"冷",冷到骑着一头青牛,悠然走进函谷关,留下五千言,就飘然不知去向了。老子是否活了两百岁并不重要,重要的是那五千言,那对中华民族乃至全世界都有重要意义的巨著——《道德经》。

不知道是冥冥中的注定,还是宇宙规律的安排,人择原理中的和谐择成与"道可道,非常道"是如此不谋而合,有着惊人的相通暗合之处。

人择原理的广延在于,在这个星球,你不要为所欲为,你破坏了自然的和谐和内在规律,就没了生存的依托,将大难临头。而"道论"的内在精神谕告人类,人类之于自然,本身就是一个"弱者",所以,弱者就该有弱者的生存智慧,懂得"反者道之动,弱者道之用",懂得自然主义的无比伟大,懂得抛弃人类中心主义的偏执教条。

道是规律,道是不变与永恒,道是顺其自然,任万物自我化育。在那个并不算开化的年代,老子就告诫人类,要"人法地,地法天,天法道,道法自然",要"见素抱朴"。这些,在今天看来,是如此时尚与给力——虽然,老子道论的"无为而为""生而不有,为而不恃",在其仙隐之后,并没有成为人类的主流自觉。

老子，从两千年前一路走来。此刻,他正在用他的深邃与大智,一路点化,走到了时代的最前列,教人类如何去"苟存"——这该是当下值得反思的吧!

三 墨子的情怀

中国人向来就不乏侠客情结。

所谓侠之大者,为国为民,胸怀天下,舍生取义;侠之小者,急人之难,一诺千金,锄强扶弱,抑或雷霆之间,十步一击,血光四溅,"事了拂衣去,深藏身与名",以至于司马迁在《史记》中都为游侠作了传记,大叹:"要以功见言信,侠客之义,又曷可少哉?"

中华文明中,侠客情怀可谓源远流长。先秦以降,坊间的侠客传奇不胜枚举,从"风萧萧兮易水寒",到"十步杀一人,千里不留行";从白眉大侠,到大刀王五;从太极张三丰,到精武霍元甲……无不深入人心,有着强大的民间传诵市场。

金庸的眼光确实太过深刻与"毒辣"了。他以创造性的思维,差不多基于真实的历史背景,第一次把下里巴人的武侠,以那么高雅的文学形式,精彩地呈现在了世人面前,把侠义演绎得鲜活而神奇。金庸笔下,郭靖、乔峰、令狐冲等人物,几乎都是集"三千宠爱在一身",承载了千百年来人们对侠义的那份情结与企盼。

金庸的武侠小说已成了国人心目中一个特殊的文化符号。准确地说,它淋漓尽致地表现了源远流长的那份中华侠气。这种侠,不受雇于统治阶级,他们来去无踪,身手不凡,他们背负着正义与正气,"为天地立心,为生民立命",除暴安良,差不多成了弱势百姓的保护神。由是可见,侠在很多时候是做了"衙门"该作为而没有作为的事。在历史上,当纲纪不存、道义泯灭的时候,侠士往往便威风出场。但对于备受欺凌、身陷苦难的底层民众来说,侠永远只是一个遥远的寄托,不可能解决一切。

早在先秦时期,韩非子曾说:"儒以文乱法,而侠以武犯禁。"韩非站在法家的立场,将儒与侠相提并论,一起排拒,说侠是"无政府"的推手,破坏了"法度"的运行,由此深恶痛绝。

韩非这里所说的侠,即墨家。

其实，追溯起来，中国历史上，侠士的真正鼻祖，非墨翟莫属。墨翟，墨家的创始人，布衣出身，武功十分了得。他为人仗义，不仅在科技方面多有研究与发明，而且对那个混乱不堪的社会开出了自己的"理想"药方——兼爱、非攻、尚同。

墨子在开创自己学说的同时，形成了自己的组织。墨子的信徒，其实是个"敢死队"——"墨子服役者百八十人，皆可使赴火蹈刃，死不旋踵。"墨家弟子在关键时候，都可以弯弓搭箭、舞刀弄棒。从墨家子弟的身手与个性来看，他们似乎是个好战的群体，其实却不然，他们恰恰很"内敛"，痴迷于"非攻"。

侠士的祖宗原本是想通过上层的设计，借统治者之手来实现侠义梦想的。

墨家在行侠仗义的同时，反战爱民，尚贤事能，为人民的幸福奔走呼告，对统治者寄予了厚望。他们极度关注人民的苦，提出"兼爱"，要人们停止一切战争，所有人不分亲疏远近平等相爱。

墨翟认为，天下之所以大乱，是因为那个时代缺乏了"大爱"。墨子的这种思想主张，有点"人人为我，我为人人"的味道。为了实现这种主张，他提出了尚同、尚贤，即为了实现"兼爱"，老百姓必须绝对听从"公选"出来的上级的命令，必须令行禁止于统治阶级的"准军事组织"制度，逐级尚同，不容反抗，否则就要严刑伺候。与之配套，统治者都是选贤任能出来的。墨子的理想虽然有侠义式的崇高，但毕竟"乌托邦"意味太浓，践行很难。

中华文明里的侠元素实在太过丰盈了。这是人民在长期磨难中的一种无奈的选择——正朔的纲纪既然保护不了自己，那就只好寄希望于神秘莫测的侠士了。

四　韩非之困

先秦诸子中，韩非应该属于一个"另类"。

他满腹经纶，才华横溢，却偏偏天生口吃，嘴上的功夫不行。他的很多思想主张，如果听他口述，一定不会太精彩，不仅说服不了统治者，就连一般的士人也难以摆平。好在韩非的笔下功力了得，他的个性思想、雄辩思维，差不多都通过文字表达出来了。

韩非的著述颇丰，《说难》《孤愤》《五蠹》……凡五十余篇，基本上构建起了他的思想体系，奠定了他法家集大成者的地位。据说，秦王嬴政初见韩非的书，拍案惊叹："嗟乎，寡人得见此人，与之游，死不恨矣。"以至于后来不惜与韩国开战，如愿以偿得到了韩非子。

只是，见面不如闻名。到了秦国，韩非的日子并不好过。秦王有点"叶公好龙"的味道，不仅未任用他，而且让他命殒秦川。韩非的死，正统的说法是他的同窗好友李斯因嫉妒直接所为。但是，历史的风尘带有太多选择性过滤，很多时候，史书是戴着有色眼镜书写的。曾经的真相，恐怕只有天知道。正因此，当下一些史学精英采用推理方法，演绎他死因的种种可能。

韩非是带着一腔抱负，在苦叹中走完四十七个春秋的。作为那个时代独树一帜的大家，韩非的死，充满了困厄的悲情。死时太年轻了不说，更重要的是，他没有看到自己的学说付诸实践，也没弄明白自己是怎么死的。

韩非的师傅是荀况，孔、孟之后的第三位大儒。荀况说人的自然属性是恶的，但这种恶，在后天仁义礼乐的教化下，辅以君权、法度与刑罚，是完全可以变善的。应该说，荀况是一位性善论者，是站在儒家大院子里讲话的人。只是，韩非似乎并不太唯师，他捡起了师傅人性恶的表述，并一认到底，走出了儒家大院。他说人性太恶，仁义礼乐的教化根本没用，必须靠势、靠术、靠法，用"强权"来管制。

韩非很会讲故事，并且讲得很精彩，很多故事现在都成了成语。守株待兔、自相矛盾、滥竽充数、出生入死等故事，形象化地告诉君王"人性恶"，要如何钳制人民，如何不要轻信他人。

思想观念使然，韩非的学说主张注定会被打上残忍、残暴的"法西斯"烙印。看韩非的作品，常常让人不寒而栗，那里面充满了阴谋与算计，处处为君王献上"杀人的刀"，散发着绝对控制下的血腥味道。这种主张，无疑会使管辖地变成一座座"军营"，不讲人性，任由君王摆布。

法家的"法"，貌似公平公正，合乎"正义"的标准，但问题是，这种"法"矛头的指向是百姓，手段充满了残忍，受益的只有君王。其实，统治者"一言堂"的设计，从根本上决定了"法度"只可能是程序上的公正，而非实质上的公平。

只是，韩非在教统治者如何要阴谋诡计、如何在老百姓脖子上套枷锁时，却不曾料到,自己也在不知不觉中陷入了别人的"算计"之中,套上了自己亲手制造的枷锁。从某种意义上说,韩非之死,是死于自己的理论,死于自己提出来的残暴"算计"学说。

不可否认,在那个混乱的年代,"法"的实用性是最强的。面对礼崩乐坏、世风日下的社会,讲"仁爱"不行,讲"兼爱"没用,讲"无为"更没效果,似乎只有"专制"才能立竿见影。也正因为此,始皇帝为之击节叫好。始皇帝打天下靠"法",治天下也选择了韩非那一套。表面上看,效果出来了,大一统的格局气象恢宏。但是,大秦帝国终是中看不中用,色厉内荏,早早崩溃了,并且一泻千里。所以,刚性的专制中,如果缺乏儒、墨的人文关怀,缺少老庄的"无为"平衡,没有文化的软基因修正,再如何强大,过不了多久,也会在脆性中走向断裂,分崩离析。

当然,韩非为君王输送的那套理论,对后来中国帝王制度的建立功不可没。只是,聪明的后代统治者并没有丢弃儒、道、墨等家的精华,大多采用了"外儒内法"的组合。因为,他们懂得,峣峣者易折!

文明发达的当代,这个理,似乎也无处不在。

窗 外 物 语

一 青山

　　窗外，青山在目。
　　这座城市，因山而得名。山脚下的那片地已不属于喧嚣的城市，早早步入了繁华都市的边缘。参天的梧桐亭亭如盖，遮天蔽日，与这里的路名、雕塑以及办公大楼一起，见证了历史的变迁。
　　走在楼道上，有种时光悠悠的感觉。楼梯，泛着幽幽的青光，台阶的边角已被踏得浑圆而光滑。大楼的建筑散发着那个特殊年代的味道，与青山遥相呼应。
　　铁打的营盘流水的兵。饱经沧桑的这片地，烟囱仍在冒着烟，人走了一茬又一茬。楼，依旧在这里；山，依然青翠葱茏。只是，楼不再年轻，沧桑尽显，山却依然故我，岿然耸立。楼前的小河，更是承载着工业的重荷，显得疲倦而苍老。想着那一茬茬的人、一幕幕的事……都是在山的凝视下——成为历史的，禁不住莞尔，又有点惆怅。心想，记住该记的，忘记该忘的，这是历史能回归本真的原因所在吧。而恰恰，这也是山的秉性之一吧！
　　山，临江而立，巍巍雄浑。伫立于窗前，青山赫然入目，一如既往地直指苍穹，博大宽宏，没有人类的那种情绪化和褊狭气。青山不老，江水长流！
　　暗暗思忖，在这片天地中，不老的，应该不只是青山吧。与青山一样传承不息的，还有那一拨拨的人接力创造出的精神、传统、文化……很多东西，只有在时间的涤荡下，在"人去楼空"后的检验中，才显现出它的真假、对错，才知道会不会被人们记住，会不会被历史珍爱。
　　似乎是冥冥中的安排，青山有约，让我常常在窗前守候，思绪在不经意间漫游……

早年,大学时代,校园就背依着一座大山。坐在教室里,一抬头,便能看见窗外的青山,满目苍翠,精神常常为之一振。窗外的青山是名山,学校亦是名校。现在想来,名不名其实并不重要,重要的是在那片土地上,有大山做证,我懂得了很多东西,明白了很多事理——解读了山的博大与刚毅、山的沉稳与包容。

山有故事水有魂。在山的怀抱中自由徜徉与读书,那是一种幸福。山势高拔,恢宏广博。那里的山,又是一座文化的山,历史厚重,人文绵延。千年的书院、不朽的爱晚亭,以及伟人留下的足迹与诗篇,使青山变得伟岸。我们的青春在那里洋溢,我们的文字在那里激昂,我们的知识在心灵深处抽穗拔节……还有,那片山水里留下的串串欢乐的笑声,留下的片片师友深情,留下的"经世致用""公平正义"的观念……这一切,在时间的过滤下,已成永恒,如山般默默矗立,沉稳不移。

临窗驻足,放眼远方,一座座山的身姿在我的眼前不停地浮现。我想,看山,就应该站到窗前。站到这里,才能看出山的内在魂魄与真实,看出山的精神与气韵——窗前的山,"刺破青天锷未残",带着读懂它的人,在潜移默化中勇往直前,心无旁骛。

二 梧桐

临窗小憩,啜一口茶,让疲倦的身子在自由中松弛。

风儿悠悠地吹拂着,有叶子飘飘然然地兜了个圈,不期然就落在了肩膀上。拿起叶片,仔细地端详着——这是梧桐叶,阔大,微枯,生命的脉络在黄绿间清晰可辨。不觉一怔,又换季了,已到了秋的日子。窗外的三株梧桐给我发来了换季的名片,一如既往。早先时候,就听到了窗外的蝉鸣,是那种不太张扬、不太持久的微弱声息,那该是秋蝉在唱"衰"吧,受命于窗外梧桐而发布的另一种季节变化的信息。

窗外,是一片景,三株梧桐树挺拔高大,遮天蔽日。不远处,有条小河,悠然穿过工厂。想起刚搬到这个办公室时,也正值秋天,那时,最窃喜的就是这三株梧桐树了,满树的黄绿,有蝉鸣,有鸟欢,还有不知名的虫儿……俨然是个"鸟鸣山更幽"的理想栖息地。

最喜梧桐树"时行则行,时止则止",四时通报着节气,在"唯'树'不言、以象示人"中生动活泼地发布着信息。春时,满树的嫩芽,让人眼前一亮,这里有春风的身影上下穿梭,醉得人儿酥酥的;夏时,郁郁葱葱一片,蝉的鸣唱格外卖力,整个房间似乎是在天籁中、绿荫下避着暑,诗意盎然;当季节转至秋天的时候,梧桐又会应景地脱去一身戎装,让枝枝节节裸露开来,让暖暖的阳光倾泻而下……

没事的时候,我便与梧桐树互相凝视着。她看着我,款款不语,我却分明听到了她响亮的心语——"天行有常,不为尧存,不为桀亡""天不为人之恶寒也辍冬"。我看着她,亦默然不语,她分明听到了我内心的独白——学习窗外的梧桐,学习她应时而变、大言无声,学习她端庄守静、大美无言,学习她不急不躁、伟岸不张……

秋时,梧桐树上萧萧雨,叶叶声声是我心。我面对着电脑静思,她面对着我默想;我在思索着人生,她在思索着四时;我在长叹着路漫漫、道迢迢,她却以凤儿飒飒、鸟儿啾啾示我——不可说,不可说,一说即错……梧桐于我,我于梧桐,这中间已然没有了沟壑,我见"梧桐"多妩媚,料"梧桐"见我应如是。

《诗经》云:"凤凰鸣矣,于彼高冈。梧桐生矣,于彼朝阳。""梧桐百鸟不敢栖,止避凤凰也。"如此一说,引为知己的窗外梧桐,竟是灵气盈盈、祥瑞环绕的植株,那栖息其上的鸟儿、虫儿,竟都是凤凰的化身了。

三 园子

窗口边,是片园子。

冬日的气韵,满园流淌着。小草干枯枯的,铺就了时序的底色;树木早已褪去盛装,只有枝干在风中摇曳;鹅卵石小径曲曲折折的,写意出一个"圆"字,不动声色……有石,似"擎天一柱",赫然在园中央矗立。不承想,这机器轰鸣、烟囱林立之地,竟深藏了这么片风景,笑傲着周边的尘埃与灰暗。

临窗歇息,看隆冬下的窗外风景,禁不住感慨万分。翻翻日历,蓦然发现,时间正处在一个"正朔"的窗口,那是——元旦。

时光啊,又到了一个关口。

揽镜自观,禁不住慨叹——人生易老天难老,那行将远去的岁月,已在鬓发间留下了显眼的印记。时间佛法无边,冲刷了一切,徒留下老去的足痕!

临窗放眼,园子里一派枯寂素净。不经意间,却感受到了瑟瑟寒风,想到了一元复始,嗅到了满园春色的气息——这一切,全然悄无声响,却隐显了内在的生命张力。

这一刻,老去的已然老去,新到的又将启航。时间,似乎永远都处于"红了樱桃,绿了芭蕉"之中,不曾驻足停歇过——每一缕阳光都是崭新的,每一次幕合都是唯美的……

"长城万里今犹在,不见当年秦始皇。"始皇帝肩挑着丰功伟绩,傲视天下,膨胀中却欲壑难填,想与时光赛跑,永世长存,但终是输得一塌糊涂,早早走进了历史。始皇帝早已灰飞烟灭,不见了踪影,时光却以无数个"元旦",永续着她的年轻与轻盈。

其实,人生没有万里长城,但人生的时间窗口俯拾即是。时光容易把人抛,但时光从来不曾抛弃未来。

但凡窗口,"元旦"的身影就无处不在;但凡"元旦",窗口的光辉就极尽绚烂。只要站在窗口,眼前就不会缺少风景,只是,这窗口,需要善待。

临窗而立,看窗外的园子。这一刻,是四维时空下的窗口,叠合着四重的"元旦",那是希望的光芒。

四　杜鹃

窗外的杜鹃花开了,开得热烈而灿烂,红彤彤的,绚若朝霞。有蝴蝶翩翩起舞,在红花绿叶间游乐,与春光言欢。

年年岁岁花相似。这片红,总是如期而至,守约似的,定期装扮着我的窗口。杜鹃花绽放在那里,热情而奔放,沉默又低调。面对那抹红,差不多已有十年之久了吧。每每从书间抬头,触目的全是花儿,"中国红"一片,让我精神为之一振,似乎有一股馨香在扩散,一种拈花微笑的美好感觉在心间升腾。

一位诗人说:"每一朵花都是一盏灯,而花香就是灯的光。"如此推演,杜鹃花的"光",实在太暗淡了吧。杜鹃花绚烂至极,却又归于平淡,极少散发出芳香。只是,环顾四野,"陌上尽是看花客,真赏寒香有几人"?来来往往的人中,能带着一颗纯粹的心的,又有几何?

非人看花花看人。一茬又一茬的花开花落中,镌刻的是流逝了的光阴、消失了的物事。这中间,有着太多的"人面桃花",太多的"花开堪折直须折",太多的匆匆脚步与故事;这中间,也不乏"落花无声、人淡如菊"的那份苍茫与邈远。

临窗夜读。听余秋雨讲中国文脉,讲中国文化的潜流,讲中华文明的包容。文如流水,豁然快意。佛教说"一花一世界",说当你从头到脚弄懂了一朵小花,就弄懂了上帝和人。此刻的窗外,就有很多个"世界"。

黑夜,似乎为花儿盖上了一床沉静的春褥。"黑色"的背景里,没有一丝的喧嚷与浮嚣。但临窗,我分明听到了花儿绽放的声响。这种声响里,我看到了"不以光喜、不以夜悲"的那份从容,看到了杜鹃花儿在用生生息息演绎着宁静致远的那份真实……

时序更替。窗外的杜鹃,仍在那里。她们,脚踏着大地,仰望着苍穹,摇动着光阴。那里面,蕴含着一种行走的张力。

慢　城

去慢城，正值蟹肥菊黄、丹桂飘香的季节。

漫步其中，有点世外桃源的味道。山逶迤而起伏，路蜿蜒而九曲。竹林葱郁，茶园绵绵。道两边鲜花烂漫，杂草萋萋，似有欢迎的架势。小屋、村寨，皆掩映于丛林、果园当中，尽显农家"狗吠深巷中，鸡鸣桑树颠"的意境。村野的水塘，一块块的，天然散布，碧波荡漾，岸边是芦苇摇曳，茅草丛生。有片片的稻田、坡坡的旱地，带着一秋的作物，与山水相辉映……

大自然的精妙被浓缩于此，古老的农耕文明也一一展现在了世人面前。这里，陶渊明的田园味道，正在"人为"地散发着。

车流很多，游人一拨拨的，应该都是冲着这慢城的"国际"名头而来的吧。

慢城，几年前就很眼熟的一个热词儿，这一刻，身在其中，反而感到模糊了。走出慢城后，一直在琢磨——这慢城怎么个"慢"而"城"呢？

首创者定义，慢城不是城，而是一种放慢生活节奏的城市形态。这里人口稀少，绿色天然，这里车不快，餐很慢，没有大超市，手工艺大行其道——据说，达标的条件足有五十余项，门槛颇高。"权威"的声音说，这些标准，会让人们的脚步慢下来，压力卸下来，会让人们慢慢咀嚼盘中菜，品评杯中茶，会让人们化焦灼为记忆，化攀比为从容，会让人们去倾听池塘蛙鸣，用晨露漂洗心灵……多么美好而纯洁的景象呀！

这个时代，人们的物质行程走得太快了，脚底生风。慢，似乎有点物以稀为贵了。

不是吗？一壶茶，一盘小点心，停下忙碌的脚步，在绿色中给灵魂一个发呆的机会——这种"慢"态，大抵已成这个世界的一种时尚了吧。

其实，慢城只是以一个"模板"的形式在提醒人们吧。这里，承载了田园牧歌式乡村生活的寄托,纯朴恬淡;这里,响应了"行至水穷处,坐看云起时"的那份呼唤,悠然不惊;这里,满足了让纯洁的灵魂在田野里抽穗拔节的那种意愿,尘嚣尽失……在慢城,如果你走得太快了,就要停下来,等一等自己的灵魂;在慢城,如果你感到"压力山大"了,就要割裂羁绊,回归轻松,走向自然……

只是,理想与现实往往存在一定的距离。这个世界,倘若都变成了"慢城",物质基础就会弱化,生存就会变得困难。追求"慢城",那该是物质发达到一定程度下的一种自由吧。

走出慢城,骤然想起了存在主义哲学的一个观点——存在即选择,而选择即自由。如果连选择都没有了,慢城何存? 这正如一位记者问正在为生存而捡破烂的七旬老汉:"你幸福吗?"注定,这只是一个伪问题,没有选择;注定,这个问题只存在唯一答案:"啥? 不知道。"

伪问题下的唯一答案,注定进不了慢城。即便进了慢城,其心灵又哪里能与脚步一同慢下来呢? 心灵的天空里倘没有"落花无声、人淡如菊"的那份坦然与放下,其灵魂与脚步是断无和谐共振可言的。

到不了的地方都是远方,放不下的心灵都不会有"慢城"。"月上柳梢头,人约黄昏后",那是心灵上已然存在的甜蜜流淌出的一个"慢城"。

同行者中,一位慈祥的长辈在女儿的陪同下,漫步在千年古街,邂逅了昔年的同事。他乡遇故知,使本就闲适的心境变得越发灿烂起来,幸福的光环放得更大、更从容——这是在游历慢城中感受不到的"慢"中之福! 那一刻,我看到了一个实质的"慢城"在老人家的心田耸立!

物质的慢城,那是商界的传奇;心灵的慢城,却是人生的智慧。

真正的"慢城",不在物质,而在心灵——不管是杂草丛生,还是车水马龙。

街·园·山

老街

走在老街上,脚下发出"嘀嗒、嘀嗒"的声响,铿然成韵。

老街的路面,一色的青石板。石板经过数百年的光阴打磨,已然溜光发亮,宛如一面面古铜镜子,折射出历史的沧桑。街道不过丈把宽,曲曲折折的,不乏"曲径通幽"的意境;两边的房子,古色古香,整齐划一地排着队,是典型的徽派风格。

早市,是老街每天的重头戏。天还麻麻亮,这里就人头攒动,人声鼎沸。叫卖声、闲聊声、讨价还价声,不绝于耳。老街的早点比较丰富,有油条、米粑、蛋饺、米面和稀饭等等,吃的人颇多。吃早点的多半是庄稼人,他们长年养成了习惯,边吃边喝着酒,抑或呷着早茶,聊些坊间八卦。

吃完早点,赶集者往往都要闲逛一会儿,买些铁匠铺的农具、竹匠铺的器具,有时买些自家没有的菜、割上几两肉,或顺便给孩子们捎些"火药"、木枪之类的小东西,莫不欢天喜地。再接着,便与熟人打着招呼,悠然往回赶,开始了一天的农家活儿——插田、放牛、种地、挑肥等,不一而足。老街的集市与人流,差不多要到午后才慢慢退去。

老街最有代表性的商品,要数布匹和小杂货了。布摊是点线成面地散落了满大街,布匹虽算不上高档,但品种丰富,迎合着乡下人的消费取向,买的人络绎不绝。老街的小杂货别具地方色彩,水瓢、笆斗、鞋囊、迈套子等,似乎应有尽有。迈套子有点类似古代的木屐,雨雪天可以套在鞋外面,出门不湿鞋。那时候,来我们村叫卖的"卖零的"特别多,他们差不多都来自老街。这成为乡下孩童、妇女们的急切盼望。老街的货郎,手里摇着拨浪鼓,肩上挑着副担子,箩筐里,针头线脑、纽扣、小刀等小杂货,品种繁多,差不多以百种计。他们走村串户,挑来了村人们的方便与热闹,也挑起了自家的希望与乡情。老街的货郎们常常闯荡大江南北,名头颇响。

雨天的老街,别有一番韵味。雨点打在粉墙黛瓦上,水从屋檐边拖下来,根根雨丝织成长长的珠帘,仿佛无数的琴弦,与老街和乡人一同演奏起《高山流水》的曲子,颇有些诗情画意。老街的水系很发达,雨中的街巷,显露出那份成熟的美丽……

对老街的念想,在我的梦中流淌二十余载了吧。年前返乡,听说老街的交通已变得四通八达了。带着绵绵的思念,我特意驱车前往,满怀信心地重访魂牵梦萦的老街。

只是,一切已不复当年了。今日的老街,变成满眼的现代建筑、现代商场、"特色"新街……老街不再显"老"了,时代的潮流淹没了老街的峥嵘岁月和沧桑足迹,老街那种特有的从容和繁华,已隐入历史的云烟深处,幻化成了一片遥远的、依稀的梦。

梦溪园

走在大街上,沙沙的脚步声与空气中弥漫的秋的气息,交织出这座城市的一丝清冷。踩着晨曦中的宁静,我们相约寻访梦溪园。

这座江南古城,积淀了太多的历史文化记忆,"三山一渡"差不多是其代名词,梦溪园默默无闻,我颇觉诧异。夜游西津渡,站在"一眼看千年"的实物展坑前,禁不住惊叹,一个个朝代,依着时间的顺序,赶着趟子,从底层排着队一级级往上走,直至对接我们踏着的路面,实在热闹,却又不乏深沉的凄凉。历史,原来就是这样一代代遮盖、一代代尘封于霜冷的时空长河中,了无声响。

行走在这座城市,看着大宋的青砖古道,不由得想起一个人,一个被李约瑟称为中世纪东西方天空最耀眼的科学明星、中国科技史上坐标式的人物——沈括!可以用很多排比词句来描述他,譬如天文、地理、化学、数学,譬如新历法、隙积术、会圆术、地磁偏角、石油,譬如浑仪、浮漏、景表……不一而足。在他那里,这些都变成了创造的对象,抑或被创造的对象。我似乎看见一个痴迷于书堆中寻求新知的人的执着。一粒沙里看世界,一行文里炼经典,终了,就有了不朽的《梦溪笔谈》。梦溪,就在这座城市里;《梦溪笔谈》就在梦溪旁横空出世。似是冥冥中的安排,晚年的沈括,在这片土地上,觅见了他青年时期常常梦见的一个绝妙溪园,那是他想把毕生才情留于后世的理想栖息地。他举家移居于此,建草舍,筑小轩,将门前小溪命名为"梦溪",庭院命名为"梦溪园",自号"梦溪丈人"。

可以想象,那是怎样的一个境地——溪水潺潺,修竹飒飒,鸟鸣风悠,琴弦瑟瑟……这里,远离了红尘喧嚣、官场险恶、世事纷争;这里,书香飘荡,思想的芦苇摇曳不止……

只是,信息时代的当下,翻开地图,寻寻觅觅,好半天,才会在一个不起眼的地方,找到"梦溪园"的标识。

梦溪园离我们的居住地不远,三条街的路程。几个友人相约,一大早去寻梦溪园。路不复杂,但拐了两条街后,就有些迷失方向。这时,一位白发苍苍的老者拄着拐杖,蹒跚走来,似在晨练。诗人 Z 君立即上前问路。老者耳力不济,好半天才明白我们要去梦溪园,不想,刹那间他面露悦色,一边热心指路,一边讲起梦溪园的情境,颇有兴致。我们谢过后,继续赶路,走不多远,偶遇一位出门办事的老大妈,听说我们要去梦溪园,竟主动提出带路,一面热情指路,一面讲起梦溪园,陪我们走了好长一段路,才说再见。

古城人的热情感染了我们。很快,我们步入了梦溪园巷口。往里走不多远,便见一青砖瓦房,门楣上写有"梦溪园"三个大字,茅以升先生所题。房子不大,衔有围墙,透有古韵,大门紧紧关闭着。这个时段,园子不开放。环顾四周,满目皆高楼大厦,现代的民居鳞次栉比,梦溪园已然淹没于现代的物质繁华之中,幻化成一个微不足道的"点"。

站在梦溪园前,内心空落落的。何处见"山明水秀,登小山,花木如覆锦"?哪里见"山之下有水,澄澈悦目"?丘壑全失,杳无踪影。

幸好,还存有一个梦溪园的"点",留下了象征性的标识与记忆,总算轻抚了内心的一丝波澜。

我想,物质上的梦溪原貌,早已于时光的冲刷中荡然无存,但精神上的梦溪圣境,依然竹修溪潺,亭远斋深,清幽无比,仍然散发着人类文明的华彩,照着我们前行的路。

这个世界,唯一能与苍穹比远的,总还是精神吧!

山登绝顶

那一年,去登泰山。

山下春雨淅沥,山上风雪交加,寒气袭人。走到天街时,风急雪稠,天昏地暗,已不能继续了,只得坐索道下山来。站在山脚下,怔怔地仰望着岱山,雾霭朦胧,缥缥缈缈的,犹如仙境,心愈向往。

登山以功败垂成收官,让人怅然若失。只是,这种遗憾,并不全在未能"一览众山小",更多的在于玉皇顶上"海到尽头天作岸,山登绝顶我为峰"的那副对联!林则徐的这副对联,置于泰山之巅,一直让我暗暗惊叹,这应是冥冥中天造地设的吧,泰山的神形淋漓于对联之中。只是,天公不作美,山峰与我擦肩而过。

缺憾常让人失望,但有时也不失引擎的动力,散发出另一种美。那次之后,每每游走在文字间,就多了些特别的关注——关注文化意义上的峰顶,关注精神世界里的岱宗,关注那片土地上的一个伟岸身影……

不经意间,倏忽六载从指间滑过。

这个秋天,阳光普照,岁月静好。再一次站到了泰山的面前,亲切如昨,内心涌动出股股暖流。一样的路线行程,不一样的头顶长空。多年的心结,在续接上次的终点后悄然解开。

自天街拾级而上,且行且幽思,一路惊羡。终了,站在了"1545"的峰巅!头顶,离天已经很近了!

极目四野,"我为峰"的那份震撼,骤然袭上心头。

玉皇庙得天地之先,因势而立于制高点,里面供奉着的"玉帝",神情肃穆,眉宇间写满了正义,不怒自威。那副对联,龙飞蛇走,飘逸灵动,镌刻在门前柱子上,囊括了泰山之巅的所有气概。

"泰山岩岩,鲁邦所詹。"泰山绵延数百公里,巍峨突兀于齐鲁大地,雄踞东国,望海而临河,独尊于山岳。倘若带着一颗虔诚的心,从山下往上攀登,慢慢地品嚼与欣赏,你会发现,泰山犹如一幅漫漫的历史画卷,移步换景间,人文典帙就在一卷卷地展开。厚重如斯,山景,已显得并不重要了。

回望历史的风尘,来岱宗拜谒者不计其数。帝王来过,文化人来过,庶民亦来过……只是,帝王大多因封禅而来,往往把动静闹得很大,随从浩浩荡荡,祭天地,刻铭文,摆丰功伟绩,让天下人都知道:普天之下,莫非王土,天子乃上天之子,"君权神授"!名为谢上天之功德、通天人之际会,实为昭告"神圣"的权势!

文化人,如李斯、张衡、李白、杜甫、欧阳修、苏轼、蒲松龄、方苞……把泰山的文气积蓄得厚重如"泰山"。泰山的海拔,也由此被无限拔高。文化人来泰山,很大一部分是冲着一个人来的,这个人,便是孔子了。

仁者乐山。孔子犹乐泰山。没有人知道孔子登临过多少次泰山,从一天门的"孔子登临处",直至山顶,与孔子有关的印记,太过丰赡了。孔子已经深深烙刻在了整个泰山当中。

孔子何以独钟泰山,以至于临终前还要发出"泰山其颓乎?梁木其坏乎?哲其人萎乎?"的哀歌?我想,其是为抒怀畅志、开阔胸襟,为考察封禅、学习礼仪,为了解民情、观知时政,但这些都是表象,不是心灵深处的脉动。

想起了康德的"星空"与"道德法则"。在康德的"星空"上,散发的是一种对"不可知的未来"的探索;在康德的"道德法则"里,辐射的是一种"人类秩序"的光芒!孔子与康德,其心灵已然超越了时空的阻隔,发生了同频共振。孔子身处乱世,处处碰壁,"累累若丧家之狗",却仍以飘逸的姿态面对世俗,发出"谓似丧家之狗,然哉!然哉!"的自嘲,频频站到了泰山之巅,矢志不渝。孔子"登山则情满于山",我想,山登绝顶,孔子是在发出自己的"天问"的,是在探寻一种未知与理想,怀着一种让"仁道"能如泰山般雄立于那个时代的梦想!

始皇帝登泰山,是在炫耀一种力量,一种随口就可以封赏任何一棵树为"五大夫"的力量;孔子登泰山,则是在构建一种力量,一种比泰山更伟大、更恒久的精神力量。始皇帝的力量,在历史的一瞬间,就灰飞烟灭了;孔子的力量,却耸立于中国历史中,泽被人类,绵延千古!

孔子至今仍伫立在泰山之巅,已然幻化成了泰山的主峰。

"孔子圣中之泰山,泰山岳中之孔子。"信然!

春天里的叩拜

车经过闹市时,听到几声爆竹声响。回首看去,是一位女子在街角的路牙边做简单的祭事。女子衣着时尚,头上扎着围巾,跪在那里虔诚地叩拜。祭祀完,她便轻轻掸了掸衣服上的灰尘,倏然转身,朝闹市里走去。

看得出,那是一张青春姣好的面容,眉目间写满了静气与安宁。

女子远去。车驶离街头。喧嚣中,车水马龙仍在演绎着城市的繁华。不知道女子祭拜何人,但是那一刻,女子是"身在闹市无闹市",猜得出,平静的外表下,内心定然颇不宁静吧。

这是一个慎终追远的日子。我也是回家祭祖才经过这座城市的。女子的那份优雅,禁不住让我心有戚戚焉。生命的终极问题,总能让人内心触动,很多东西,会因此而变得简单、纯粹。

想想,我们每一个生命体,都是历史风尘中的一个奇迹,是偶然因子。"人生代代无穷已,江月年年望相似。"流淌,已成了生命的一种属性。

踏青山野,祭拜先人,让心灵有所皈依。想着这些,似乎明白了什么叫放下,什么是感念。于是,开始留意田野间的草绿、山涧里的水流、路边上的花香,开始感受阳光的和煦、春风的柔顺、旷野的素美,开始感受大自然的气韵在花草树木间的流动。

生之为人的高贵,其实在于灵魂。而最能打动灵魂的,是终极性的东西。想起了人类思想史上气势磅礴的一句名言,它刻在康德的墓碑上:"有两种东西,我对它们的思考越是深沉和持久,它们在我心灵中唤起的惊奇和敬畏就会日新月异,不断增长,这就是我头上的星空和心中的道德定律。"

星空与道德,一个上天,一个落地,一个是自然的美,一个是心境的高,皆成永恒的化身、终极的宣言。这个世界,如果没有终极的真理,阳光下的所有东西,都会经不起细细地推敲,除了俗,便是诈。

踩踏在春光明媚的大地上,小桥流水,鸟语花香。用虔诚的心祭拜先辈,隐隐中有天籁传来,那是一种无言的大美在呢喃。

似乎,"春暖花开"一词在脑际赫然闪现——这不是风景的写实,而是一种隐注吧。春暖在先,花开在后。春暖与花开,以一种充分的条件联结在一起,散发着拈花微笑的禅意。这中间,有一股终极的义理在花间弥漫和萦绕。

我想,只要是春暖,定会流淌出花开的常在!

落 叶

清晨，很好的天。走在林间小道上，秋风以柔和的"冷峻"触摸着面颊，树儿摇曳多姿，叶儿欢快地摆弄着造型，沙沙声中，有叶片悠悠扬扬，飘飘忽忽，远离了母体，在空中舞动起自由远行的曼妙身姿，潇洒飘逸，无拘无束。

任凭落叶怎样顽皮地在身上跃动，不时触碰着面颊与肢体，我都无动于衷，独自静享着秋晨的这份悠然与惬意。一片落叶，恣意地在眼前随风飘忽，时而下落，时而上扬，时而平行，时而翻转，姿态万千中风情尽显，百媚尽生。我静静地凝视着、欣赏着，不觉痴痴的、怔怔的，终了，竟不能自抑，伸出手托起这个尤物，观摩把玩起来——叶子，一片普普通通的叶子，泛黄，但又没有全黄，泛绿，但又不是全绿，绿中带黄，黄中有绿，深黄，浅绿，浅黄，深绿，就这么间杂相融，你中有我，我中有你，显得那么和谐自然，朴实素美。未曾料到，一片叶子，平常如许，待到仲秋时节行将枯萎之时，竟显出此等风韵来。想想盛夏时节，她该是纯绿的，不掺杂半点的"沧桑"之黄；想想暮秋时分，她又该是枯黄破烂，绿意逃遁得无影无踪。一个是缺少了"阅历"的沉稳，一个是看不到"生命"的希望，这不免让人慨叹"浅薄"与"垂朽"。只有仲秋的这个时候，这片叶子，才让人感觉到了"完美"。

我拿着叶柄，叶子静静地躺在手掌心里，她该是这片林子名副其实的一张"名片"——有绿，她诉说着生命的犹存，让人循着这片绿意，知道了生命的历程，知道了这片林子曾是苍翠一片，曾为大地带来了生机，为人类带来了希望；泛黄，一个阅尽沧桑而成熟的色调，这份成熟，见证了春的萌芽、夏的成长，直至秋风苦雨的考验，这一路，走得不易，走得艰辛，走得顽强。这些元素，终了却巧妙地打了个包，以色彩的信息浓缩到了叶子之中，向世人诉说着峥嵘的往昔、迟暮的归宿。

手握着这片叶,我思绪悠长,不觉抬起了头,观察这片林子——这里是黄绿的世界,灵动、成熟、绚丽而又不乏生机,一切似乎恰到好处,犹如宋玉笔下的美人,"增之一分则太长,减之一分则太短;著粉则太白,施朱则太赤"——想想寒冬的日子,这些华美的叶片落尽,这些树将是光秃秃的一片,是不是让人生发出对生命脆弱的感叹?想想盛夏时节,这里是清一色的绿,盛装凌人,单纯得"不识愁滋味",肤浅得一眼探得底儿,是不是让人生出"置身危机浑然不知"的悲哀?只有这个时候的林子,成熟的稳重和生命的坚强融为一体,让人懂得了"心有余,力又足"的那份专注与刚毅。

黑格尔说:"在纯粹光明中就像在纯粹黑暗中一样,看不清什么东西。""花未全开月未圆"的境地之所以很美,是因为极端的境地集聚不了"进退有据""执一驭万"的力量,甚或不能明辨"是非"。所以,我喜欢黄绿相间的自然落叶,不喜欢纯绿纯黄的"极端"叶片;我喜欢在风中自由飘零舞动的落叶,不喜欢静立枝头或在手中旋转着受摆布的叶儿;我喜欢彩叶斑斓的树林,不喜欢全副盛装抑或卸了装的林子。

香樟，香樟

一

母亲四十岁那年才有了我。我读大学时，父亲已年过六旬。

六旬的父亲定期寄钱到学校，供我读书。每每汇款，都附以家书，嘱我宽心，除了说些注意安全、家里无忧之类的话，就是常念的口头禅："不要忘了家，也不要光念家，啥事都要自己把握，练身本事最要紧。"

父亲在新中国成立前念过几年私塾，颇有些学识。当毛主席还未站在天安门城楼挥手时，他就被推选为村农会组组长了。此后，"大队书记"的称呼一直伴随着他，直到20世纪80年代，他光荣让贤。

不当书记的父亲，没有退休金。但他天性乐观，心态坦然，并无怨怼，一直在家种田，清苦度日。到了我上大学要用大把钞票时，不得已，他才不顾年高，常常在炎热的夏天里，迈着蹒跚的步子，挑着货担走村串户贩卖鸡蛋。

大学里，我常常迫不及待去邮局，取父亲寄来的信物。拿到信，我就坐在邮局门口的大树下，静静地读。思乡的情绪，不时从信中悠悠传开，直抵灵魂，我的眼角往往在不经意间润湿。

坐在树下读家书，成为那时非常温馨的事儿。邮局门口的树，是株老香樟，偌大的树冠亭亭如盖，铺展出一大片的绿荫。看完信，我常常坐在那里发呆——老香樟营造的气场，竟与老家门口的那株樟树别无二致，通身散发着一样的气息——家乡的一屏一吸，尽显其中，氤氲一片。

岳麓山下的校园里，满目皆是香樟树。香樟树遮掩了幽径与校舍，也遮掩着我的乡愁与思念。

二

屏除丝竹入中年。

极喜在小区里漫步,看砖瓦草木,想很多的事。

楼梯口有两株香樟树。每每回家,远远地,就看见她们悠然挺立,像是在夹道欢迎主人的回归。这样的礼遇,已有十余年光景了吧。记得十年前搬家到这里,她们还是两株幼苗,弱不禁风。这个秋天,再细细打量,却都是碗口粗了,郁郁葱葱,枝叶茂盛,犹如两把绿色的大伞,撑起家门口的一片温馨与幽静。

十年树木,其意在此吧。

小区里,香樟树颇多,似个大家族。她们错落有致地散布于花园内、道路旁,年轮相仿,大多已经成"木"。四五月的日子,阳光和煦,抑或风柔雨斜,香樟树的枝头缀满花儿,繁星点点,浓香馥郁。这时的视觉与嗅觉,全都充满了福气。

那一年,走出象牙塔,挥别三湘四水,踏上江东大地,第一眼看到的,竟是满目的香樟树,遍地浓荫,一点也不比岳麓山下那片绵绵樟林逊色。这样的情境,竟让我有种宾至如归的感觉。

生活在江南小城,很快就习惯了。

香樟树在小城的"地位"相当不一般。她已融入这座城市的灵魂——以"市树"的名义,与小城浑然一体!春天里,街头巷尾,满是樟木的清香。实至名归呀,香樟树确实不同凡响——四季常青,不畏风寒,"肌理细而错综有纹。大者数抱,垂荫数亩……气甚芬烈",让人心清神宁,又可驱虫、防霉、防腐,奇妙之处不可胜数。

站在门口的樟木树下,想着香樟树种种的好,就常常想起父亲。

这里,父亲曾经走过。只是,这座城市的喧嚣与陌生总留不住父亲。他每每都是带着满满的想念而来,小住两日,便以农忙为由,匆匆地回去。

父亲蛰伏在老家,守着老屋和田地,清简过活。

那一年,春雨绵绵,樟木飘香。父亲打来电话,说要卖掉门口的那株老香樟。我惊讶无比,颇感意外。父亲说,老香樟的树冠太大,枝叶茂盛,刮风时会扫老屋的房顶……父亲语速缓慢,不断地重复着同样的解释。

但不管什么理由，我终是极力反对，说很快回来请人修剪枝叶、整理房舍，切不可卖老香樟。

父亲沉默良久……

三

老香樟在我的心中，是唯一的，是万难克隆、无法取代的唯一。

打我记事起，家门口就有了那株香樟树。算起来，她是年长于我的。香樟树下用石头围成一圈，里面填满沃土，真是"贵宾"待遇了。

那时的村子里找不到第二株这样的树。所以，我们兄弟几个都感到无比自豪。村人们也常以"樟树那头"来代指方位。

香樟的旁边是一株栎树，年轮相仿。但香樟四季常青，横生的枝枝丫丫一直压着栎树，抢着阳光和风头，气势不凡，"霸气"十足。

春天的香樟树，花香四溢，村人们常来这里驻足，留下一地的逸闻琐事；夏天里，偌大的树荫下，常常放着一张凉床，是我们避暑的乐园；秋冬树上片片红叶，不乏"秋花"的烂漫，落叶随风起舞，让风景不显单调。

我们兄弟几个，常常爬上樟树玩耍。在那淡淡的幽香里，我们摩挲龟裂的枝节，甚或爬到杈上小憩，弄些惊险动作。

母亲常常要折些樟木枝子，放在衣柜里，或是橱柜中，说是防虫防蛀，驱霉隔潮，最重要的，还可以避邪，祈祷平安。后来，我外出上学、参加工作，每每离家时，母亲都要从老樟树上折些树枝，放在我的包里。

背着母亲放了香樟木的包，我与香樟见面的次数就日渐稀少了。但每次回家，远远地，看见香樟树枝繁叶茂地在那里，心中便会涌出无限的暖意。

记得上大学后，香樟树古拙粗壮的身躯，我就抱不拢了，树围足有两米多，树冠遮天蔽日。上班后，香樟树下，除了寂静与分别，似乎很少再有别的场景了，村子里的人大多外出打工，抑或外迁。偌大的一个村庄，只有一些老人与儿童。

老屋里的父母，早已没了邻居。

每逢年节，我携妻女回家小住，临走时父母总要站在树下，千叮咛，万嘱咐。在他们不厌其烦地挥手之际，我惊觉双亲头上的银丝在风中飞舞。父母在渐渐老去。

四

父亲在答应我不卖老香樟的一个月后,又打来电话。他黯然神伤,嗫嚅道:树呀,老香樟哟,终于,终于还是卖了!买树人是乡里乡亲的,相中这棵老香樟,又出那么高的价钱,还帮着解了难题……

我拿着电话,怔怔地,半晌无语。

后来我回家,家兄的讲述让我沉默许久。

卖树那天,一大群人来挖老香樟。

天,阴沉沉的,没有一丝的风。父亲静静地站在旁边,白发苍苍,佝偻着背,神情木然。

一只狗,一只从未见过的夹着尾巴的狗,不知从哪里钻了出来,一下蹿到父亲身旁。

意想不到的一幕发生了:狗突然扑向父亲,疯狂地张开口,父亲跌倒在地,手和腿被咬得鲜血直流……

众人赶紧送父亲去医院,包扎、打狂犬疫苗……大家都感到事情无比蹊跷,父亲亦感到惊诧与不安,满是褶皱的脸上写满愧疚。

父亲用卖树的钱置办了一张高低床,外加席梦思——在家乡,那是极奢侈的了。只是那床和席梦思不是给他自己用的,而是替换了我们回家睡的那张旧床。家兄说:老两口很早就在唠叨了,说你在家停留的时间太短,估计都是因为床旧睡不习惯,所以一直攒着钱,要置换张新床。卖掉老香樟,这是主要的原因。

我的心一阵战栗。

没了老香樟的门前,显得空落落的。

接着,因老屋漏雨严重,父母便搬到家兄空置的房子里。

老香樟卖掉的第二年,老屋也拆了。

离开了老屋,母亲的身体开始变差,父亲的心脏的老毛病也常犯。

母亲在一个晚秋的深夜,静静地走了,走完了她八十三年的生命历程。父亲在母亲去世后不到两年,也离我们而去。

从此，老屋场上，便是空荡荡一片。只有老栎树还在那里，孤零零的，陪着满地的野草，竞相疯长。

现在，我不再轻易回老家了。因为，那里已没了可歇脚的老屋，也没了我的老香樟。

多少次，我梦回故乡，四处找寻老屋与老香樟，泪流满面；多少次，老香樟出现在我的梦里——冠盖如云，气势如虹，她像一片翠云飘浮于天际，又如一位返璞归真的长者，伫立在风中，向我招手……

花不迷人人自迷

这个春天,还没顾得上欣赏,窗外的桃花就谢了。

早些时候,问郊游归来的女儿,大青山的桃花是否醉人。女儿摇摇头,说和同学们一起直线穿过桃花园后,就坐在野外草坪上做游戏,活动太少,不好玩。看得出,桃花的灿烂,并没有灿烂女儿的心坎。

花不迷人人自迷。春天,犹如跃动的音符,在人们心灵中起伏跌宕,不同的人应该会看到不同的色彩和风景吧。

应友人之约,在慎终追远的日子驱车北上,去谒拜淮阴侯,追寻历史的长风。

那片苍穹下,细雨霏霏,春寒料峭。步入韩侯故里,看那些熟识的典故变成了一个个"实物遗存",禁不住为之心动。韩侯的信息在这里集中呈现,让人无限遐想。胯下受辱桥、韩侯钓台、漂母岸……自然地散布于淮水之滨。弱柳纤纤,在岸边扶风摇曳,让人仿佛看到了漂母从历史深处蹒跚走来,浑身上下携带着"爱"的光芒……

园内的"遗存",差不多都是当代人的想象之作。悠悠两千年的时光,已涤荡了这里的有形记忆。物质可以漫漶和泯灭,精神却不,精神可以历久弥新,长远地屹立于天地间。

韩信的生命之春,从这里起航。艰难困苦,玉汝于成。跨过"受辱桥",踏上"淮水岸",感觉古迹的真假其实并不重要,重要的是这里已然存在太多的史实——千金一饭、捧土成冢、寒门出英杰……人们读到了历史深处那个流浪少年的传奇际遇,读懂了自立自强、知恩图报可以书写历史,读透了军事奇迹的荡气回肠,也读出了"鸟尽弓藏"的宿命悲哀……一代代,来这里凭吊、追怀的人很多,人们沐浴着"韩侯"气场,"捕音为凤,谱曲为凰",让"淮阴侯"元素一点点植入了这个民族的文化当中,蔚为大观。

春风拂面,春雨润青。徜徉于园内,突然感觉,历史中的春天,多半是灰色单调的,温暖、鲜艳的色彩太过稀少了。韩侯故里的气息过于沉重,以至于让尚是小学生的女儿,在这里似乎听不到春天的脚步声响。

移步换景,步入吴承恩故居。

这里就有了不一样的感觉。身处吴承恩故居,女儿的兴致一下子高涨了不少。这里有悟空、八戒、沙僧和唐长老的成长际遇,有《西游记》的渊源与写书人的跌宕人生。从书里的热闹故事到书外的趣闻逸事,让童心未泯的女儿感受到了春的活泼与可爱。

站在吴承恩的后花园里,看那假山在绵长的春雨中朦胧悠远,不乏沧桑的诗情,倏忽间,感觉一位满腹经纶却失意于科举官场的古代文化人形象,一下子出现在了我面前,让人还是读到了春天里的一丝沉重。

与友人一路闲聊着这里的历史人物、风土人情,却忽略了路边的很多景致。当步入周恩来故居时,闲聊戛然而止,春天,在这里似乎呈现出了多彩的磁性。

这里,游人一拨拨的,摩肩接踵的场面让青砖灰瓦的室内春潮涌动。我来这里已是第三次了。记忆中,场景每每如此,其间的堂奥,似乎不在建筑与风景吧——在哪？在人格,在正气,在才华,在历史的罗盘由此正向拨动……这些,足以让人们的心境豁然开朗,由此开启一个五彩缤纷的心灵春天,在扶犁深耕中追逐梦想!

从伟人的故居出来,女儿意犹未尽。突然间,心中有了点小小的欣慰。因为,在这里,我们感知到了一样的春色美景,心灵发生了同频共振。

大家在门口合影——尽管,春雨淅淅沥沥,打湿了衣襟和毛发……

雪 之 韵

雪如鹅毛般,纷纷扬扬、飘飘洒洒的,就这么从容地下着,下得时光放缓了步伐,万物统一了着装,尘世不见了踪影。在我的记忆当中,这般大的雪,在江东小城似乎是稀有的。

静凝着漫天飞舞的白色精灵们,我的思绪活络起来。似乎应了天籁的召唤,我默然出门,漫无目的地踽踽独行。踩着没有边际的白,咯吱咯吱作响,韵律分明。那雪花无声地亲吻着面颊,柔柔的,爽爽的。因为雪,路上的一应车物都失去了往昔的嚣张,变得绅士般舒缓起来,行人不再步履匆匆,行动也骤然优雅了,只有孩子们在撒欢嬉戏,变着法子用雪作着各式文章。

抬头见山。厚重的天宇下,山被雪描涂得分外妖娆。"千山鸟飞绝,万径人踪灭。"走在寂无人迹、粉雕玉砌的环山小道上,静聆着积雪在竹林间嬉戏,真有"竹须逊雪三分白,雪却输竹一段翠"的感慨。这种奇妙的氛围使我本已宁静的心豁然开朗,思绪伴随着琼花翩翩起舞,拉得不着边际。

记得是一个雪花飞舞的日子,一位离家十里之遥的读书郎,睹雪思家,归心似箭。于是,顾不得因贫只有一双粘了脚的布鞋,挽起裤腿,裸了双足,于雪中狂奔。那双脚,先是针扎般刺痛,接着是剧烈的刀割感,再接着就失去了知觉,隐隐地只感觉拖着两个异物在前行。进得家门,在母亲的切切惜痛声中,那双脚却是出了奇地舒服起来,热热的,松松的,一种从未体验过的幸福感流淌于心田。那种在风天雪地里赤足狂奔的经历,使我朦胧地坚信着——雪中有真意!

静静地立于山间,极目四野,只感觉一个"白"字从山中铺陈开去,使天地间顿然纯洁宁静,单纯可人。那昔日纷扰的世界,真的是换了人间。老子有语:"天得一以清,地得一以宁……万物得一以生。"这"一"字的真义可谓绵绵不绝,幻化无穷。那是道,是德,可以生"二",生"三",生"万物"。如今,这满世界只一个"白"字,是不是亦蕴含了某种禅意呢?手捧着晶莹的雪花,思绪翻腾,思如泉涌。我不由得想起"梅花欢喜漫天雪",想起"飞雪带春风,徘徊乱绕空",想起"雪花是坠落的星星"……"更喜岷山千里雪",那是伟人在千里冰封中执着地解读雪的秉性,演绎了战天斗地的情怀。"眼界高处无物碍,心源开时有波清。"

这一个"雪"字,竟然使世界变得纯洁,变得宁静,变得井然有序;这一个"雪"字,亦蕴藏了大浪淘沙的法则,可以执一驭万,使坚忍不拔、达观不屈者笑傲江山。果真是雪里有乾坤,此间有真意。

这样想着,伴着雪花,我继续朝着山的顶峰而去……

相 见 散 章

一

多年前,喜欢一位女作家的文字。她的文章清新脱俗,哲思睿智,不失阳春白雪的品相。她每有新作,我都要去慢慢品鉴,总有一种清香萦绕于心头。潜意识里,我一直认为文如其人,猜想未曾谋面的她,定会颜值姣好,谈吐优雅,一如她的文字,为我所喜。倘若一见,是多么美好的事。这份期盼,一直珍藏在心间,静静的,犹如夜来香,常在无人时悄悄绽放。

一个偶然的场合,终于如愿见到了她。只是,在交流互动中,一直保留的那份美丽与期许,却在气质的落差和一个个"不得体"中,慢慢侵蚀、坍塌,直至破灭。那一刻,我怅然若失,内心空落落的。再后来,读她的文字,感觉大不如从前,似有一种阴影总在文字中跃动,曾经的"芳华",开始一点点凋谢,渐行渐远。

禁不住想起钱锺书先生的话:"如果你吃了一个鸡蛋,觉得味道不错,难道一定要见到那只母鸡?"不愧是大师呀,母鸡是母鸡,鸡蛋归鸡蛋,一码归一码,有时是不能一概而论的。钱锺书先生一辈子都在潜心读书研究,闭门谢客,面对慕名而来的"锺书迷",他常常幽默婉拒,给自己空间,也给粉丝们空间,美好由此长存。

二

寒冬的日子里,收到远在南方同学的来信。信是用钢笔写的,纯蓝墨水,笔迹潦草依旧,一如读书时代。信中内容无非是些问候的话语,不乏家常话,无关物化了的世界。摩挲着信件,看着龙飞凤舞的"手写物",竟有股暖暖的感觉,犹如触摸了同学那颗炽热滚烫的心,仿佛回到了同窗时代。其实,通信技术发达的当下,我们彼此都有对方的电话和微信,问候相当便捷,却心照不宣地都很少采用,做"朋友圈"的"惰性"分子。

秋日里,值大学毕业二十周年之时,天南海北的同学差不多齐聚母校,他却没来。他说,想留一份美好的原汁记忆,好好珍藏,不想破坏。二十年再相聚,变化俨然成了主题。容貌不再年轻,步伐不再一致,社会和岁月的年轮深浅不一地刻在每个人的气度里。曾经一起疯玩的好友,交流常常出现断片儿。大家的"展"点,不再是学业,而是事业;大家的"业"点,不再是专业,而是从所之业。每个人,面对着昔日的恩师,汇报现在的"你"——做人脸识别技术的同学,大谈大数据下的市场开发;做农产品溯源服务的同学,喜欢推介他所拥有的百亩研发基地;留校做材料研究的同学,兴冲冲地邀请大家参观总书记曾经留下足迹的研究所,大谈航空航天功勋章里,有他们团队拼搏的汗水……这一切,让不对称的相关性大放异彩,固守本"业"者寥寥无几。

"没来也好,我想,'你'也不再是'你'了!挽留曾经已然不可能,但挽留美好,你的缺席,是可行的……"我在信纸上写下这段话,给他回信。

三

公元前 518 年,孔子对弟子南宫敬叔说:"周之守藏室史老聃,博古通今,知礼乐之源,明道德之要。今吾欲去周求教,汝愿同去否?"孔子与他的弟子去了。据说,老子对孔子的拜会非常热情,假借天地万物,讲了不少道理。孔子静听,基本上没有对等的应答。回去后,孔子感慨:"鸟,吾知其能飞;鱼,吾知其能游;兽,吾知其能走。走者可以为罔,游者可以为纶,飞者可以为矰。至于龙,吾不能知其乘风云而上天。吾今日见老子,其犹龙邪。"此后,就很少再论及老子了。可见,孔子敬仰老子,但并不完全认同老子,二人存在不共振的"三观"。

儒道两家,一个是"入世"治世,关注"人人"之际,关注天下如何积极进取,如何创造幸福,一个是"出世"治世,思考"天人"之际,思考人类与自然如何共生,生命与万物如何和谐共处。孔子后来的"和谐"思想,多多少少受到了老子的影响，但两大思想源流，虽有交汇，终未同流，这也是孔子所说"吾不能知"的意义所在吧。

四

相见是需要能量的。你渴望什么样的相见，就要有什么样的能量。这正如你渴望世界阳光普照，首先你的心灵必须阳光灿烂。

美不自美,因人而彰

一

驻足皖南古村落,深为这里千年积淀的古文化称奇。

完好的古民居、古楹联及其独特的文化雕刻,是灿烂辉煌的徽文明的浓缩。举目望去,青山环绕,绿水悠长,风悠鸟鸣,天净树寂。徽文化以标本的方式深处"闺"中,与这片山水融为一体,恰到好处。以现代人的眼光看,这片建筑又仿佛从历史深处踱步而来,带着"高山流水"的文明绝响。

"静者心多妙,飘然思不群。"走在村头老街,心中充满了虔诚,唯恐自己的行为不妥,亵渎了古文化的那份厚重与纯洁。古村落历经沧桑风雨,却没有腐朽消亡,而是以凝固的音符,在现代的时空中,诉说着不朽的文明,熠熠闪光。走到哪,你都能看见那种因地制宜打着徽文化招牌的店铺,显出"桃花源里人家"的特有古韵。徽州人现代的商业脉动中,注入了古为今用的文化底蕴与自信。

街头喧嚣中,充满了现代的商业气息,更蕴含着古徽州文化的那份宁静、和谐和包容。

二

很喜欢王维"大漠孤烟直,长河落日圆"的诗句。常常冥想,广袤的沙漠上,升腾起一缕直直悠长的孤烟,漠天交接处,一轮圆而硕大的落日镶嵌其间,宁静、悠远而又不乏雄浑。漠上无人,漠上又分明有人。这种美,苍茫大气,如璞玉浑金,不带任何的裂纹和瑕疵。

自然和谐,本身就是种美吧。君不觉"枯藤老树昏鸦,小桥流水人家,古道西风瘦马"是多么完美的一幅晚秋景致。如许景物中,个体平凡,群体却不平凡。群体相融相生,那是和谐,是深刻,是感动。

一丘一世界,一叶一风情。造物主是个美景描绘高手,它赋予了人类数不尽的资源。只是,己心妩媚,则世间妩媚。芸芸众生,躬耕于自然,俯仰于乾坤,周遭缺少的,不是美,而是心境和发现吧。

三

美不自美,因人而彰。有诗云:"春山烟云连绵,人欣欣;夏山嘉木繁阴,人坦坦;秋山明净摇落,人肃肃;冬山昏霾翳塞,人寂寂。"

这四时的美景,哪一幅不是因"人"而绚丽多彩,因人而活泼生动的呢?但凡世间的景象,差不多都是因人而生,因人而异,因人而深刻,因人而灿烂的吧。唯有在"发现者"那里,自然界才有美丽,才有灵性,才有和谐。

文化与文明,大抵也是如此吧。

活 着

谨以此文缅怀远去的双亲。

一

那个晚上，秋风萧瑟。我们众兄妹都肃立在她的床前，看着呼吸局促的那个最亲的人，不敢离开半步。尽管之前，她一直是那么达观。但她还是带着病痛的折磨，在静静的子时，走了——走得痛苦而又安详。这个世界，她用脉搏记录了八十三个春夏秋冬。

记得那一刻，我感觉时空停止了运转。一切，对于我，似乎都失去了意义。心灵的罗盘，在那里迷失了方向。原来，老母在我的心中，重若万钧！犹如空气——存在时，那么理所当然，不需要问询价值的天平；失去了，才感觉到窒息的悲切。精神的家园轰然倒塌，茫然一片。

"屏除丝竹入中年"，这之前的岁月中，她的庇荫从来不曾缺席，即便是在白发苍苍、步伐颤悠的迟暮日子里，也填得满满的——犹记得，每每回家，老远就看见她挂着拐杖，早早地迎出来，呼唤着我们的小名，絮叨着冷暖；犹记得，每每回家，我们都会习惯性地去那个厨房与锅台，随意地找到熟悉的"美味"，那是早已准备好了的；犹记得，每每回家，总能尝到有着"妈妈味道"的饭菜……

而这一切，从那一刻起，不复存在了！

她生命中最后那个季节里，一个细雨绵绵的日子，我坐在自己家中的书房里，给她打电话。那头，声音显得虚弱，气力大不如从前。那时，父亲在住院，她孤零零地独自一人在家。我问她行不行,她沉默了一会儿,说:"行啊。"随后,就是唠叨着父亲的身体、我们的近况。后来才知道,那时,她的胃口已极不好,已经几天没进食了。我想,那一刻,她是极思念儿女的,哪怕是片刻的照面,对她来说也是最幸福不过的事了。但是,那一刻,我们没有想到去看她,她也没提及。那成了她永远隐忍的一种奢望!

及至深秋,她的病情加重,几度昏迷,我们众儿女才陆陆续续赶回去。那时,她已经不能下床了。看到我们,她高兴万分,心情大好,但每每又念及会不会耽误了我们的工作与学习。

常常想,母亲的一生,是在为我们活着!

新中国刚成立的那二十年光阴里,母亲生育了我们八兄妹。她把毕生的心血,全部注入了我们的体内,徒剩下一个虚空的身子。

那个年代,物质极度匮乏,生活极度贫苦。我们众兄妹常常饥寒交迫,嗷嗷待哺。母亲每天想尽了办法,从周边的池塘里、田地里,找来野菜,煮着充饥。稍好一点的东西,都是尽着我们众兄妹吃好,最后的一点点残存,往往才轮到她。其实,母亲才是那个最饿的人!

那时候,漫漫寒夜里,她往往要起床,一一为我们盖被、洗漱;沉沉深夜中,直到鸡叫,她仍在昏暗的油灯下,一针一线地为我们纳着鞋底,补着衣裳,顾不得手指流血;没钱买油,白天就从山上挖回松树根,采来松脂油,用作照明;她要从吃穿到健康,再到教育,一点点地为我们着想;她不识字,却尽着最大的努力,供着我们去学习文化;她是那么节俭持家,量入为出……

是母亲,让我们一个个成了家,立了业,一个个很好地生活在这个世界上。但是,及至儿孙满堂,条件转好,她又默默地与父亲独守着寂寥,在偏僻的老家清贫度日。幽寂的岁月里,她不曾停止过对我们的"幕后"关注。母亲活着,是那么不希望我们局促地滞留在她的身旁。

这个世界上,她用一辈子,留下了一群儿女,那是她的延续和印迹;她的生命日记中,写满了清贫与辛劳,却没有写上"回报""索取"的字眼。母亲活着时,一直在寻求着一种力量,一种精神,让我们活得更好。她用她的生命、智慧与双手,积累了让我们更好活着的资本。

母亲走了,带着一种简单,一种坦然,一种淡泊,没留下什么物质的"盛宴"。

但作为子女,只有好好地活着,不苟且地活着,才算是对母亲的回馈,也是我们心灵的一丝慰藉。

二

不过一个时辰,父亲的身体就化作一股青烟,泗散开来,永远离我们而去。徒留的一点灰烬,置于盒内,却不能拿走祭拜,要寄存在馆内。

殡仪馆周边青山巍巍,松树墨绿,山风悠鸣。峰峦谷涧处,薄雾氤氲,白云浮涌。

那里,有父亲的气息在游走。父亲用生命记录了八十四个春秋后,戛然而止,身体却以气态的形式回归自然,不带走一片尘土。

父亲是达观的。当家兄告知病榻上不久于人世的父亲,因殡葬改革,他的棺材将要被抬走,在乡里集中处理时,他淡然挥了挥手,说:"随他去吧。"这意味着,他不纠结于几千年传统的"入土为安"积习的破除,接受了不能与母亲合墓而归于尘土的事实。弥留之际的他,对此一直保持着沉默。

想来,波澜不惊的外表下,父亲定然是伤感无限的。三年前,母亲走时,墓地是父亲选的。那时,他拉着气若游丝的母亲的手,哽咽低语:"孩子他妈,你放心走吧,那里场子大,还有位置,到时我会来陪你的!"那是父亲的出生地——老屋场。他们打小一起成长在那里,那里山清水秀,野草萋萋。曾经的峥嵘岁月,苦难重重,他们一起扶携面对,烙下了人生几多艰辛却又无限美好的记忆。母亲走后,迟暮沧桑的父亲,一下子老了很多,常常踽踽独行,跋涉到那里,久久发呆和呢喃。

父亲出生于兵荒马乱的1931年,家境贫寒。念过几年私塾的他,颇有些学识,新中国成立前夕就入了党,还被推选为农会组组长,相当于现在的村书记吧。此后的三十余年里,"大队书记"的称呼就一直与他形影不离,直到20世纪80年代后期,"光荣让贤"政策全面铺开之时。

整理父亲遗物时,不经意间,我见到了他早年的工作笔记。整整七大本,里面密密麻麻的,字迹工整而清晰。笔录时间的跨度,令我始料不及——公元1949年至1984年。

翻阅父亲的笔记,我的心灵常常有一种震撼——震撼那个岁月"干群一心、热火朝天"的纯朴真实,震撼"愚公移山"精神不再是一种传说,震撼父亲的无私与工作的严谨,以及对我们众兄弟照料缺位的歉疚。笔记里,随处可见三五日不回家的父亲与村民一起干活,一起开会,一起排查河堤,等等,用席不暇暖、夙兴夜寐、胼手胝足等词来形容一点不为过。至于东家的补贴,西家的救济,都账目清晰,分毫不模糊。

时代使然,父亲离职后,没有退休金和补贴,但他心态坦然,并无怨怼。他在家踏实种田,清苦度日。只是,到了我上学要用大把钞票时,他才默默地想着法子,常常在炎热的夏天里走村串户,做起买卖鸡蛋的生意,挣些汗水钱。尽管他从不与我讲些大道理,但我倍加珍惜学习的机会,生怕辜负了他的期望。

"树欲静而风不止,子欲养而亲不待。"作为孝道的名言,这句话很容易上口,很多时候,它却又很容易成为一个伪命题——"亲可待"之日常有,"子欲养"却不常有!

母亲走后,父亲的性格变得敏感而易怒。他不愿与儿女住在一起,几经周折后,仍孑然一身寂寞地住在老屋里。村庄里已没有几个可以讲话的人了。门前的空地上,野草疯长。他常常静坐于门前,呆呆地望着野草,似在思考着什么。没了母亲的照料打理,父亲的衣服越穿越不成样子了,饮食亦是越发简单,常常是稀饭就着咸菜,日复一日。

我们每每回家,也只是小住两日便走了。父亲是渴望儿女常来看他的,每次分别时,他的眼神里都充满了无限的期待与失望。钱在父亲那里,差不多成了静态的东西,他记不得拿着钱去改善清苦的生活。

父亲是在老屋里走的。走时,安详阖目。门前,野草萋萋,蔓延如海;天上,暴雨如注,电闪雷鸣,一如他诞生时的情景。"泥上偶然留指爪,鸿飞那复计东西。"父亲的来,父亲的去,何其相似乃尔,只是,这中间的过程,却有不朽的华章——哺育了一大群儿女,留下了奉献与给予,他的精神在闪烁着光华……

父亲,永远活着!

往事不如烟

一

我小时候,生活在一个物资匮乏的年代。

由于子女众多,母亲常常忙得像陀螺一般。解决温饱之后,她的很大一部分精力就放在我们的穿戴上。添置新衣裳,是件很奢侈的事。裁缝进门的周期,常常被无限拉长。新三年,旧三年,缝缝补补又三年,却是真实的写照。

只是,对于补衣,母亲似乎情有独钟,差不多每天都要检查我们兄弟几个的衣裳,针线箩筐不离她手。每每发现掉扣、炸线、破洞,会在第一时间缝补,让我至今难忘。我们衣服虽然比较旧,但干净得体,虽然"破"相丛生,却并不破破烂烂。一件衣服,常常是哥哥穿了弟弟穿,从老大穿到老小。我在家排行老小,所以往往衣服上的补丁最多。

那时,很温馨的事情就是站在母亲身边,看她动作迅速地缝补衣物。只有这个时候,她才能"闲"下来,和我们温和地说说话。对于衣服,母亲总能明察秋毫,哪怕是很小的破洞,她都能处理得恰到好处、不露痕迹。

看到母亲经常挤时间补衣裳,忙碌无比,有几次我劝她:"衣服上的洞小,多大的事?等等补也不迟呀。"这时候,母亲会一脸严肃地说:"小洞不补,大洞一尺五。很多事就要从小做起。"

母亲这句话,幼小的我并不完全懂得,姑且听着。直到后来,山芋渣换火药事件发生后,我才真正懂得。

那时,我们村上几个年龄相仿的小伙伴,对于自制的木手枪,玩到了疯狂的地步。木手枪上有机动装置,放进火药,扣动扳机,就能砰地响起,仿佛战争片中的真手枪。木手枪人手一支,我们常常统一行动,简直成为一支英勇神武的"部队"。但枪并不是想响起就响起,因为枪响需要火药。获取火药的唯一途径,就是到货郎那里去买。都是穷小子,"军火费"绝对成了大问题。迷茫之际,一个脑袋灵光的"战友"想到了一个好办法,就是在月黑风高之夜,去野外塘埂上捡别人家晒干了的山芋渣饼,白天拿去换火药。这条路子很奏效。于是,那几天,村子里的枪声此起彼伏,好不热闹。

大人们都很纳闷。对此,母亲也开始关注。在她连连的质问声中,我不以为然地道出了实情。心想,拿点喂猪的东西,有什么大不了的? 不料,母亲闻后,气得浑身发抖,发了从未发过的大火,厉声训斥:"换了多少山芋渣? 立即还回去,从家里拿……马上,就马上,跟我一起去村头老甫家道歉!"这下我傻眼了,有这么严重? 见我迟疑,母亲大声喝道:"小洞不补,大洞一尺五! ……"母亲的话让我羞愧难当。我开始明白,衣服上的小洞要及时补;行为、精神上的"小洞",更应该及时堵上,"勿以恶小而为之,勿以善小而不为"。

二

母亲的口头语不少,话语简单,道理却很深刻。小时候烧饭,我常常帮母亲添柴火。只是,灶内的火,往往让我越烧越小,有时烟气缭绕。这个时候,母亲就会凑过来看灶内的火,常常笑着说:"烧的什么锅? 实心柴怎么烧? 古话讲得好,火要空心,人要实心,只有空心的火才能旺得起来。把中间拨空点。"果然,一拨,火就旺了起来。

现在想来,母亲所说的"火要空心,人要实心",作为灶内法则,颇为实用,但真正道理,是在灶外。

记得村上的婶们,没事时喜欢找母亲聊天,讲些悄悄话。但母亲心直口快,常常连珠炮似的说些数落人的话,但被数落的婶们不但不火,反而不住地点头称是。有一次,我问母亲:"怎能如此数落人? 就不怕人家跟你急?"母亲看着我,想了想说:"人要真心,就没有急不急的事。只要你真诚待人,替别人着想,别人就不会把你当外人。这就像烧柴火一样,掏空了心,乡里乡亲的情就会旺起来,没有不可以说的话。"

母亲的话,确实不无道理。她待人接物从来坦坦荡荡,常常"倾囊"帮助邻里。

想来也是,火要空心,是因为空心会为氧气提供通道,让燃烧反应有了可能,人要真心,是因为只有真心,人与人之间才能坦诚相待,才能有足够的"有氧"呼吸,在心情愉悦、不设防中尽情交流,世界会因此而变得更加和睦与阳光。

走过的那座山

山林枯寂,野草含露,空气中弥漫着丝丝的寒凉,启明星在天际发着幽幽的光辉。一个人行走,那条蜿蜒曲折的山间小道好像永远也走不完,只有沙沙的脚步声一路相随,在了无人烟的空山中显得越发清脆。岭间的坟茔随处可见,荒草疯长,显露出墓地的几分阴森。天黑的山岭,常常有豺狗、野猪出没,我带着火种,壮着胆子快步赶路。每每穿过那条小溪时,天边就开始泛白,距离官埠桥已经很近,我长长地吁了口气。

十多里的山路,是高中求学阶段要用脚一步步丈量的行程,走出去,才有去学校的车子。天刚麻麻亮,母亲就起床为我做早餐、收拾东西,不停忙碌。我睡眼蒙眬,感觉假期太过短暂。寄宿离家四十里之遥的学校,一个学期才回家一趟,每次返校,总要带上很多东西。咸菜、炒米粉、换洗衣裳……我检查行李,迅速洗漱用餐,便与母亲告别。

往往,出门前母亲才从她的钱匣子里倒出一些钞票,点上几遍后交给我,反复叮嘱要保管好,这是半个学期的生活费。母亲的钱匣子锁在一个柜子里,上了几道保险,那是一家人的生计所在,我们从小就感到柜子的神秘与神圣。母亲要掰着手指,一分钱办出两分钱的事,为她的八个子女算好每一处用度。我接过钱,小心翼翼地放到文具盒的最底层。

翻山越岭后,浑身汗涔涔的,衣服差不多湿透了。我在马路边解开衣扣透气,等着去学校的三轮车。三轮车是那种白带后篷厢,里面设有两排简易座位的柴油车,是私人载客的主力工具。我坐在最后一个座位上,脚边放着行李。一路上,三轮车颠簸起伏,发出突、突、突的声响,上坡时黑烟弥漫,艰难爬行。

三轮车将路边的风景一段段甩在身后,渐行渐远,我似乎看到父亲伛偻的身影在那里晃动。他正挑着担子走村串户,吆喝着收买鸡蛋,做着辛苦的小生意。已近六旬的他,用汗水钱充实着母亲的钱匣子,让我的文具盒下每次都有殷实的保障。他一直引以为豪的是我学习刻苦、成绩优异,以全校第二名的成绩考进浮山中学。那是一所省属重点高中。我知道父辈的希冀,常常暗下决心,决不辜负父亲肩上沉甸甸的担子。学校身处大山的腹地,校园内外,除了树木与山崖,就是校舍与师生,远处是大片的农田与村庄。我常常带着书本,钻进密林深处,与山鸟和鸣,享受着阅读的乐趣……

"到了。"司机的喊话,打断了我的思绪。我拿起行李,朝着学校大门口走去。

走着走着,感觉有点异样。清点行李后,发现书包和衣物居然不在。我以百米冲刺的速度返回,三轮车仍在,但车上空空如也。我发疯似的对着司机叫嚷,质问我的书包去哪了。司机惊恐地看着我,没想到一个学生如此愤怒,忙不迭绕着车子为我找寻,找了多圈,仍无收获。我急了,我的视线一下子模糊起来,泪水奔涌而出,转身朝着来路的方向狂奔,我相信我的书包是在我出神的时候滚落到路面的,那里面,不仅有书、有文具,最关键的是还有我半个学期的生活费,这是"天大"的事情。我一口气狂奔了十来公里,血脉偾张,神志迷乱。我瘫坐在地上,一无所获,已没有可抓的稻草,欲哭无泪……夕阳西下,星光又开始在天际闪烁。

回到学校,已是过了晚自习的时间。我找同学借来了笔,在昏暗的煤油灯下,铺开稿纸,开始写信,写给远在省城打工的家兄。我开门见山,说我的笔是借的,纸也是借的,我"一无所有",已不知道明天的生活将如何继续……

家兄在接到信的那个夜晚,整宿无眠,唯恐我会出什么岔子。第二天一大早,他就匆忙赶到学校。彼时,已是事发多日,在班主任和同学的帮助下,我的生活、学习已转入正常轨道。家兄在给我足够的生活费后,又带我到牛集镇上,买了一些衣物和学习用品。我们一起攀爬百丈崖,登上浮山顶,他指着家乡的方向,很有意味地对我说,这件事回去不要告诉爸妈,就当没发生,以后遇到困难,先不可慌乱,相信没有蹚不过去的河……

日子,就这么在浮山的上空流淌,流淌出百炼成钢的期许。

拿到大学录取通知书那天,父亲仍在走村串户。他的步伐,在那个夏天里,显得特别坚定有力,他常常在酷暑中迈着蹒跚的步子,一刻不停地挑着货担出门,如大山般坚毅……

写在秋天

一

山体公园里,鸟鸣风悠,落叶飘飘。秋阳,绵柔地洒落一山坡。

环山道上,游人一拨拨的。似乎应了秋的召唤,来散步者,差不多都已是白发苍苍了。一应的行动带着静谧与缓慢,在秋风中显得如此从容而和谐。

一对银发夫妇互相扶携着,在这秋意里悠然漫步。显然,老大爷腿脚已不协调了,是个病残之躯。行进间,老妪不停地为老伴牵牵衣角、拍拍胸背,或找个凳子,坐下来慢慢地低语。眼角间,满是无限的怜爱与默契。

一片叶子落了下来,打着转,飘飘悠悠地,掉在了老夫妇的面前。两位老人停下了脚步,看了看落叶,不约而同地相视一笑,接着,又迈开了步子……

秋天的自然是成熟的,秋天的人生却是恬淡的。成熟里面是轮回,而恬淡里面却是放下,是搀扶,是彻悟。

二

这个秋天,莫言的田野里硕果累累,金穗遍地。莫言的事业生命也迎来了一个丰收的金秋。当很多人带着惊讶的神态,羡慕这个"低调"的人,怎么一下子给这个国度带来那么大的一个"第一"时,我在秋阳里散步。

秋天的田野,一派喜人,收获着多彩与充实。但是,秋天的田野,"里子"并不都是属于秋天的。这里面,有冬的酝酿、春的萌动、夏的生长,秋,充其量只是个宣言者吧。金穗,永远属于那曾经的耕耘与涅槃。

只是，秋天的丰收，得有一个天平来度量。这天平，一边放着金穗，一边放着天平的主人。主人是什么，金穗便是什么。

"价值观"游离了，秋天的收获便会游离。保不准，平地响炸雷，突然就有了一份意外的惊悸与愕然。

三

这个秋天，常想起一个耳熟能详的故事。

一个富翁在海边观海，他发现一个渔夫坐在沙滩上晒太阳，打着盹。富翁有点奇怪，问他怎么不去打鱼。答曰：今天打的鱼已足够一家人生活所需了。富翁摇摇头，对穷渔夫说：按照我的规划去做吧，你会大有改变的。每天，你多花一些时间去捕鱼，积蓄多了，就去买条大船。这样，你就可以捕到更多的鱼，然后再去买更多的渔船。这样，你就会拥有一个自己的渔船队。到时候，你就不必把鱼卖给鱼贩子，而是直供大企业。然后，你可以自己开一家食品公司。然后，你可以离开这个小渔村，搬到繁华的大都市，在那里经营你不断扩大的公司。渔夫问：然后怎么样呢？富翁憧憬着未来，笑着说：那时候，你就可以搬到海边的一个渔村去住，每天睡到自然醒，出海随便钓几条鱼，然后就悠闲地在海边晒太阳。渔夫愕然：我现在不就是这样了吗？

是啊，难道不是？无止境地忙碌，只是为了回到最初的状态。那么，为什么不在一开始就让自己安静下来呢？

安静，在秋天似乎最适宜。只是，岁月的河流让人有这样的感觉：秋叶飘落，各自不同；不同状态的外在是形式，本质却是沧桑。

安静，也有层次与境界的不同吧。

四

走在上下班的路上，悯秋的情怀常在心间翻腾。

这路，似乎一成不变。秋去秋来，人来人往。秋还是那个秋，路还是那条路。只是，人却是"屏除丝竹入中年"了。

秋如故。蓦然回首,那些人,那些事,那些"理",那些秋的"金穗"……在这个日子里,显得如此模糊而平淡,没有了分量。只是,有那么几个"心胸豁达""甘为人梯"的身影,却越发清晰起来。

悯秋不悲秋,感叹不弃叹。在固有的逻辑中,在通脱与旷达之下,让路一如既往地在春夏秋冬延伸,坚守着一颗平凡的心吧。

状态可以持续,质地总不能一成不变吧。

寻找烟墩山

夏日里,知了和鸣,骄阳当空,没有一丝的风。

围墙一角有一个缺口。跨进去,一股热浪迎面袭来。首先映入眼帘的,竟是垃圾场。显然,这垃圾是偷倒的,已有时日了。穿过垃圾场,眼前豁然开朗,一大片绿色坡地铺展开来,起伏绵延。这里野草疯长,杂树葳蕤,一畦畦菜地随意散布,玉米、辣椒、番茄、豆荚……竞相生长,争红斗妍,充满了田园气息。

向坡地高处走去,路上杂草丛生,荆棘张狂。走不多远,便见一块坡地上赫然立着两块碑石,上面铭有"烟墩山遗址"五个大字。细观,一块是市级的,立于公元1988年,字迹已然斑驳,漫漶难辨;一块是省级的,立于公元2005年,碑身爬满藤蔓,绿叶"箕踞"。站在碑石前,才知道这里就是烟墩山遗址保护区。

继续向高地走去,想寻找遗址发掘地。任荆棘划割肌肤,汗水横流,举步维艰中,终是登上烟墩山制高点。这里天蓝风轻,日烈声寂,有沟壑,亦见密林,却不见遗址的一丝信息,也没有一览众山小的感觉。远远望去,整个保护区俨然一个农庄,遍地稼穑,满眼菜畦。保护区中央,是一大片低洼地带,水草丰茂。长满绿藻的水面显得逼仄狭小,但依然环拥出一片孤岛来。岛上芦苇簇簇,花草茂盛。不难想象,这里的水域,曾经清澈秀丽,与坡地相映成趣,不失为宜汲宜住之地。

环顾四野,遗址保护区全然被这座繁华的城市包围,周边高楼林立,鳞次栉比,散发着现代化气息。这片数万平方米的绿地,不是公园,亦非街景,似在期待着什么的雕刻,静立于城市中央,显现出一种特别的、不搭调的气质。

烟墩山不高,更准确地讲它是山坡高地。站在这里,若不见碑铭,可能永远不知道它就是烟墩山,有着五千三百多年历史的江东先民生活中心。植被的疯长、城市的扩张,让这里看不出特别之处。庆幸的是,这片绿地,终是没有被城市吞没,终是被圈划出来,留待将来展现于世人。只是,最终还是留待将来展现。要认清来路,激荡精神的力量,就要让"陈列在广阔大地上的遗产"活起来。

源远者流长,根深者枝茂。当烟墩山"玉人",穿越五千年时空,与江东父老相见,一展新石器时代艺术的精致与高超时,文明之流便倾泻而下,与我们骨肉相连,气韵相融,基因的脉络清晰可见。不知道是冥冥中的注定,还是天然的巧合,对于"智造名城"江东大地来说,20世纪80年代注定是个要永远记住的年代!

1984年,江东大地太"富有"了,惊人的文明"实证"似乎井喷式横空出世,令人瞩目。这一年,烟墩山遗址揭开神秘面纱,携带着五千三百多年的历史雨露,带着"实证"与江东父老见面;这一年,朱然家族墓赫然面世,携带着两千年前"富且贵、至万世"的篆书吉语,施恩江东父老;这一年刚过,凌家滩遗址便在农人的锄头触碰下,携带五千五百多年的物件现身,震惊世界,拉伸了中华文明的长度……

光阴难驻疾如客。一晃,三十余年的时光已悄然汇入历史的长河,凌家滩遗址、朱然家族墓地已发掘、建馆,与江东大地眼神交汇,让诗城熠熠生辉、璀璨夺目! 敢问,烟墩山的"玉人""陶器",何时让人不需找寻,而以文明安放的方式续写"智造名城"的华章?

再寻烟墩山

一片土地的历史，就是在她之上的人民的历史。

——题记

喜欢去烟墩山晨练。站在峰台上，独处公园制高点，临塘面水，舒展拳脚，习练久已放下的拳术，只觉酣畅淋漓，仿佛回到青葱岁月。正值夏至，峰台天高地阔，清风徐来，空气中弥漫着花草的清香；远丘近水、红花绿草，尽收眼底。

上峰台前，我往往先沿着跑道疾走，活动筋骨。峰台下是一个池塘，池水清澈，浮萍漂浮；塘中央有两个小岛，水草丰茂，水杉葱茏；池内蛙声阵阵，虫鸣声声，似在合奏夏日晨曲；有野鸭、水鸟在其间嬉戏，它们扑扇着翅膀，表演水上"凌波微步"；不时有鱼儿跃起、乌龟划行，引起涟漪阵阵；池塘岸边，垂柳依依，芦草摇曳，有茅草亭、观望台临水而立，水、亭相映成趣……一池天籁，让这片山水显得格外热闹。公园内，花卉草木一片片、一簇簇，造型各异，生机盎然。有蓝色跑道顺着山势起伏蜿蜒，人们在上面跑动，移步换景，充满时尚的动感气息。一大早，来锻炼的人不在少数，常有年轻人来这里，对着手机，随音乐节律舞动，并开启现场直播；年长的大妈，一身长袍褂行头，面对镜头，飘然如彩蝶曼舞，举止优雅；亦有遛狗者闲步草坪，不时演绎人狗"情"未了……

站在峰台上，看着脚下的这片土地，欣赏着四周的风景，我常常遐思良久。这里，已成为名副其实的"公园"，成了人们休闲健身的又一个好去处。如果不看"烟墩山遗址""烟墩山遗址保护区"的标牌，人们可能根本不知道这片土地的沧桑历史和厚重文化——五千三百多年前，江东先民就开始在这里繁衍生息，起居劳作！自20世纪80年代该遗址被发现以来，"实证"的物件喷吐而出——新石器时期的玉器、陶器、石器、墓葬、灰坑,西周时期的房屋建筑、红烧土遗迹等,诉说着这方热土的时代跨度、文化内涵、功能格局等等。烟墩山遗址与凌家滩文明遥相呼应,一起展示着长江流域的史前文明。

五年前的那个盛夏,带着对历史文化的虔诚,我也曾来这里寻踪拜谒。彼时,偌大的园内杂草丛生,荆棘遍地,怎一个荒芜了得!有周边居民进入园内广种庄稼,春播秋收,似在演绎远古时代的先民生活。彼时,草木纵横,芦苇疯长,池塘已然淤积成沼泽地,长满绿藻的水面显得逼仄狭小,似从五千年前穿越而来,带着一身的疲惫,惊奇地探望着这个陌生的世界,与周边的林立高楼、车水马龙是那么格格不入。夜静之时,我久久不能入眠,于是写下《寻找烟墩山》,追问烟墩山何时不再让人找寻,何时以文明安放的方式续写"智造名城"的华章。

时光流转到公元2021年,亦是红五月,欣喜见得挖土机轰鸣进场,遗址公园破土动工。那些日子,一得闲,我便去看烟墩山的变化。渐渐地,欣然发现,烟墩山"活"了过来,由"山野村夫"变成了"时尚达人",轮廓愈加清晰,棱角愈见分明。池塘疏浚后,烟墩山一下子大而明亮起来,池水不多日便涨至满塘,波光粼粼,灵动清丽。

站在峰台上,凝望整修一新的烟墩山,时常眼前一亮,一个个海绵水系、可持续生态造型,让这里山清水秀,空旷高远,不失时代的文明气息。公园周边,有风格迥异的徽派建筑群、德化堂古床博物馆,更有鳞次栉比的高楼大厦。只是,除此之外,似乎找不到烟墩山的一丝"历史遗存"。曾在小城博物馆见到烟墩山出土文物,四百余件"玉人"类文物,让人不能不震撼,以至于"玉人"造型被数倍放大,矗立于馆前,成为这座城市的一个地标。"玉人"似乎时刻在提醒人们,不要忘记这片热土上的灿烂文明,不要丢失赓续烟墩山精神血液的文明担当。我在想,或许,正如一位考古者所言:"文物,绝不是静止的古董,它是活着的历史!"从池塘向峰台看去,峰台颇似远古的祭坛,正诉说着历史深处的"国之大事、在祀与戎"……烟墩山文物仍然活着,仍然在激发现代人去传承文明、追寻梦想。

站在峰台上,我仿佛看到,五千年前的烟墩山人,正迎着旭日,拿起石锄,准备耕地;或背起弓箭,准备狩猎;或走向峰坛,准备搭建祭台,燃起篝火,向上天祈求风调雨顺、安康祥和……一如现代人,正让烟墩山融入当下文明,以"活过来"的方式,不用再去找寻!

一 只 鸟

周末。春光明媚。

午后的办公楼空无一人。一只鸟在走廊踩着碎步,一步一顿,悠然自得。

看到鸟的一刹那,我惊喜万分——物以稀为贵呀,鸟能来这里,说明这烟囱林立的厂区生态环境大好。只是,马路上重型车辆仍在轰鸣,尘土飞扬。看来,鸟是误入。

见鸟儿悠然自得,我禁不住想示好,于是挪动步子,一点点靠近,但终究是一厢情愿的事儿。鸟在惊警间,扑棱起翅膀,在不太宽敞的走廊上低翔起来。鸟飞翔的轨迹,不是直线,而是波浪式的弧线。鸟在每扇透明的窗户上,蜻蜓点水式触碰,弄出声响后,再侧身离开,飞向下一个窗户。鸟就这样机械地飞翔着,不厌其烦,在十几个窗户上"撞"了几个来回。

显然,鸟不相信我,在寻找逃离的出口。只可惜,那一刻,每扇窗户基本上紧闭,玻璃虽然通透得似乎不存在,但终究还是存在,它出不去。

鸟从走廊的一头飞到另一头,一次次寻找出口,一次次以失败告终。鸟在失望的情况下,旋即转身,疾速掠过我的头顶,飞向走廊的另一端。鸟仍是波浪形的飞翔姿态,不停地碰撞。

站在走廊的一端,我不敢再走了,怕惊吓它。但鸟似乎并不领情,仍旧来回折腾。鸟飞翔的速度越来越快,触碰的声响越来越大,匆匆的身影中写满急促、慌乱与不安。

我顿生怜惜之情,不自觉打开身边的几扇窗户,想给它打开一条飞向蓝天的通道。

鸟飞到走廊的那一端,却出乎预料地趴在窗户上不动,那似乎是一种"心灰意冷"的表白。我急忙走过去,击掌、跺脚、尖叫……把动静弄得很大,想驱它穿越打开的窗户。但是,受惊的鸟儿不是转身飞翔,而是一个劲地撞击面前的玻璃,撞击这看似通透、实则阻隔的玻璃——那撞击的频率越发密集,撞击的声响越发响亮,撞击的力量越发猛烈……这挣扎的场景,悲壮而惨烈,让我在惊恐中屏住呼吸,怔怔地凝视。

许久,鸟终于停止撞击,瘫软在窗台上——昂头、张翅,嘴喙紧贴着透明的玻璃,无望地看着窗外的蓝天白云……

我悄然走近,它没有丝毫反应。我惊奇地发现,这是一只布谷鸟,窗户的玻璃上已然血迹斑斑,鸟的脑袋与翅膀上已是血痕累累……我在想,莫不是"望帝春心托杜鹃"?

那一刻,一伸手,就可以轻而易举将它擒住,但我没有,我推开了所有窗户……

我转身进了办公室,关起门,默默静坐。我的思绪在惊悸中游走——布谷鸟定是闯过人类的重重关隘,但它为何要来?为何不知道转身?又为何惨烈如斯?……

良久,我走出办公室,欣然发现,鸟已不见踪影!

泰 国 印 象

自泰国归来已有几载,但那方热土的景象与风物,随着时间的推移,在脑海中变得越发清晰,常常跃动于眼前,挥之不去。

高温有约

江东大地萧风渐起的日子,飞机从金陵起航,穿越云层,飞到了那个久负盛名的东南亚国度——泰国。踏上这片土地,第一感觉,便是一个字:热。飞机一头连着清秋,一头却连着酷暑。高温是这片土地上一个标志性的词语,汗如蒸桑拿般,如影随形。翻译平平说,来这里,我们中国的秋冬装是派不上用场的。这里一年只有三季——热季、雨季与凉季,典型的热带季风气候。雨季的泰国,说雨就有雨,急急斜斜,来去一阵风。高温是这里的主流,温度常驻于30摄氏度以上。充足的阳光、充裕的雨水,加上生态方面的保养,使这里植被茂盛,到处是一片郁郁葱葱。

赤足、喝凉水已是这里的习俗。但凡进屋,一般须赤足,无论是到住所、商店还是银行等。我们赤着脚走进宾馆,却发现自来水不能饮用,只供洗漱。饮用水须去购买。街头路边,自动取水机很多,只需投以硬币,便可随时汲水,颇为方便。自此,在意识中就有了节约用水的概念。取得饮用水,却又发现住所内没有烧水的用具。这里的人们基本上是不饮茶的,也没有喝热水的习惯,杯中全是凉水。走进店铺,寻觅半天,才发现了热水壶和沏茶的杯子——这些东西,在这里无疑很少使用。这该是特定气候使然吧。

小镇风情

我们住在一个集镇上。

晚饭后,暑气未消,我们便穿着拖鞋,一身裤衩背心,学着当地人的悠闲态,行走于集镇,散步于村野。有时,一边漫步,一边欣赏着这里的风情民俗。

祥和、安宁,似乎是这里一种永远的状态。

小镇上的建筑,多半五颜六色,金碧辉煌,尤其是佛龛与寺庙,屋顶参差错落,塔尖高耸,尽用些木雕、金箔、瓷器、彩色玻璃等镶嵌装饰,充满着佛教色彩。别墅很多,一排排,一组组,整齐而壮观。别墅都是单层的,顶尖瓦红,独门独院。院里有车,屋内的家什却不多,简单明快,有的甚至无床,人们席地而卧。与别墅相对应的,是一些铁棚住户,虽寒陋,可房边有车,人很悠闲,仿佛可随时搬走。几次散步,就看见了棚户人家用车子载家而走。据说这些棚户人家都是渔民,迁徙是常态。

走在小镇上,见不到一家酒店,只有一些排档类的酒吧,或露天小吃摊。在泰国,只有冰啤一类含酒精饮料。常见这样一个场景:两个泰国人,各执一冰啤,小菜一碟,且呷且聊,两三个时辰,酒未尽,意仍浓,人不醉。

小镇很洁净,几乎见不到任何垃圾。周三与周六是这里赶集的日子。夜幕尚未降临,小镇上已是人头攒动,偌大的广场已摆满了摊位。物品丰富多彩,小吃尤多。市场内,赶集者川流不息,来来往往,场地却是意想不到的整洁与干净。更觉奇怪的是,虽然人多且杂,但没有那份人声鼎沸的喧哗,也见不到大声喊卖的疯狂。对谈间,彼此都面带微笑,轻声细语,平静悠缓。这里也不乏乞讨者,以重度残疾、畸形者居多。无声的乞讨间,只听见盆内投币声不断,行乞者双手合掌行礼致谢,双方很是默契。

水果之恋

泰国,可称得上是个名副其实的水果王国。

小镇上,水果颇多,品种极为丰富,有点让人目不暇接。有些水果,我至今仍叫不上名儿,问翻译平平,却说中文中找不到对应的称呼。但凡不认识的水果,我们皆买来海吃一顿,吃惯了,便常买来吃。很多水果,不但价格低廉、清脆爽口,而且身上带着泥土的芳香和枝叶的清新。椰子最为便宜,十泰铢(折合人民币两元)便可买得一个,既新鲜,又硕大,我们常常是嘴里喝着,手里拎着,惬意中带着得意。火龙果、红毛丹、波罗蜜、杧果以及其他几种至今叫不上名字的水果,则是我们的常选对象。

狂吃了很多水果之后,我渐渐对两种水果情有独钟——山竹与榴梿。这不仅仅是因为它们质优价廉,味道奇特,更为重要的是其营养价值极高,一个被称为"水果之母",一个被封为"水果之王"。两种水果,吃时颇有讲究,不可贪婪,否则会伤及身体。至今思来,那段吃榴梿齿颊生"臭"的日子,着实让人回味无穷。其实,最让人羡慕的,还是那片土地上的人们,他们世世代代坐拥着两种果中极品,真是莫大的幸福。

我们常去水果摊买水果,以至于和几个摊主都熟悉了。有一位是老妪,很是慈祥。每每去时,虽语言不通,但老妪都像老朋友似的,微笑着和我们打招呼,主动挑些质量上好的,用计算器打出价钱。一次买了些林檎(俗称释迦),欲走时,不经意间老妪走上前来,微笑着,不容争辩地换上几个——特别新鲜,个头奇大,让我颇为感动。

我们常常对水果刨根问底,追寻着它们的源头,为此,曾走进了乡野,走进了地头与果园,眼界大开——波罗蜜长在树干上,菠萝长在矮生的菠萝杆上,椰子长在高大的椰子树上……这些水果的栖息地,亲眼看见后,觉得它们是如此可爱与真切。

悠然的文明

在泰国,见了面,即使素不相识,却都老朋友似的,合掌,微笑,"沙哇滴卡(您好)",让人觉着这个世界净是熟人。走在很窄的走廊上,迎面走来当地人,对方多半是微笑、侧身、谦让,让人有种"大人物"般的感觉。"悠然"一词,可以成为这里人们生活的真实写照——干活不紧不慢,认真而仔细;买东西,除了热情、厚道,便是规矩,让人放心;住所,夜晚无喧哗之乱耳,有寂静之安神,有警之者曰——喧嚣制造者,必将成为警察的"座上客"。

置身于此,感觉汽车的喇叭似乎成了多余。公路上,街道口,飞速行驶的大大小小车子,似乎都相约着藏起了喇叭声响。飞速行驶的车子,绝对是车让人,戛然而止后,司机往往会伸出脑袋,露出一脸的微笑,平心静气地等着你,全无粗口谩骂和叫嚣。

朋友皮肤过敏,我陪其去看医生。尚未进门,便有护士迎了出来,满脸的微笑。医院内纤尘不染,色彩淡雅,清新养目。有专业护士问情况、称体重、量个头、测血压……一一记录在案,编以号码,归以门类。稍许,铃声响起,喊号声传来。朋友入内,医生轻声缓语,不厌其烦。注射完毕,针眼处还被贴上"创可贴",细致入微。

有一件事让我至今难以忘却。那天我们散步到一片荒芜地带,茅草丛生,遮蔽了小路。我们四处张望,寻找出路,发现不远处有一个铁棚人家,便走上前,由于语言不通,只得用手比画着想让门口的老翁指路。他一脸友善的微笑,主动走到我们前头,带我们穿越草丛,走了很远一段路,直至大道。过了几日,我们又一次散步到那里,却惊奇地发现,上次我们穿越过的茅草地,生生开出了一条小道,路面明朗。观之,禁不住感动。

尚佛与崇皇

与泰国式微笑一样多的,是佛像。佛像,可能被供奉在人们生活的任何地方,很显眼,很突出。在很多人家,佛像是不可或缺的。佛龛前,成串的黄花,成束的紫兰花,成熟的菠萝,以及烟气袅袅的佛香,似乎从不间断。

在曼谷的闹市区,有一座名气很大的四面佛。刚听说时,我以为是个大佛,去看了,才知道是个名大身不大、立着的四面佛,精致而庄重。旁边,并立着一个稍小的大象塑像。大象在泰国是成了佛的,不知是巧合还是冥冥中的注定,泰国的国土正是一个大象的头颅形状。见到四面佛时,天正淅淅沥沥地下着小雨,风雨中,拜佛的人却并不少。风也好,雨也好,闹市也罢,丝毫没有影响虔诚的叩拜人,那种情景,着实让人感动和震撼。

泰国的僧人受到的尊重程度,似乎远远超出了我们的想象。每家的男丁,打小都要到寺庙里去修行一段岁月,甚至从此就永远踏进了佛门净地。送我们上下班的司机阿迪是位华裔,他每天早晨发车前,多半会买一串黄花,合于掌间,面对着佛像的方位,虔诚地合着眼拜了又拜,然后将黄花挂于车前,平静、祥和。

在泰国,极受崇拜的,除了佛,那便是国王与王后。人们居住的地方,皇家的照片随处可见。历代皇帝栖居的大皇宫,那是金碧辉煌、雍容华贵的,神圣而不容亵渎,在人们心目中,是国民精神的寄托。一日,翻译平平送给我一个纸袋,小巧而精致,说可以放一枚硬币(泰铢)进去,并写上姓名与愿望。她一脸的认真。追问之下,我才知道这是向国王表示敬意,祈求国王赐给福祉的一个活动。这种活动,完全是自下而上、自发自愿的。

旅游佳境

泰国的天很蓝,水很清,植被很茂盛,空气很新鲜。我们所服务的高炉,是泰国的第一座高炉,环保却是一流的标准,投产条件之苛刻甚至让人不解。即便如此,当煤气在夜空中燃烧出火焰时,居民的投诉声便不约而同地响起。人们珍爱着自己的家园,有如吃饭、睡觉那样自然和理所当然——这种意识,似乎已植入了这个民族的骨髓当中。旅游,是泰国的支柱行业。这种支柱的内在资本,该是国民那份浓郁的主人翁生态环保意识。

第一次站在芭提雅海滨时,我的心灵便有了某种震撼。那蓝天白云下,海水如碧玉翡翠一般,似乎还处于混沌初开的纯然状态。海岛上,海滩的沙子一如乳汁淬成的面粉,白嫩亮滑,见之生怜,让人有不忍踩踏的感觉……海风、海浪、海岛、海天、海色,以及那和谐的海滨建筑,自然和谐地融为一体,让人心旌摇荡,心灵在澄澈中有了一种折服与景仰。

在泰国,最具代表性的人文圣地当数曼谷。在曼谷,最值得一游的便是大皇宫。大皇宫是泰国历代王宫中保存最完好、规模最大、最具民族特色的王宫,里面金碧辉煌,汇集了绘画、雕刻和装饰艺术的精华。其建筑多尖顶,高挑中错落有致,整体布局上有着浓郁的佛教色彩。大皇宫里的玉佛寺,是泰国佛教最神圣的地方。玉佛寺的神龛里供奉着被视为泰国国宝的玉佛像,由一块完整的碧玉雕刻而成。每当换季时节,国王必定亲自为玉佛更衣,以保国泰民安。进入玉佛殿,里面鸦雀无声,地上席坐着很多朝拜人,充盈着虔诚、肃穆而空灵的气息。

到了夜晚,不可不看的是湄南河。对于泰国,湄南河是一条母亲河。游于湄南河之上,可以一览这座古城邦的精华建筑,以及那厚重的历史遗存。游走间,两岸的灯光动感十足,绚丽多彩,变幻无穷,使人仿佛一下子置身于美轮美奂的仙境之中。游船的甲板上,声乐飘飘,欧美的游客纵情地狂欢。这一切,与两岸的灯光、建筑以及文化气息,自然地融合在了一起,浪漫、时尚,却又不失古典的美感。

壁虎

刚到泰国的那个夜晚,步入房间,一个场面让我惊恐:几只壁虎在房间的墙壁上追逐嬉戏着,且行且"放歌"——身手之敏捷,行为之放纵,是我始料不及而又让我惊慌失措的。壁虎,在我的记忆里是"毒物",打小,父辈们就说壁虎咬人,不到打雷不松口。所以,夏天里,壁虎在吃着蚊虫的同时,常常遭到大人们的惨"戮"。如今,我居然与壁虎同处一室,岂不危险?

战战兢兢中,我顿觉危机四伏。顾不得一天的劳顿与困乏,打开门窗,挥舞起包括枕头在内的一应武器,开战壁虎。壁虎倒也不经打,几经吓唬,便四散逃逸。驱赶了壁虎,我倒头便睡,一夜无梦。

清晨醒来,我环顾四壁,不见壁虎身影,禁不住暗自庆幸。但走出房间,不经意间,却惊讶地发现,一只壁虎居然正昂着头,摇着尾巴,在门楣上与我对视,颇为悠然自得的样子。我禁不住吸了口凉气,逃也似的走出住所。见到翻译平平,心有余悸,忙不迭地诉起苦来,叙说着壁虎的嚣张与我的后怕。不承想,听完我的描述,她哈哈大笑,说:壁虎怎么可能咬人?它友善得很,只吃虫子,是吉祥物呢……吉祥物?我一头雾水。

下班时分,还没回到房间,远远就看见几只壁虎正潜伏于门楣之上,一动不动地昂着头颅,注视着前方,似乎在等待我的回归。进得房内,一只壁虎正爬行于窗棂之上,旁若无人。从衣柜里拿出衣物,不经意居然掉落一只壁虎,敏捷地在地面爬行……我无可奈何,且惊且吓,壁虎的势力太过强大了,驱赶恐怕无济于事——罢了,随它去吧,我且熟视无睹……

吃罢晚饭,气温依旧很高。我们走出房间,散步于小巷村野。路灯下,光亮的墙壁上却是数不清的壁虎,这里俨然成了壁虎织成的一面面天然之网,时不时,有飞扑着的虫蛾殒身其间。村野人家的住所,几近全是一栋栋的小别墅,别墅周边是一片片郁郁葱葱的草木,一应的建筑上,壁虎的身影随处可见。这壁虎似乎与温和、微笑着的房主人,一起分享着这美丽的家园,睦邻和谐。我注视着这壮观的场面,震撼良久,感觉这壁虎领地之大、"人缘"之好,真是世所罕见,不亲历,真叫人难以相信。

日子一天天流淌着,我渐渐习惯了躺在床上看壁虎——看它黄褐色的身段,看它有点酷的三角形头颅,看它可以摆动的纤细尾巴,看它灵动自如地游戏追逐……夜里,我常常在沉沉的寂静中,翻涌起缕缕的思乡之情,这一刻,壁虎往来翕忽、咯咯作响,似乎在抚慰着我孤寂的灵魂,驱赶着浓浓的乡愁。我骤然生发出对壁虎的羡慕与好感,甚至有点感激,我想到了童话里壁虎的温暖形象。

闲暇之时,伴着壁虎的声响,我常常驻足于窗前,眺望着远方——那悠长的河流,从容地流淌在一片空旷的大地上,映衬出很多美丽的词语——椰子树、含羞草、芦苇、小桥、别墅、捕鱼老翁,纯洁的月、银亮的星、纤尘不染的唯美夜空……这些景物与元素,构成一个悠然纯净的生态地域。这种地域,融合了这里特有的佛性、微笑与温度,散发出一种和谐超然的美,壁虎们无拘无束地游戏、生长,显得那么幸福、恬适。

花未全开

办公室天花板的石膏线条出现了裂缝。

缝越来越大。一根线条的三分之一已呈悬空状,摇摇欲坠,动感十足中大有即刻脱落的倾向。恰恰那段时间事多,没来得及清理这个危险源,以至于每每走进办公室,总有一种如履薄冰的感觉——掉下来砸到脑袋,那可是"秒杀"的事儿。但凡在办公室里走动、落座,总想着头上悬挂的那把"利剑",诚惶诚恐间,没有一刻不小心翼翼地规避着那潜在的危险。

终于有一天,我正在办公室做着事,不期然,"砰"的一声,那石膏线条以迅雷不及掩耳之势做起了自由落体运动,齐整整地掉了下来。所幸我毫发未损。其他没掉的线条亦有裂纹,但没有"张口",安分地附着于天花板之上,不值一虑。

虽是惊魂未定,但心里的那块石头总算落地了。看着掉下来的石膏线条,已然粉身碎骨,撒落一地,再没有高悬欲坠时的可怕了。不承想,这么个平常的东西,竟以欲落不落的状态,搅得我心神不宁、坐立不安,以至于感到它的强大、张扬与神秘。

冥冥中,总不能忘却那根石膏线条,准确地说,是忘却不了它那欲坠还停的姿态。那姿态,其实不是一种张狂,也不是一种险兆,而是一种"有成理而不说"的演绎。

那一刻,石膏线条不是在向我"示威",而是大言无声,在默默地向我展露着一种生命的张力。之前的它,默默无闻,没有一丝的波澜;脱落后,亦平静如许,没有一点儿的"霸道";只有在摇摇欲坠的那个时候,它才以"欲说还休"的方式,凸显着生命的活力,让屋主人紧张不已。

其实,细细审视,那欲坠不坠的石膏线条,莫不是一种"花未全开月未圆"的状态？那欲落不落的石膏线条，莫不是一种对"不知江月待何人，但见长江送流水"的诠释？欲坠不坠，那是一种境界，一种过程，一种变化……

花未全开，总有尽开的那一天，那里面充盈的是希望，是势能；月未全圆，总有尽圆的那一刻，那里面蕴含的是变化，是不息。一位先哲说，世界不是一成不变的集合体，而是过程的集合体。过程为何物？过程就是欲坠的石膏线条，过程就是花未全开月未圆。

不知道人们为什么喜欢"十全十美"，为什么喜欢极端的"九"。九九，那是一种极致，更是一种"老朽"，一种"海到尽头天作岸"，那中间已再无过程可言，再无可以伸展的张力与空间了。这就如"在纯粹的光明中就像在纯粹的黑暗中一样，看不清什么东西"。

"花未全开"里面有梦想。放飞梦想，让梦想比回忆多，比回望频繁，这是一种人生的美丽。梦想里面不乏欲坠的石膏线条，怀揣着那充满张力的梦想，做欲坠的石膏线条状，就不会畏惧变化与发展，就会在留有余地中超越敌意和恐惧，去探索新的极致与华美！

黄山偶记

一

夜宿白鹅岭。

窗外,暮色苍茫,寒风呼啸。裹着被褥,隆冬的气息在屋内弥漫。同行者都已沉沉睡去,梦里不再有海拔1800米的感受了。

七月的天。山下,酷暑肆虐;山上,寒气袭人。冰火两重天,让人恍若隔世,仿佛摆脱了一切的尘嚣与烦恼,在这里沉寂、松弛,回归自然。

傍晚时分,伫立于贡阳岗。夕阳西下,艳丽如血。青黑的峰峦连绵不绝,气象恢宏。风乍起,云雾倏忽即变,残阳、远山,在前方若隐若现,大美如仙境。有"飞来石"独立于山峰,平添了这里的神秘与奇诡——这是影视《红楼梦》中"通灵宝玉"的天然道具吧。

夜不成眠。看窗外,是纯粹的黑,除了风啸,别无声响。感受着今夜的气象,颇觉不一般——这是寒风瑟瑟的峰巅,这是风云变幻的高地,这是一尘不染的洁境……这一切,都因了山的高拔与包容。想想白天,我们徒步从山脚下启程,踏着山的魁伟与强悍,历经艰辛,登临了峰顶。那一刻,我们曾对着群山高呼:大山呀,我们征服了你!

征服了大山?现在想来,颇觉羞赧,那是地地道道的"狂言"——站到山之巅,其实,最应该感知的,不是人的伟大,而是山的博大与兼容,山的虚怀若谷与"高山仰止"!

人之于山,最应该懂得的,除了敬畏,还是敬畏。

二

还没有进入山的领地,步行登山的困难,就让导游描述为"艰苦卓绝",似乎不可为。导游还附了"友情提醒":山顶的风光也将随着步行之苦而大打折扣。

算是重游黄山了,却没有步行登山的苦乐概念。记得初次来这里,是坐着缆车直奔山顶的。隐隐约约中,感觉似乎缺少了什么。

本想再次轻松上山,直奔山顶的绝妙风光,只是,女儿吵着要步行,说要沿着弯弯的山道攀登探险。小小年纪,真是不知天高地厚。但看着不强壮的她,态度竟然如此决绝,不免又生发出些许的感叹。惊喜之余,决定陪着这个小学生一起徒步登山。

山势起初平缓。台阶在大山深处懒散地铺陈开去。行走,并不觉得累。一路上,行人一拨拨的,空间显得有点局促。不承想,讲究效率的今天,还有这么多的人愿意"自讨苦吃"。与几个登山者攀谈,都说,来这里,就是体验登山的,品尝大汗淋漓的滋味。说话的当儿,看着诸君"庞大"的身材,骤然明白了其间的因由。

一路上,女儿欢快得像只鸟,蹦蹦跳跳的,登山的速度让我等自愧弗如。路人时不时投以赞许的目光,让小小的她更是自鸣得意。

山势越来越陡。台阶有如九十度的直梯,在眼前逶迤。我们已是气喘吁吁,不停地歇息。女儿此刻也显现出了体力不支的神情。但看着越发奇特的山峰,精神还是为之兴奋而欢喜。在互相鼓励中,欢笑与我们如影随形,快乐在大山的深处飘荡。身边,不时有挑山工擦肩而过,他们行走于陡峭的台阶,如履平地,让人不禁肃然起敬。

终于到了白鹅岭。

欣喜中,整个人松弛下来。放眼远眺,神情为之一振,眼前一片光亮。无限风光在顶峰。山路的陡峭,使峰顶更加迷人!

看来,导游的话,不可全信。

三

　　步行下山。走到人字瀑时,蓦然回首,有巨型的诗句赫然入目,青鸾峰上,"立马空东海,登高望太平"几个大字直指苍穹,气势雄浑,如天造地设一般。人文与自然,在这里竟契合如是,令人豁然开朗。

　　不禁思忖,莲花峰的"一览群山低",玉屏峰的"群峭摩天",半山寺的"空中闻天鸡"……这些人文印迹,以自然之态,恰到好处地散落于青山绿水、悬崖绝壁之间,浑然一体,如此和谐,不露一点生硬的痕迹。

　　这石刻,在大山名川,可真是千差万别呀——泰山的摩崖印记,过于密集与热烈,看着不免让人生腻;而武陵源的又过于荒芜,犹如白纸,让人有轻飘飘之感。独独黄山,其摩崖有着独特的气韵,高雅而不庸俗,丰赡而不张扬,在不动声色中就融入了峭壁泉水之中,天衣无缝。

　　黄山,天生的文化大山。无形中有形,有形中无形。文化,以摩崖石刻的形式融入了山的骨髓当中。松树,将中华的文明演绎得淋漓尽致:迎客松,礼仪之树,将文明友善之光传递给了这个世界;有迎必有送,与之呼应,那是送客松,代表另一种文化意蕴;黑虎松,阳刚的寄托;团结松,合力的意旨;情侣松,爱情的写意……

　　峰峰石骨峰峰松,万千奇松缀石峰。很多山松盘根于危岩峭壁之上,以石为母,以云为乳,生机盎然——那是坚忍不拔的宣言。

　　行走在黄山深处,不觉间,人也跟着有了一身的文化味道,那是一件惬意而幸运的事儿。

深 山 观 云

仲夏。朗日。湘西。

狭窄陡峭的石板山道,犹如天梯般挂在眼前。犹豫了一下,终是决然攀登。

一夜的雨,使这里一切清新纯净。潺潺涧流,在石道一边欢歌。满眼的绿、无边的林、巍峨的峰,让"青山不墨千秋画"的意境在流淌。苔藓在石板上恣意蔓延,印证了这里的人迹罕至。

我一直恐高,还怕虫叮蛇袭。本要走热门的安全线路,随大流去一个著名的景点。只是曾经去过那里,感觉平淡无奇,属"俗"美的那一类吧。索然无味中,却发现了这条罕有人行的幽道,禁不住想去探索。邀同事同往,却都畏那道险地偏,艰辛难测,迟疑不想去。罢了,孤胆前往,踽踽独行也无不可吧。

翘首仰望,一溜的台阶,蜿蜒逶迤着,在高耸嶙峋的巨石间忽隐忽现。

有不知名的虫儿在丛林中嘶鸣,声响怪异凄婉,颇觉阴森可怕。悚然间,禁不住想止步,转身往回走。忽又觉得可笑,自忖,这算是哪门子困难呢?复壮胆前行。

山崖深处,阒然无人。小道延到一片山石后,似乎有点山重水复疑无路的感觉。探寻之下,却又峰回路转,闪现出一条小径来。这片山石,似乎成了一个"龙门阵",路在其间九曲回肠。逼仄的空间让人迷茫,迷茫中却又有意外发现。举目张望,天空被山石切割成了一条窄窄的线,这算是名副其实的"一线天"了。仲开双臂,不能尽直,左右触摸的都是石墙。几多恐慌,几多惊喜,禁不住对着窄窄的天宇喊山,回音在空谷中荡漾,使我有了"万物与我并一"的感觉。

走出"一线天",是更加陡峭的台阶。

愈往上,愈是崎岖;愈攀越,愈是大汗淋漓。林密草深,道窄山削……寂静空旷的山谷,很清晰地回响起我沙沙的脚步声响。我有了一种"单薄"的感觉,这一刻,"土匪"与蛇虫是极易成事的。禁不住有了几分退却的念想,但每每想往回走,每每又多了几分眷恋与不甘。

逡巡中,还是选择了继续。

汗流浃背,气喘如牛。转过一块山岩,禁不住惊喜万分——眼前豁然开朗,山高天远,谷空道平……这片境地,没有了逼仄的那种刻薄,像是世外桃源的那份写真。

选择了一块平坦的大岩石,坐上去喘气小憩。

有大片野花映入眼帘,红黄相间,摇曳生姿。山风拂来,满是花草的幽幽清香。屏神静气,整个山谷显得寂静而空灵。有山鸟划过山谷,在山峰的绝壁前回旋,偶尔留下几声鸣叫。怡然自得中,我舒展四肢,夸张地躺于岩石之上。闭目,让思绪停顿,让肌体松弛。我分明听到了蜜蜂的嗡嗡声响,听到了山泉的滴答滴答低吟,听到了山风虫鸟的窃窃私语……那是自然在演奏。仰视天宇,天宇却回我以"收敛"——天穹在群峰中有棱有角,小巧可人。天是蓝蓝的,纯洁而高拔;云是白白的,真切而生动——

云儿悠悠,飘然不惊。深山观云,有种"孤云独去闲""相看两不厌"的感觉,那是一种纯粹的真实;深山观云,感觉一切都变得简单,不需设防;深山观云,那是通脱中的一份坚守——沿着小路走,多半会走出一条大路来……

面 朝 大 江

早春时节,阳光和煦。

临江而憩。很好的一片沙滩。松松的,软软的,空旷而邈远。风儿悠悠。流水淘沙不暂停,前波未灭后波生。有水鸟偶尔掠过江面,留下若即若离的声响。

沙滩上有点热闹。几对新人,正进行经典的婚事活动,后面跟着一簇簇的人。新娘身着洁白婚纱,长裙在沙地里拖行,就着远山、近滩、江水,拍下一个个动人瞬间。这天然的风物,融入终成眷属的河流。

女儿兴奋地玩着沙子,面朝大江,背起"天门中断楚江开……"的诗句。背完了,在湿漉漉的沙滩上写这首诗,有字不会写,反问我们,妻与我抢着提示。不一会儿,一首千古绝句就歪歪斜斜地躺在沙滩上,映衬着大江东去,似有清风吟读、暖阳附和、远山凝视。

面朝大江,默读这首诗,禁不住心潮激荡,生发出很多感叹,感叹"今月曾经照古人",感叹文化的血脉竟如此坚韧……一首诗,传诵千古,让这片水域与土地,千百年来散发着灵气与不朽。这片沙滩地,或许就是当年诗仙吟诵的地点吧。两岸矶山夹江而立,兀自挺拔,遥相呼应,雄视一江楚水向东流,不能不让人想去"问苍茫大地""念天地之悠悠"。青山依旧在,几度夕阳红。这一刻,日薄西山,江面上碎金闪烁,波光粼粼,两岸的山、一江的水、湛蓝的天,在浑然一体中绚烂摇曳,生气灵动。

滩边的山,绝壁临江,不事雕琢。山不高,但如刀削斧砍,陡然挺拔,不乏雄浑之势。站在山巅,看江水以不可挡之势冲"断"梁山,凯歌北去,不得不慨叹,这已不是纯粹意义上的山,而是人类与自然的宁馨儿,是这片天地在历史长河中留下的摩崖石刻,镌刻着永恒与灵秀。

大江奔腾不息,浑然分不出古今。今人的感慨,古人的沉吟;今人的欢乐,古人的意气；今人的追寻，古人的探觅；……古与今，有如这两岸的山，有着"东"与"西"的默契，在一一映射中，写满"人生代代无穷已，江月年年望相似"。

想起千年前，苏东坡在江边感叹浪花淘尽英雄，"哀吾生之须臾，羡长江之无穷"。而今日，品味这楚天皖水，风悠鸟鸣，"耳得之而为声，目遇之而成色"，顿然感觉，最该去做的，是拥抱当下，不辜负这一片繁花似锦……

深 秋 的 雨

深秋的雨,淅淅沥沥,带着寒凉,不舍昼夜。

一场秋雨一场凉。历经秋雨的洗礼,野外的天地,万籁俱静,沉寂素朴。小草干枯了,一尘不染,不再随风俯仰。农田中沟壑纵横交错,一泓泓静谧之水,折射出朴实的灵气,水墨画似的旷远悠长。皖江的山,层林尽染,万山红遍,树叶为深秋发出一张张名片。

深秋的雨,萧萧肃肃。雨水让丰收收场,留下了一个阒然无声、低调谦和的世界。这个时候,灵魂通透,心灵通达,极易忘世,思绪可以信马由缰,什么都可以想,什么都可以不想。

秋天里,为双亲立碑。墓前,一株古老的枫树挂满橙黄的叶,在绵绵秋雨中飒飒摇曳,散发着慎终追远的气息。母亲也是在秋天里走的。迟暮的日子,母亲选择了自己的安息地。彼时,她用手帕包裹着一生节俭持家留下的仅有一点家用,交给父亲,告诉他,自己照顾好自己,秋衣在橱柜的上层,冬衣在橱柜的下层,别忘了给猫、鸡喂食,便安详走了。两年后,常常找不着衣裳、做不好饭菜、喂不好猫鸡的父亲,也在秋天里追随母亲走了。秋雨中,墓碑醒目,子孙们长跪拜谒,眷恋的情丝在心中萌芽,抽穗拔节。

这片山林,飘落着家乡的雨,洒满着家乡的情。舍去伞,我在深秋的雨中漫步。

我看到了春夏秋冬四时交替的日日夜夜,看到了双亲辛勤劳作的身影,看到了我们从春的学步、夏的成长、秋的收获、冬的坚忍中一路走来的足迹,直至双亲在秋雨中向我们挥手告别的情景……

独步山林间,一片故乡的云从空中飘过。那上面,仿佛载满了我的思绪,那是双亲赋予我生命,引我穿过春夏秋冬,让我成为"我"的宏大叙事。那里面,没有"秋风秋雨愁煞人,寒宵独坐心如捣"的忧愁,没有"万里悲秋常作客,百年多病独登台"的无奈,有的只是"一年一度秋风劲""我言秋日胜春朝"的乐观与旷达,散发着"不似春光,胜似春光"的自信与温暖。

那一刻,这片山野间,满是深秋的雨,成熟而澄澈,似乎散发着一种力量、一种精神,激励我们活得更好。

文 化 标 本

一

在湘西大山峡谷里看实景音乐剧，确实有种震撼的感觉。

人狐情未了，一个老套的爱情故事在大山深处"发生"。千年白狐，神通广大，却愿为一个孤苦伶仃的穷樵郎冲破禁锢，舍弃神性，痴情坚守。最后，上苍感动，鹊桥天架，有情人终成眷属。这种海枯石烂式的凄美奇谈，书里并不鲜见。

只是，这故事放在暮色四合的幽深峡谷里演绎，以巍巍大山作舞台，拿潺潺涧溪作道具，用土家族的风情作底色，就显得神秘而美轮美奂了。自然的故事在"自然"中发生，情境回归自然，白狐由此也就走进了人间。

"万丈山谷啊万年的时光，我要用滚烫的心把你熔成爱的桥梁……"倾听激昂震撼的旋律，感知到的是一种人间的执着在大山深处回荡和穿越。不得不惊叹，这其实是用当代手段对古老文明的写意表现吧。

白狐的灵魂在这样的峡谷背景里"活"了过来。这里的奇峰险洞、古木秀水，也因为这样的"人间"演绎，变得温情脉脉，烟火味充盈其间。

许多年后，这片山水，或许就因为这种独特的"故事"的流传，而变得"腹有诗书气自华"，自然的野性融合人间气场，别有风味。山水因人文而灵动，人文因山水而神奇。

这种宏大的叙事与创意，让人类古老的情感鲜活起来，动人，却不腻人。这或许是沉寂着的人类文化标本由此被"激活"的缘故吧。

一种文化，抑或文明，一旦不再新陈代谢，歇息在历史的长河里，那剩下的，就只有透支了。

二

离开天门山，行走于凤凰古城，似乎就有了另外一种感觉。

古城因西南面的山酷似欲飞的凤凰而得名。名字的由来，并没有多少神奇的色彩。今天古城响当当的名头，其实来自其得天独厚的人文遗存与生态风景。人们印象中，凤凰城内是石板小巷、古典城楼、明清老院，城外是江水蜿蜒、桨声舟影，山歌互答，清洌的河水中荡漾着一种独特的宁静与安详。

确实，凤凰小城是美丽的。单是沱江的水流便不同凡响，那里流淌着沈从文、黄永玉等大师的韵味与灵气。沈从文的文字让凤凰走进了世人的心灵深处，成为一个符号；黄永玉的画笔让凤凰震撼了世人的眼球，成为一种唯美。一边是青山碧水，独特建筑；一边是名家辈出，土家风情。这让凤凰无论如何都称得上是中国上好的小城了。

走在青石板的巷道上，去寻觅心灵深处那个古朴文静、满是文化意象的小城。

古建筑群依然完好地矗立在那里，古色古香，写满了时间的沧桑印记。只是，古建筑里的内容，却完全不"古"了。那里不再是寻常百姓人家。吊脚楼下、古朴院里，各式的姜糖颇多，自称"第一"的热卖随处可见；打着苗族、土家族招牌的各类饰品、影像及活动，无处不在。放眼青石板的街头，行人一拨拨的，商家一片片的。熊希龄府、沈从文故居……静静地躺在那里，成为停歇在历史深处的陈列品。听说，当下，黄永玉每每回乡，凤凰城里都像过节似的，要鸣放鞭炮。

小城，宁静不再。

凝固了的古老建筑上，刻满了活色生香的现代湘西"商"元素。古城不静，曾经的文化却"静"了下来——停驻在了历史的某个深处。"万里长城今犹在，不见当年秦始皇。"古城承载了现代川流不息的人群，日复一日，看上去，已然倦态满面。

历史，或许就是以这样的一种方式，让人类的一些文明渐行渐远，终了，只留下部分可供瞻仰的静态文化标本，供人们不停唏嘘吧。

山 花 烂 漫

走进生态园时,天正淅淅沥沥地下着小雨,吹面不寒的风儿柔柔滑过面庞。园区内整齐划一,似乎完美无缺。看得出,园中之物,分明是在追逐自然的步伐,却又留下了雕刻的味道,找不出多少天然的自在与狂野。花卉盆景,植被作物,被整齐地一一定格,没有个性与随意。水系依山而下,一路低语,将一应的建筑围猎其间,丰盈沛然。

沿着柏油马路一路走去,有飞檐亭阁、小桥流水,有庙宇人家、弱柳扶风……这些景物都脱不了传统的秉性,是后花园里"娇喘微微"那一类。走着,看着,心灵平静中没有一丝波澜。走完了可以走的路,我便独自一人仰望青山,观满山的翠绿,听阵阵的山风,看空蒙的天宇……脚在不自觉间动作起来,朝着青山的深处走去。

穿过黄灿灿的油菜地,踩着泥泞小道,脚下吱吱作响似天籁。满眼的苍松,挺拔遒劲。穿梭于林间,脚下却是青翠的野草,挤踩着,水渍汪汪,盈盈成泽。且行且观,且闻且听,不觉间,已立于半山腰。放眼望去,眼前豁然一亮——山花已然烂漫,英英相杂,绵绵成韵。不远处,空旷的野山坡上,点缀着数不清的五颜六色的小花,红的、白的、紫的、黄的……一片绚烂。走近了,一股淡淡的清香,裹挟着湿漉漉的空气迎面扑来,嗅之忘俗,观之陶然。用手拨弄纤细的花草,其轻盈灵动,似一株株仙苑奇葩,在超凡脱俗中让人如痴如醉。驻足于这片山花烂漫地,心情不自觉地松弛起来。这一刻,这片天地,是属于一个人与一片山花的,我什么都可以想,也什么都可以不想。

岁月不居,年复一年。这片山花,或许就是在这样的岁月轮回中,踏着"花开花落两由之"的自然节律,行走在既定的生命历程中,不戚戚于参天大树,不诺诺于冷酷的霜寒。春天里,她注定要绽放一回,烂漫向青天;秋天里,她注定要枯寂一次，默然去酝酿。山花的怒放，美而不妖，艳而不腻，香而不馥，热烈却又不失其态。即便有了人类的偶然欣赏、眷顾，她也宠辱不惊，依然故我，那份清纯恬静，成了一种永恒。这里面似乎散发着老庄旷达无为的气息，氤氲着庄周梦蝶、物我两不分的气场。

　　李白独坐于敬亭山，欧阳修陶然于琅琊深处，苏轼吟哦于赤壁江边，柳宗元寄情于永州山水……如许绝唱，莫不因所见、所闻、所触，皆剔除了雕琢之气。唯真性情能成绝唱，唯自然态能成本色。"清水出芙蓉，天然去雕饰。"或许，这正是山花烂漫可以定格成一种永远高拔的美丽之所在吧。

走 在 路 上

五时晨起,伫立于阳台,懒懒地向外看。花架上的茶花开了,大大方方、红红火火地开了,小区的花草,在晨曦中一派鲜亮色泽,欣欣然春光乍起;吹面不寒的风儿轻抚面颊,顿觉春的帷幕全然拉开。又是一年春好处,季节按照既定的逻辑一如既往地演进着。

起先准备去登山,但置身于风柔气朗的氛围中,禁不住改了主意,决定徒步去上班。这样,可以和着晨光的节拍在春风里漫步。

走在路上,舒缓,自由,轻松。东方欲晓,莫道君行早。经过菜市场时,一辆辆车子,已载了各种蔬菜,从四面八方陆陆续续拥向摊位。摊主们在忙碌地做着一天的销售热身,或推着板车,或卸着货物,或摆着果品……一位女摊主吃力地拉着平板小车,车上除了物品,还斜卧着一个四五岁的小女孩——笼着手,惺忪双眼,头发不整,让人生怜。

天光还没有全部打开,街上已三三两两地走着晨起上学的学生,他们背着书包,拿着书本,边走边默看几眼。街边卖早点的,早就摊开了铺子,一派热气腾腾、忙忙碌碌的景象。街角书报亭,开着铺子,承接着一个个送报人送来的报纸,接报、点数、分摊、码放,一刻没有消停。路上,还时不时碰到送牛奶的、送河鲜的……人们默然有序地在晨光中奔波,为新的一天拉开帷幕。

走在路上,额头出汗、脚掌发热时,我的心也开始"发热"——我分明感受到很多不曾感受到的东西。我惊觉,先前看起来很寻常、司空见惯的一些行为秩序,这一刻去看,蕴含了那么多"殊为不易"!每天,无论刮风下雨,还是天寒地冻,我们都可以很方便地吃上早点,很方便地买份报纸,很方便地喝上鲜奶,很方便地买到鲜菜……但这些方便的背后,是很多人的"不方便"。这些早行人,或许在春天来临时,根本感受不到春的气息,他们一直走在为生活奔波的路上……

走在路上——其实,我们每个人又何尝不是如此呢?恩格斯说,世界是过程的集合体。与永恒无疆、生生不息的宇宙相比,我们每个人的生命若白驹过隙,实在太过短暂,但我们每个人都永不停歇地、形态各异地走在路上,时有变幻,时有困惑,时有精彩,就这样一直走着、走着,走出了生命的华章、人类的精彩!

千江有水千江月

忧虑着心中的一个"风暴",我弃书而去,出得家门,在漫无目的中行走,在紊乱不堪中寻觅,寻觅着一方宁静、一片祥和、一个独善其身的空间。我怀疑人是有第六感觉的,这个感觉可以使人在潜意识中,行云流水般去做些事情。因为,我在出了家门之后,于不知不觉中,竟登上了这座城市的最高建筑——三台阁,当看到滔滔长江悠然自得地款款北去,我竟不觉一怔,惊诧着问自己怎么登得如此之高,怎么就遇到了这么净美的一方天地。

在这里,我听到了清脆悦耳的风铃声。这种声音,是伴着那吹面不寒的习习凉风飘然而至的,在这个深秋季节,却有着意想不到的音韵之美。它没有《梦驼铃》的沧桑,更没有《送战友》的无奈,它是一种天籁合成,一种高山流水。这种音韵,对于游人分明是一种大自然给心灵的桑拿。抬头看天,很好的阳光,万里无云。所谓的秋高气爽,三台阁上方的苍穹,已于无声中做了深刻的演绎——这一刻,大象无形、大美无言就不自觉地流淌了出来。

古人说千江有水千江月,但在这一刻,我想说,千江有水千江日。因为那朗朗的晴空下,大江北去,"水何澹澹",波光粼粼,这灵动之水,融合的朗日,何止千万?这全是因水而生,因江而生,因灵动而生。放目细看,一条溪流,正游走于大江侧畔,曲折蜿蜒,犹如一条飘动的白丝带,点缀着数不清的"珍珠""玛瑙"。终了,以一个"V"形与大江实现了完美对接,接出了自然,接出了美丽,接出了"胜利"。这两条水系的汇合与流淌,浸润的是一种灵气,一种穿越千年时空的灵气——一个是日日思君不见君,一个是天门中断楚江开;一个是落得清闲与物疏,一个是登舟望秋月,空忆谢将军;……这水的灵气,因诗而生;这水的美丽,因词而聚。所以,说它是"千江有水千江文",也无不可。

眼界高处无物碍。伫立于三台阁,倾听着天籁,极目四野,看那层林尽染,看那漫江碧透,看那水鸟翔集,看那绚烂与成熟……"青山不墨千秋画,绿水无弦万古琴"的感慨在胸中油然而生。凡自然之美,皆内酝而生;凡绝美之韵,皆由内而外。骨子里的清水出芙蓉,任怎么样的外来"风暴"也不能改变。道法自然,是故,老子说无为而无所不为。无为是外在的,有为却是内在的,而内在的东西又是根本的,可以"以不变应万变"。所以,内在的"自我",必须薄发,必须效法自然。

　　这样想着,触摸着自己的身体,感觉似乎已成为"自然"之身,有着"庄周梦蝶"的幻化。于是,我下得"阁楼",重上了"书楼",心静如止水,淡定如江水。因为,我感觉,前方有盏不灭的"自然"之灯,正照亮着"自我"的征程。毕竟,万里无云万里天!

英 语 老 师

初识露丝老师,是在跨入大学校园没几天的时候。那时,我们正唱着"战士打靶把营归"汗涔涔地从军训场上归来,踏入宿舍,见屋子里坐着两位戴眼镜的"女生",我们问是不是找老乡,其中一位扑哧笑了起来,说:"我是你们的英语老师,来看看你们呢。"

英语老师?这么年轻?这样的"清水出芙蓉"?一连串的诧异让我们半天没有反应过来。后来才知道,其时的露丝老师,硕士毕业不久。

但露丝的课,似乎与众不同,轻松、活泼,不拘形式,却又不乏条理。即便是英语"障碍者",亦乐此不疲,英语的字、词、句,似乎于谈笑间就入耳入脑了。我的乡音极浓,普通话属"五音不全"之列,所以极怕口语课。但课堂上我每每成了组合对话的重点,频频"现丑"。也怪,一个学期后,我居然也铁树开花,口语表达的胆子大了,听力也进步不小,渐有对英语着迷之势。

岁月不居,时节如流。曾经的往事,很多已被时间浸磨得依稀难辨。但大学第二学期那段往事,伴随着时空的转换,仍然历历在目。

那段日子,或许是年少懵懂,起居无常,不期然身体不适,住进校医院。一个学子,远离家乡,远离亲人,病痛更兼寂寥,茕茕孑立中会是怎样的一种凄凉?看着吊瓶中葡萄糖液吧嗒吧嗒入体,想着课程一天天落下,我的心灰蒙蒙一片,情绪跌入"零点冰窟"。思乡之情在那种特定的环境下,像魔鬼一样日甚一日地疯狂起来,张牙舞爪——想父母,想家人,想亲情的种种好处……

三月的校园,春寒料峭。一个细雨霏霏、寒风低吟的夜晚,形单影只中,我正对雨伤怀、迎风吁叹,却悄然发现露丝站在门口,微笑着向我挥手:"Hello!(你好)"那一刻,我的思维有点凝固。露丝放下手中的雨伞和大大小小的营养品,理了理被风凌乱的刘海,坐了下来。没有太多的客套话,露丝娴熟地削了个苹果,递给我,开始关心地问起这里生活的点点滴滴,不时微笑。那一晚,我们谈了很多,谈学习,谈人生,谈英语,谈校园近闻……谈至兴酣处,不时有她的招牌声音——Wonderful！伤痛与孤寂,就此不见了踪影。临走时,她打出一个"V"形手势,说:"像蜘蛛网一样轻轻抹去,一切都会烟消云散的。休息第一,静养第一,先不必急着课程,出院后给你开'小灶'……"

这之后,露丝常来看我,校园广播里有她祝我早日康复的点歌。每每那一刻,在欢快的氛围中,我总是双目挂雾,心情豁然开朗,由衷地感动。我的伤情恢复很快,提前回到了课堂。

那学期尽管缺课很多,但在众多"小灶"的滋养下,我依然笑傲考场,课程一一过关。英语不仅过了关,而且以优异成绩通过四级考试。

掐指算来,离开母校已然二十载,但斯人、斯事、斯情,怎么也走不出我那颗火热的心,常常让我无限遐思和追忆。前些日子,大学下铺的兄弟与我闲聊,说起露丝,面露喜色,说这些年露丝喜事多多,继评上教授、推出两本英语教学专著之后,又喜获多项全国高校教师奖。我对此并不诧异,因为,这是她"学为人师、行为世范"的必然收获。

最是武学能致远

要么习武,要么读书,身体和灵魂,必须有一个在路上。

——题记

一 功夫老人

外祖父留着山羊胡,须发银白,目光威严,举手投足间尽显干练,浑身上下散发着一种特有气质。那一年,我十岁,外祖父已年过古稀。古稀之年的他,身体硬朗,身手敏捷,气力丝毫不输年轻人,让人一眼就能辨识出是个"功夫老人"。

外祖父教我习武,从蹲马步开始,一蹲就是半个时辰。枯燥的动作重复上百遍,让年幼无知、耐力不够的我,常常生出放弃的念头。但在外祖父严厉的目光中,我不敢吱声,只能按规定动作强忍坚持。弓步、单飞、扫堂腿、鲤鱼打挺、落地金刚铜……一个个基本动作必须过关,才能学习拳路与棍棒。"台下十年功,台上十分钟。"外祖父常说。

那时,每到寒暑假,我便长住在舅舅家,早晚师从外祖父练习拳脚。让我颇觉兴奋的是,其时,与我一道习武的不下十来人,都是方圆几里外慕名而来的农家子弟。他们正式拜师后,便成为外祖父门徒,定期前来学武,但从来不需交学费。大家年岁相仿,对武术有着同样的喜好,习武气氛高涨,常常忘我投入。

外祖父所教武术偏向南拳一派,兼有北腿印迹,一招一式都充满了阳刚之气,步稳、拳刚、势烈。出拳迅速刚劲,东西南北中,虚虚实实,攻防有道,常常织出一道道密不透风的墙。这种爆发力极强的拳术,形意相随,配以节律性的吐故纳新,往往一气呵成,酣畅淋漓,让人颇觉快哉。

外祖父教拳术,亦教拳理。他常说,所谓的南拳北腿,大有道理。南方多水域,连片的平地往往不多,加之人的块头不大,所以拳术器械以打四方为宜,主攻上盘,手上的功夫必须了得;而北方则少水,整片的陆地比比皆是,加之其人牛高马大,适合边打边跑动,主攻下盘,脚上的功力往往了得。外祖父在教练诸如虎拳、八仙拳、五步拳、大洪拳之类拳路时,常常寓理于教,与"拳打一条线"的少林拳比对,点拨南拳北腿的道理,让我们很快就掌握要领,训练效果奇佳。

外祖父教我们习武强调最多的是武德,他说习武不讲武德就没有资格学习武艺。教练时,他最为注重的是基本功,其次强调悟性和韧性。

二 侠之大者

我很喜欢听外祖父讲他的武学往事。

新中国成立前,外祖父是名镖师,练得一身好功夫,他的经历充满了神奇色彩。他师从三十六名教之一的钱教士,武术流派应当归结为老桐城的东乡武术。行走江湖之后,他又杂合其他门派功法,广收博纳,融会贯通,武学独成一家。

镖师是个风险很大的职业。那时兵荒马乱,民不聊生,拦路抢劫者不乏其人。一次外祖父压镖,一行四人向南昌进发。走到九江境内,翻山越岭,在一个前不着村、后不着店的山沟里,从密林深处突然闯出八名壮汉,一字排开,拦住了他们的去路。评书中所说的"要想打此过,留下买路财"的绿林大盗,那一刻活生生出现在他们面前。交手已是不可避免,力量却是四比八。初试身手后,发现这帮劫贼个个身手不凡。对峙的紧要关头,外祖父急中生智,想到了擒贼先擒王的道理,于是直奔"带头大哥",接连亮出两个绝招——落地金刚铜、兔子蹬鹰。招数发出后,一下就制服了对方"带头大哥",顺理成章化解了险情。那次压镖的胜利,让外祖父声名鹊起。

外祖父行侠仗义的故事很多,所谓"事了拂衣去,深藏身与名",正是他的写照。早年,一次外祖父帮师父担水,走到村头,发现一户人家浓烟四起,走近一看,是屋子着火了。屋内的火舌正肆虐地往上噬舔屋檐。千钧一发之际,外祖父顾不上多想,拎起一桶水,单足点地,提丹收腹,顺墙而走,一下就纵身上了房顶,泼下灭火的关键之水。他上上下下,往复飞跃了四五次,终于控制住火情。当屋主人满怀激动之情,要向救火"飞人"道谢时,却找不到他的踪影,外祖父不知何时已悄然离开。

外祖父的很多绝技让我们惊叹不已。他单掌可以碎砖四块,手指可以在桌面成坑,精通拳术、棍、刀、铁尺、板凳花等。冬练三九,夏练三伏,内外兼修,与人为善,是他的禀性。

三　医者奇葩

> 头疼加羌活,
> 身麻白芷医,
> 腰痛加杜仲。
> 四肢不能动,
> 牛膝木瓜皮……

这是外祖父口授给我的药方口诀,什么病症添加什么中药材,以增疗效,我至今仍然清晰地记得。

从另外一个角度看,外祖父不仅是武者,更是医者,他的中医水平相当了得。在中国传统的武学文化里,习武者往往要学些跌打损伤知识,因为拳打械击时难免受伤。外祖父从他师父那里学了不少秘传的药方和技术,没有文本,全是口传面授,记在脑子里。长期走南闯北的实践,让外祖父的医术精湛神奇。

舅舅家的墙壁上常年挂有不少宽度不一的竹条、大大小小的羊脂。对此,我比较纳闷,直到亲历了一件事之后。一次,外祖父正在院子里教我们习武,外面来了一大群人,抬着一个伤者。伤者的表情极为痛苦。原来是不小心从高处跌落摔伤,伤者双膝髌骨全然碎裂,鼻窍流血。知道来意后,外祖父不慌不忙,先察看伤情,一整套的望闻问切程序后,他从墙上取下竹条,量膝裁剪,编织成套,再施以特别舒缓的手法,让整个膝盖固定成形。接着,便是全身大推拿,辅以灼热的香油润滑,里面泡有艾叶,前胸四十九,后胸四十九,左右各三十三,抖臂,揉掌,拉指,拍胸,等等。最后一个环节,便是开药方。外祖父口述,舅舅笔录。并嘱咐一些忌口,一个月为一个周期,三个周期痊愈。当场的治疗前后不过两个时辰。三个月后,伤者精神饱满、满面春风地径直走进外祖父家,千恩万谢,长揖不起,场面甚是感人。

来外祖父家寻求治病的人很多,长年不断,以治疗跌打损伤为主,不少人慕名而来,历经长途跋涉。有时情况特殊,外祖父也做游医,很多起死回生的案例让他声名远播。目睹这些场景,幼小的我钦羡不已。那时我上小学,厌学情绪正浓。不恋功课的我,萌生辍学专事治疗跌打损伤的想法。一个暮色苍茫的夜晚,我壮着胆子向外祖父诉说了想法。不料,他没有生气,只是沉默了一会儿,以苍茫的神情缓缓而言:"学是必须上的,没有文化学不好跌打损伤治疗。你外祖父没啥文化,所经历的苦和走过的弯路,是你们娃子所不懂的。读书有成后再说吧。"至此,我的从医梦也就夭折了。

四　殷殷长者

那一年,我以几分之差高考失败,在惋惜声中,我卷起铺盖逃也似的独身来到省城,怀着失败者的愤懑、无奈,凭着初生牛犊之勇,找了份体力活儿,借此来慰藉心灵的创伤。然而,没日没夜地肩扛手推几天之后,先是满手的水疱,紧接着是浑身酸痛,行走不便,再接着高烧不止,连躺数日。在经历了一个月的"腥风血雨"生活之后,我终于拱手走人。

我没有回家,怀揣着仅有的路费,盘桓多时,来到外祖父家。见到外祖父时,他正躺在折叠椅上闭目养神,看见我,又惊又喜,半天没有讲话,神情似乎有点异样。后来才知道,外祖父不久前身体不适,检查后诊断为不治之症,医生说已时日不多了。闻讯,我犹遭晴天霹雳,心绪之坏真是雪上加霜,不承想我心中一向魁伟巍巍的可敬长辈,竟迟暮至此。

这一夜,我与外祖父同榻而眠,交谈至深夜。外祖父没有神情沮丧,显得乐观豁达,他抓着我的手,语重心长:"娃,人生于天地之间,免不了一些坎坷,最重要的是心不死。你外祖父新中国成立前能叱咤于镖坛,是因为心中有个不畏失败的信念。现在我老了,已是半截入土之人,不久于人世了,但大道是自然,生生灭灭也是很正常的事,能活一天,就活好这一天,不必哭丧着脸。孩子,失败算不了什么,就当是不小心跌了一跤,爬起来,再继续走,也许走得更好。吃点苦不是坏事,书一定要读下去。我剩下的时日不多了,希望能看到你跨入大学校门的那一天!"那一晚,我彻夜未眠,思绪翻腾。翌日,在向外祖父道完安后,我便踏上归程,重新扬起学习之帆。次年,我以优异成绩考上了重点大学,然而,握着录取通知书,我泣不成声,因为外祖父那时已仙逝几月有余了。

从外祖父那里,我不仅学了武术,健了身、强了体,而且懂得了如何堂堂正正做人。至此,无论是学习还是工作之余,我总是忘不了坚持练习。掐指算来,外祖父离开我们已有二十余年了,但他在世时立身行事、言传身教所表现出来的光华仍然闪耀于我的灵魂深处,使我深受熏陶,受益无限。

青 春 之 歌

　　同事 C 君退休,我们几个人小聚送别。工作了一辈子,即将退出职场,C 君情感复杂,颇多伤感,讲了很多话。他与身边的年轻徒弟 A 君频频碰杯,亲切呢喃,其情也真,其意也切。A 君年轻气盛,率性真诚,感怀师恩,炸了不少"蠹子"。不胜酒力的 A 君,散场时已然酩酊大醉,摇摆踉跄。我顺便送他回家。问他地点,隐约听到是单身楼。

　　车到单身楼时,我扶他进去。找了半天,不知道门牌号。这是我熟悉的地方,单身的日子便在这里度过。几经打听,这里已然成为中转房,租给结婚没买房的职工住。诧异之余,我转头问 A 君。A 君醉眼蒙眬,口齿含混:单身楼、单身楼……我即刻打电话问与他同年进厂的 B 君。原来因为单身人数减少,单身楼早已归并,集中搬到公司原办公楼,那里改为"人才公寓",供单身大学生居住。

　　"人才公寓"伸缩门紧闭。门岗无人,墙上有刷卡机。我从 A 君口袋里摸出门卡,找到了他的房间。这是两人一间的宿舍,设施齐备,电器齐全,还算宽敞,但物品摆放凌乱,少见书籍。A 君倒头便睡,脸上露出痛苦状。看他如此,我不放心,便坐下稍作停留。室友不知去向,空调还吐着凉气。这一刻是晚上九时,整个宿舍楼显得清冷,少见人走动。A 君来自大西北农村,大学毕业后只身一人来马市,入厂工作已然五载。进厂后先师从 C 君实习,后定岗从事专业管理。不善言辞的他,工作勤奋,为人纯朴,至今仍孑然一身。我似乎常能听到他内心深处的躁动声响,是那种极想改变现状却又缺少动力的声响,C 君教给他的都是工作上的经验,却没有人生的"造血"法则。

　　置身单身楼,环顾四周,我内心深处突然有一丝感动,仿佛被一种软软的东西触及——记忆的闸门在一瞬间打开。那一年,我也如 A 君般远离家乡,只身住进单身楼。只是,那时住宿条件简陋。刚来的那个仲夏,酷暑难耐,房间里住了四个人,空间逼仄,只一台老旧的吊扇在嗡嗡作响,满屋的暑气让人汗涔涔。整栋楼四通八达,敞开出入,差不多住满年轻人,而以刚走出校门的"青年才俊"居多。大家认识才两天,就变成无话不谈的朋友。大家喜欢凑在一起海聊,天南海北,海阔天空,从时事变幻到行业走势尽皆放言。或谈及某某在偷偷考研,冲向更高目标,让人佩服;或说某某在谈恋爱,正处于天昏地暗的时期,"重色轻友";或聚在一起大玩"拖拉机",常常是四个人当局,一打人评论,当局者还没纷争,围观者早已面红耳赤,争得不可开交;或结伙开灶,各展拙劣厨艺,做些"美味",安慰单身汉长期浸泡食堂的口腹……畅玩之后,也常常认真地交流一些正事,谈读书、谈工作、谈发展、谈人生……彼时,没有寂寞,青春的歌谣在单身楼上空飘荡……

正回忆间,有人开门,室友 D 君回来了。细观,D 君与 A 君年岁相仿,面蕴喜色。友好地打过招呼后,他关切地询问 A 君。了解情况后,笑问是不是 A 君又因"单身狗"把酒吃大了。他说要给 A 君拍段抖音,明天在"单身狗"圈子晒晒,让大家关心关心,谁让他今晚错失这么好的机会。交谈中我才知道,青年委举办了一场大型"交友会",为单身的年轻人搭建平台,创造条件让青年男女两两搭配,开展一系列活动……

走出"人才公寓",热浪迎面袭来。一两对情侣正出没宿舍。夜空中,一轮明月如玉盘般正悬挂在头顶,给小城洒下皎洁的光辉,让一切显得如此浪漫静好!

秋 夜 思

　　世界精神太忙碌于现实,太驰骛于外界,而不遑回到内心,转回自身,以徜徉自怡于自己原有的家园中。

　　　　　　　　　　　　　　　　　　——黑格尔

　　深秋的夜,静谧寒凉。月光如水,给世界蒙上了一层神秘而皎洁的面纱。

　　青灯黄卷,神交古人。想起五百年前贵州偏远边境的那个秋夜。在了无人烟的大山驿站,黑暗吞噬着一切。山上有洞,洞外狂风呼啸,电闪雷鸣;洞内昏暗逼仄,潮湿阴冷。一具石棺,横卧于洞内,显得那么特别。石棺里居然有人——一位瘦弱的被贬小吏,此刻正静静躺在其间。他形单影只,孑然一身,面对大自然和人生风雨的双重侵袭,他没有不安,没有长吁短叹。他为自己准备好了石头棺材,提前栖身其中,自我解嘲,这石棺,足以屏蔽风暴,足以抵挡猛兽瘴毒的侵扰。

　　他的思绪翻腾不息,早已游离于石棺之外,他在思考数天来一直苦苦探寻的问题:"南山的花树自开自落,与我有关吗?似乎,没看到那些花时,我的心与它同寂寥;我去看它时,花的颜色一下展现出来,美丽即刻在心底绽放。冥冥中,其间似乎蕴含了我要寻觅的东西……"黑夜如磐,这一刻,他坚定了自己的洞悉——"心"是生发"意义"的源泉!心的本体是良知,人们不能昏蔽于物欲,故须学习去其弊,适时"清空",在内是本性之空,在外是羁绊之空。走出石棺,心会顿然变得阔大。

　　这醍醐灌顶式的顿悟,让他欢欣不已,似阿基米德发现浮力定律般不能自已,急切地跳出石棺,奔向洞外,在狂风暴雨中仰天放声:"圣人之道,吾性自足,向之求理于事物者误也!"

一个人、一孔洞、一具棺,风雨如注的夜晚,一个声音划亮了"思想"的夜空,这就是著名的"龙场悟道"。这个人,自然就是王阳明了。

"此心光明,亦复何言!"因反对宦官奸佞当道,王阳明惨遭廷杖,被谪贬至边陲龙场当驿丞。面对如此戏剧性的人生骤变,面对野兽横行、瘴毒遍地的严酷生存困境,他没有退缩,没有生一丝的忧戚。他在孤独困苦中孜孜以求,一刻不停地探索着内心深处的"思想"命题,构建内心的价值体系,他把环境的压力变成生命的张力。孤独、贬谪、艰苦,对于王阳明,似乎是一个个积蓄能量的桥段。余秋雨说,良知需要被保卫,保卫有静动两途:静途保卫是自我反省,静坐调息,让良知本体有一个安静的存养地;动途保卫,是实事磨炼,即在行动中显现良知,体认良知。是为知行合一。

一个人,栖居于"内心",会无远弗届。

公元1508年那个孤独凄迷、风雨交加的山野秋夜,对于王阳明,对于有明一朝,对于儒学的重新焕发活力,对于中华文明,都是一个关键时刻——"心学"由此诞生,心即理、致良知、知行合一的阳明思想体系由此注入中华文明的基因,播于四海,福荫人类。只是,与之相伴的,却是一份份大磨难、大孤独。

想起电影《梅兰芳》中的一句话:"谁要是毁了这份孤独,谁就毁了梅兰芳。"想起达摩在嵩山五乳峰石洞面壁九年,小鸟在肩头筑巢……修行的路,似乎总是孤独的,智慧注定来自孤独。当孤独感升腾时,意味着一个人同他人、同群体的区别,意味着一个人有独特个性、独特价值、独创意识。叔本华说:"人,要么孤独,要么庸俗。"静者心多妙,飘然思不群。

秋夜,落花无声,人淡如菊,远离红尘的喧嚣,极易变身成天地万物的主人翁。

四时相催迫

日月不肯迟,四时相催迫。

早晨起床,寒气袭人,窗外的天,阴沉欲雪。坐在书桌前,看着一摞摞的书静静地躺在那里,我不曾看几个字,心中一阵惊愧。这欠下的债蓦然提醒我,四时在轮回,新的一年已然来临。

时间的坐标体系中,光阴以绝对的尺度,丈量着万物,公正地淘汰着伟大与猥琐。我们感叹"流光容易把人抛,红了樱桃,绿了芭蕉",却不得不同时感叹"人生易老天难老",感叹人类之于时光的渺小。

过去的一年,经历了太多的人和事。从走出校门后一直工作着的地方,在历经一甲子岁月的涤荡后,原有工序全然退出了时代的舞台,一个个消失于历史的长河中。那段日子,"怅然"常常在心中发酵,犹如雨山河里的水,时常冒泡。但是,这中间,之于精神,却有不朽的华章!伟人登临视察过的炉体,幻化成一座丰碑,巍然耸立,成为这座城市、这个企业的祇园精舍,永远在那儿!

春天里,"离别"成为关键词。一拨拨工友,背负着新时代的命题,道不尽声声珍重,各奔征程。几十年浓于水的血脉情,演绎出一个个感人的离别场景。就连结束了使命的机器,亦于那些日子迸发出迟暮的"不舍"。弃"工"从"文",投身一直冠以"新区"的流程中,"忙碌"赶着行进的步伐,缩短了一个个日子,无暇回望一路奔跑留下的足迹。

只是,身在其中,常常感叹光阴的强大——经过十载时光的淬炼,这片土地亦在"前波未灭后波生"中容颜渐熟,颇有桃核山的几分精气神。常常想,面对"物是人不非"的境地,珍惜当下,倍显可贵。有一个童话故事,说一个流浪汉十分懊悔小时候游手好闲,虚度年华。于是,时光老人就把他变回了小孩。可流浪汉重蹈覆辙,最后依然一事无成。所以,光阴里面充满了有,也写满了无,它的公平与有为,全部化身为"珍惜当下""时不我待"。

仰望这个时代,"新"光闪烁——新时代,新征程,新气象。革故鼎新成为时代的主题。这一年,我仍要充电加油,系统地读些历史、哲学书籍,精研专业、文字,让文明充盈内心,让思维启航,让工作不惑、梦想成真;这一年,仍要在"不息为体"中迈开脚步,慎思做事,友善待人,日事日毕;这一年,仍要担当起生活中的责任,在"日新为道"中奋发创造,在适应变化中拥抱欢乐祥和。

写下文字这一刻,值午时,雪,纷纷扬扬地下了。

"新故相推,日生不滞。"是为勉。

水 墨 居

走进客栈时,郭老先生正站在院子门口。我们以为是店主人,他主动上来搭讪,才知道他也是旅客。郭老先生从沪上来,入住客栈已经七八天了。作为旅客的他,一点没把自己当外人,脚上穿着拖鞋,一身休闲装,微笑着对大家嘘寒问暖,头上没有白发,精气神十足。

傍晚时分,我们安顿好后,便在院子里闲逛。这是典型的皖南人家。小四合院,栽满了花卉,红红绿绿,春意盎然;微型水塘,里面鱼瘦草枯,周边曲径优美;古老石磨做成的桌面,上面辐射状的磨纹清晰可见,别有一番韵味。

此刻,郭老先生正坐在石凳上,讲这里的点点滴滴。他说,这房子原本就是居家的,早年没有旅游开发,土地、材料都不值钱,店主人就翻盖了小二楼,原汁原味。现在的价格,早已涨了几十倍。我打量起房子,但见白墙黛瓦,飞檐翘角,斗拱木柱;走廊上,大红灯笼高悬,金黄的玉米、素枯的莲蓬、成串的松果随意挂在墙上,透出地道的农家气息。

我禁不住为这里的环境啧啧称叹。郭老先生竟陪着我一起感叹。他说,他今年已近古稀了,五年前第一次来这里,魂就掉进这片古村落里,以至于每年都要和老伴来这里住一住。不是来旅游,而是来休憩,一住就是半个月,春天、秋天都来。皖南古村落很多,但他只对这里情有独钟,越来越发现这里颜值不一般呀。

"这户人家是我们的定点,现在差不多成了亲戚呢。"郭老先生一脸欣慰。深谈后才知道,他是个文化人,一直从事新闻工作,退休后不喜欢沪上喧嚣的环境,常常外出旅游。

"现在的交通真是方便。国人钱包鼓了后,交通便捷,精神追求就呈井喷式增长,什么旮旯的风景,都一股脑地晒到了微信上,创意可真是百花齐放呢。"

我不住地点头称是。

郭老先生说,他喜欢这里的水墨意境,每次来这里,都跟别人说——我要去"水墨居"啦,一幅陈年水墨画,窖藏着岁月,蕴含着文化,珍藏着历史!

听他的高论,我不禁惭愧,因为对于这里,我了解得实在太少。

听说我不熟悉古村落,他的话匣子一下子大开。他以新闻人特有的表达方式,让我脑海中即刻有了氤氲水汽中人文与自然水乳交融的唯美图景。这里层峦叠嶂,竹林树海,河道蜿蜒,溪流潺潺,古老村落以一个前朝遗老、布鞋葛衣隐匿于乡野的模样出现在我的眼前。他说,古村落迄今已有近一千四百年的历史了,它纯粹是因一个达官贵人对这片山水的热爱而营建的。

郭老先生这位"古村通"让我诧异。他说,每每住在这里,他根本闲不住,常常去爬周边的山,寻找李白当年写"问余何意栖碧山,笑而不答心自闲"的处所,探索"我醉欲眠卿且去,明朝有意抱琴来"的所指。这么多年,他差不多考察完了每栋古老建筑,惊叹每一座建筑的伟大。他欣喜地看到,政府正在挽救、保护这些宝贵的遗产。建筑没有生命,寂静无语,但它们承载了太多的文化,分明还鲜活着。当你行走在青石板街巷上时,只要用心,你一定能清晰地聆听到历史的跫音。

明清时代的古村,人丁数万,房舍鳞次栉比,绵延数里,村中商贾云集,崇文之风盛行,这便是老宅深蓄的底蕴吧。

一夜无梦。

第二天,公鸡刚刚打鸣,我便披衣起床,独自一人出门,去寻找郭老先生眼里的水墨晨光。晨起摄影采风者为数不少。放眼望去,五步一景,十步一画。溪流、石桥、藤条、老树、老屋、古道,还有四周重重叠叠的写意山脉,让人驻足流连,浮想联翩——这幅水墨画,沧桑、邈远,却又不失诗意的栖居。

红日渐渐爬上了山岗,喷薄而出,崭新的阳光,洒满古朴的老街……

天使之水

一

对水性的描述,我以为,最为精彩的莫过于老聃——"水善利万物而不争""以其不争,故天下莫能与之争"。这种水之"刚柔"论、水之"善争"论,于平淡朴实中,刻画出了水的两面性——天使的一面,魔鬼的一面。人类,一方面因为天使之水生机勃勃、生生不息;另一方面,则因为水之魔性,脆弱卑微、苦难频仍。

人类自诞生之日起,就从来没有停止过抗争,抗争着水之魔性——干涸,抑或泛滥。抑制住了魔性,水就成了天使;放纵出了魔性,天使也会变成魔鬼。中华五千年的文明史,水治浓墨重彩——远古时代的大禹,毕其一生,揭开了转变水性的一个成功篇章。大禹的圣人形象,在很大程度上是因水而成的。都江堰,一个润泽西蜀的治水杰作,两千余载仍在钳制着岷江的狂野,化魔性为天使,造福着天府之国的人们……

也因为此,历史记住了大禹,记住了李冰。中华文明史中,因为水治而载功在册的,还有孙叔敖、公孙豹、王景、王安石、范仲淹、郭守敬……

二

这个春天,我站到了红旗渠之上,看着漳河之水那么安详地穿梭于太行深处,有如浮动的蓝飘带,蜿蜒于悬崖绝壁之上,曲折于险滩峡谷之中,感觉红旗渠真的是太潇洒、太飘逸、太温和了。这巧夺天工的工程,在风雨中屹立四十余载,却依然毫发不损,风威不减,恰似钢铁打造的血液系统,保障太行深处的人们旱涝无虞,安居乐业。

……1526公里,削平1250个山头,钻通211个隧洞,架设152座渡槽,兴建48座水库……没有现代化的机械支撑,没有基本的物质供给,没有专业化的正规队伍……这项工程,就这样于"一穷二白"的年代,历经十个春秋,建成了!

站在"青年洞"面前,行走于"好汉崖"之下,我惊叹于太行人的"天河"景观,叹着,叹着,就叹起了太行人的一句话——一颗红心两只手,自力更生啥都有!这句话,分明是浓缩了的"红色"精华——"红心"聚集了一双双勤劳之手,聚集了"自力更生、艰苦创业、团结协作、无私奉献"的精神!展览厅内,那个时代的破旧衣物,那个时代的卷口铁钎,那个时代的"空中飞人",那个时代的风餐露宿……似乎在无声地诉说着——天使之水,可以这样酝酿!

三

面对着太行山深处的"蓝飘带",我不禁想起了远隔千里的三峡大坝——世界上规模最大的水电站、中华史上规模最大的工程。比之红旗渠,这种治水手笔,同样震撼着国人的心灵。

从设想,到实施,到竣工,历时九十余载。建与不建,竟拉锯七十个春秋——这种拉锯,不是畏惧,也不是盲从,而是一种国力的比量、技术的衡量。九十年前,面对着长江三峡,孙中山说:"当以水闸堰其水,使舟得溯流而行,而又可资其水利。"五十年前,畅游于江流汉水,毛泽东吟咏:"更立西江石壁,截断巫山云雨,高峡出平湖。"两个伟人的蓝图构想,竟契合如是。但这些,终究只是一个梦想,终因大环境的掣肘,变得遥遥不可期。

20世纪末的一个春天,一位老人迈着沉稳的步伐指点江山。大江南北唱响《春天的故事》,三峡工程也由此走出了长长的梦幻,迎来了真切的曙光。三峡工程自开工之日起,全世界的目光就一刻没有离开过这里——怀疑,惊叹,非议……大江截流,蓄水水位,坝堤裂纹,机组并网……这些,每一个细节,每一组数据,每一项技术,无不牵动着主流媒体和专家们的心。时光流转至公元2009年——已然有了18个春秋,113万大移民,3035米长坝,2800万方混凝土,1000亿千瓦时年发电量……三峡工程终于以其气势恢宏的一串串数据,向世人宣示了成功,宣示了长江之水重新得以"安排"。

四

　　脚踏着太行大地,于心灵深处,我没有看到红旗渠的物质风景,看到的是精神上的一种特别景观,是那种看了之后,一辈子也别想放下的景观。那悬崖绝壁上的水流,不是普通的水流,而是一首用精神铸造出来的气壮山河的伟大诗篇。那修建河渠的质料,分明是一种坚不可摧的"精神"砖块,这种砖块,是那个时代创造出来的极品——可以洞穿高山,可以跨越峡谷,可以酿造生命的甘泉……

　　当历史的华章携带着红旗渠的欢欣,又翻过二十余载之后,三峡大地的春天也悄然来临,这个春天,萌发于共和国一路飞奔的铿锵跫音中。三峡大坝是什么?三峡大坝是基于国力,汲取中华母亲河体能的神来之笔。这是赐予中华民族"天使之水"的伟大杰作——防洪、发电、航运,一样都没有少。那钢筋混凝土拦截的,其实不是滔滔的江流,它塑造的是一种综合实力,一种智慧,一种勇气,一种屹立于世界民族之林的气节——这是震古烁今的奇迹和骄傲!

　　红旗渠,那是一座高山;三峡大坝,那也是一座高山。这两座高山耸立于神州大地,中间跨越了二十个春秋,连接了共和国的一串串足迹,雄伟壮观,光耀宇内。红旗渠的峰顶散发的是一种神圣的"精神"光芒,三峡大坝的山巅闪耀的是一种腾飞的梦想——一个是内蕴与基座,一个是继承与光大。这两座山,云蒸霞蔚,水韵悠长;这两座山,"飞流直下三千尺",源源不断地倾泻着奔腾不息的生命甘露——天使之水。

　　这是龙的传人,以"共和国"的名义,以前无古人的手法谱写出的华美乐章,泽被千秋,声震寰宇,永载史册。

独 行 女 孩

　　看到独行女孩,是在泰山中天门下中巴的那一刻。那时已是下午,天正淅淅沥沥地下着小雨,山峰在雾霭朦胧中缥缥缈缈,亦真亦幻,山岳变得神秘莫测。女孩背着大大的行囊,怀抱一本书,踽踽独行,正值豆蔻年华的脸上,白皙,靓丽,写满纯洁与娴静。

　　我们一行九人,在匆忙中赶上缆车。我与同事 W 君走在最后,独上一个车厢。抬头间,不经意瞥见独行女孩站在护栏前,欲上又止,犹豫再三。看着缆车即将开走,我们连忙招呼她上车。

　　缆车开始行进,三个人都静静地看着窗外,欣赏雨中山景。我与 W 君不觉感叹泰山的伟大,讨论泰山的文化意义,以及突兀于齐鲁大地的那份雄伟大气。我们指点"江山",纵横捭阖,却没有引起女孩的一丝反应,她仍旧静静地坐在那里,默默地看着窗外,神安气定。

　　愈往上,天气愈冷,三月的泰山,居然飘起稠密的雪花。缆车行了四五分钟,仍然看不到尽头。我与 W 君不觉谈起缆车的票价,因为我们的票在前面车厢中的朋友处,便不约而同地问起女孩票价。女孩看着我们,却一脸茫然,不予答复,再问,她也只是友好地笑笑。这一刻,轮到我们狐疑了——不作答,这该是女性本能的警惕吧?不可能呀,我们也只是问问票价。聋哑人?像,又似乎不像,对于话语,她有着疾速的表情反应。情急之中,W 君掏出了纸笔,写下"票价多少"四个大字,比画着数钞的手势。女孩看罢,仍不作答,只是含糊着说了"票价"两个字。

　　莫不是国外独行客?这个念想在我的脑海中忽地一闪。我禁不住试探:"Where do you come from?"(你来自哪里?)"Japan!"(日本)不等说完,女孩居然讪笑着快速作答。"日本人?"我与 W 君异口同声地惊诧起来。定睛分辨,果真有点"日本"的味道——金黄色的齐耳发型,戴着发夹,皮肤白净,礼节性地欠身、倾听、微笑……于是,我们用单个的英语单词与其交流,她热情地快速拿出门票,摊开地图,一一作答。女孩怀抱一本厚厚的中国地图册,书页已有些翻卷,显得陈旧,看得出,册子的翻阅已不是一朝一夕的事了。我们说起黄山,她指着地图,由衷地笑着说"Beautiful"(很美)。

时间似乎只是一瞬,不觉间,已到了南天门。打开车门,我们请女孩先下。外面竟然寒气袭人,山风呼啸,鹅毛般的雪片急急斜斜,雾气缭绕中一片银装素裹。我与同事W君没有雨具,为了赶上"大部队",只得匆匆前奔。行进中,我回眸一瞥,女孩站在凛冽的寒风中,显得异常地单薄与弱小,但是,她却没有表现出一丝惊慌与恐惧,她正不紧不慢地打开雨披。我们赶到天街,由于天气与时间原因,没再上玉皇顶。在返回的路上,却一直没有看到女孩的身影。

到了山下,仰视着朦胧的山廓,我思绪万千。我在想,一个异国他乡的弱女子,背负着行囊,孤身一人,却可以从容地行走在雪花飘飘的泰山深处,不畏艰辛地游览异国的大好河山,没有惧怕,这份勇气与坦然是让我惊叹的。在语言不通的国度,手捧着地图,且走且翻,且翻且走,这种热情、洒脱与坚忍,应该源自内心深处那份对大自然的无限挚爱、那份对快乐人生的达观追求吧。

失约古徽道

去仙寓山之前,一直憧憬的是那里的古徽道。

林荫深处,青石板古道蜿蜒蛇行。那散发着幽幽青光的路面,该承载了数不清的沧桑文明与徽商元素吧,那是皖地的"丝绸之路"。千年徽韵,就是踏着这条古道来的。睡梦中,多少次蒙眬相约古徽道;遐想中,多少次隐约感知古徽道。我的心灵深处,已然与其融合无间。我心想,与她对视的那一瞬,我定会生发出诸多相见恨晚的感慨吧。

与朋友相约着徜徉大自然,去那个"神仙居住的地方"。我的心头禁不住一颤——那该是古徽道在冥冥中向我召唤了吧。我臆断,我见"古道"多妩媚,料"古道"见我应如是,欣喜、感念、缠绵,都不在话下了。

值仲夏时节,烈日炎炎,暑气正盛。步入仙寓山时,却没有了燥热的感觉,一股沁凉的气息迎面扑来。眼前的自然生态着实让我吃了一惊。原本想,那不过是个被人为拔高的地方,景致不过尔尔吧。不料,这里却是如此清秀俊朗、婉约神奇。放眼之下,峰峦遥接,林木葱翠,山色如黛,泉流瀑飞。满眼的翠绿,在天然流韵中透射出一股股涩涩的清新气场。远山云雾缭绕,粉墙黛瓦的徽派古村落镶嵌其间,天然融合,颇有仙境的感觉。

一直以来,我自认为是那种"登山则情满于山,观海则意溢于海"的人。有人说,那是因为心里先有了丘壑,然后才能呼应自然的山水。我不知道其中的真假,但我真切地感知到,当我步入这"神仙居住的地方"时,忘情的感觉油然升腾,与一群心性相通的知己结伴慢行,怡然欣悦自不待说。

我们听鸟鸣,观"水帘幽梦",听知了咏吟,看泉水欢腾……参天的红榉、遍地的蕨藤……目不暇接。数码相机记录下了这令人物我两忘的风景,心境大好……

穿过大山富硒村,我们走出了仙寓山。蓦然回首,我错愕万分——古徽道呢?我魂牵梦绕的千年古道呢?有文友说,我们走过了。我不信,问了同行的"名媛",她亦一脸的惊诧,质询——哪里是古徽道?我们禁不住会意大笑起来。

错失了古徽道。

不承想,我们一路观景采风,太着意于千峰竞秀、花鸟齐欢了,以至于没有注意脚下的路,丢失了要寻访的目标。我们忽视脚下的小道,以至于与古道相伴良久,居然熟视无睹……

美不自美,因人而彰。仙寓山的山水,给了我的心房一种感性的冲击,所以,美丽流泻了出来;千年古道,给了我一种低调的、隐蔽的信息流,所以,千年古韵,在我的心灵屏蔽下泯灭,没留下一丝的微澜。这正如,"兰亭也,不遭右军,则清湍修竹,芜没于空山矣"。

暗忖,若得机缘,定当重访那片山。

古徽道呀,千年的等待,再等我吧!

依依杨柳

昔我往矣,杨柳依依。

在我的印象当中,杨柳一向是"弱"的,她扶风,情思缠绵,似多愁善感的女子。"今宵酒醒何处?杨柳岸,晓风残月。""庭院深深深几许?杨柳堆烟,帘幕无重数。"……这样的句子,硬是因着杨柳,道出了人间绵绵不尽的离愁别恨。

据说,柳树本无姓,公元 605 年,隋炀帝开凿运河,见运河两岸柳树风姿婀娜,柔情似水,便赐其姓杨,使其有了皇家的姓氏。可见,杨柳也是有着"身份"的。插柳游春、折柳送别、以柳誉美、植柳思乡等等,这些以柳寓意的活动与话题,似乎成了中华民族民风以及文学意象中一道独特的风景线。在中国,一个平常如许的植物,能够如此千百年不衰地登上人文殿堂,真的无出其右者。

清人李渔在《闲情偶记》中说:"柳贵乎垂,不垂则可无柳;柳条贵长,不长则无袅娜之致。"这种评述,似乎揭示了杨柳取悦于人类的独特外在原因。

这个春天,我骤然发现,江东小城的杨柳是如此之多——湖边小道,目之所及,不乏"水边杨柳曲尘丝";小区曲径,不经意间就有"万条垂下绿丝绦";去单位的路上,迎来送往的,是一幕幕的"绊惹春风别有情,世间谁敢斗轻盈"……杨柳的影子,似乎充盈了我的视野,使我在这个春天里感受到了太多春的气息与风情。

"无心插柳柳成荫。"先前,我以为柳只能与水共栖,离开了丰沛的水,便不能成其荫;其实,柳有着随遇而安的秉性,亦能茂盛地生长于高热干旱之地,风姿不减。我以为柳会在秋风萧瑟的日子,便落叶飘飘,走向寂寥;其实,柳于晚秋时节,仍然是一身盛装,直至严寒隆冬。我以为柳之于人类,是一种极不实用之木,供观赏而已;其实,柳通身上下闪烁着奉献光芒,可入药、除毒、编筐、炼火药、做骨夹板……

柳，知性也——外表柔弱扶风，婀娜多姿，垂恋于大地，深谦于世象，骨子里却柔中带刚，诉说了柔弱不等于软弱，低调不等于无为……柳用其强大的萌芽力、发达的根系，证明了她在演绎妩媚的同时，也拥有强大的生命力，吃得"五谷杂粮"，经得"凄风苦雨"，甚至用整个身躯诠释了奉献的价值。

"草长莺飞二月天，拂堤杨柳醉春烟。"杨柳于灵动从容间，尽情挥洒着柔美、多情、眷恋，有着丽人的风姿，但在骨子里，她又秉持着成熟、坚强、理性的特质——这该是一种伟大的知性美吧。

归兮,江东

"至今思项羽,不肯过江东。"岁月的河流奔腾到这里,两千余年的时空已然穿越。蓦然回首,再一次俯瞰江东,想必,冥冥中楚霸王会有"悔不该当初"之叹吧。

这片土地,流韵,流彩,华章谱写! 九山环一湖,翠螺出大江。山川的灵动、历史的厚重、人文的丰富,在这里聚积出了万千的气象。

李白在这里捉月骑鲸,终老一生;李之仪在这里濯足沉吟,词满江河;朱然叱咤一生后,长眠于这里;林散之泼墨挥毫,倾其心血,将草堂定格在了采石山水间……变幻的历史中,这里从来不曾远离过兵家必争的那份喧嚣。

以当代人的眼光来度量这片热土,都会给出一个惊叹号——这是移民之城,钢铁之城;这是文明之城,绿色之城! 这里,对接长三角,领跑江淮大地! 这些,作为文明的尺子,已经量出了江东大地的文明"等身",量出了这方热土的发达与前卫!

记得这个春天,杭州的友人来马鞍山一游。当看到风景如画的南湖、古韵悠长的采石、整洁亮丽的街道、平和友善的钢城人……他们禁不住异口同声地发出了惊叹:想不到,这里也有如此的美丽与时尚,哪儿都不逊色于我们苏杭呀! 把家安在这里,真是一种莫大的幸福! 言辞之恳切、赞叹之由衷,使作为钢城人的我,感到无比骄傲与自豪!

常常想,立市也仅仅半个多世纪吧。半个世纪,弹指一挥间,变化却是翻天覆地的。这是一种奇迹! 这更是江东大地内在基因传承的一种必然!

五十年前,金家庄村、桃核山下荒凉一片。但是,江东的秉性里流淌着"海纳百川"的气息。她大乘东风,吸纳了五湖四海的人们,筚路蓝缕,在合力奔驰中书写起了时代的凯歌——结棚为舍,风餐露宿,战天斗地,力争上游……这里,金泉奔涌,流淌出了华东第一炉铁。高炉的雄姿,以鲜明的时代特征屹立挺拔!

新中国的领袖来了。伟人以改天换地的大手,让这里蓝图骤展。一时间,四面八方的精英来了,天南海北的口音交汇成了江东大地的独特风景线,也升华了这个城市开放包容的固有气韵,"创业、创新、创造",就此鲜活在了这片山水间!

"江南一枝花"的美誉唱响大江南北!第一个轮箍的诞生震响世界,第一卷高速线材的抽出改写历史,第一根 H 型钢的亮相创造标准,第一只钢铁股的上市开时代之先……很多个"一马当先",让世人看到了江东的神奇!

我常常独自站在伟人曾经考察过的桃核山下,浮想联翩——

这里,承载了太多的光荣与梦想,储存了太多的历史与渊源;这里,已然不再年轻,但是,这里一点也不显落寞,因为,这片土地已孕育出了很多的辉煌,激发出了更多的时尚与创造——有着母性的奶香!

当下,钢铁行业的隆冬正在"地球村"的拐拐角角蔓延,也影响着江东大地。但是,五十年的沧桑与辉煌,已铸就了江东人"披荆斩棘"的那份坚强与坚忍。面对着新的时代难题,这里,思想的藩篱正在消逝,"求解"的大堤正在修筑……

一轮红日正吐着朝霞,从江东大地冉冉升起……

把家安在江东,把理想寄托在诗城,把心胸敞开在"地球村",把希望融注于"一马当先"——这正是百万江东父老的共同气度与高度!

归兮,江东!

一份报，一世情

早晨开车送女儿上学，广播总锁定马鞍山FM95.4《活力倾城》，女儿喜欢"小申同学"那阳光、幽默和充满激情的主持风格。受她感染，我竟也喜欢听这档节目了。

岁在年末，《活力倾城》极富感染力地推介一份报纸——《马鞍山广播电视报》（以下简称《电视报》）。女儿听后，转头问我订不订。我不假思索地说："订，当然订！"回答如此干脆，貌似为了满足女儿，其实内心却有另外一层更深的原因——它承载了我记忆中一段难忘的往事，至今想来，仍不能释然。

大学毕业那年，我只身一人来马鞍山。一个偶然机会，我认识了一个在建筑工地上班的老乡，他和他的瘫痪老父住在一起，相依为命。没事时，我常去他家串门，坐着闲聊。彼时，他正在热恋，经常撂下老父一人在家。但尽管如此，他每周雷打不动的一件事怎么也不会耽搁，那便是为他的老父买份《电视报》。老爷子活动不便，眼睛不好使，却极喜欢看《电视报》，常常拿着一个放大镜，一个字一个字看遍报纸的每一个角落，似在琢磨什么。他说，《电视报》让他懂得了很多知识，让他知道那台黑白电视机里将会播出什么，在了解天下大事的快乐中聊以卒岁。《电视报》俨然成了他的精神支柱。我也常在那里翻阅报纸，深深地被里面的内容吸引。彼时，《电视报》还是黑白色的，12版，4毛钱，内容丰富多彩，引人入胜。

永远忘不了那个细雨霏霏的黄昏。我正在单身公寓准备吃饭，BP机响了。打过去，是家报亭。卖报人说："你快过来吧，你的朋友出车祸了……"赶过去时，老乡正躺在血泊中，手中抓着一份刚买的《电视报》，不能动弹，但思维尚处清醒中……我即刻送他去医院。幸好，只是脚骨断了，生命并无大碍。后来才知道，时值周五，老乡下班回家后，发现忘记买周四出刊的《电视报》了。出于一片孝心，他匆忙下楼买报。但在买好报横穿马路时，不料被一辆疾驶而来的出租车撞上，就发生了这凄惨一幕。

此后一段时间，我常去老乡家，一方面为他们做点力所能及的事，一方面准时给他们送去《电视报》。拿到《电视报》时，这躺在床上的一老一小一片安静，全神贯注于翻阅报纸当中，忘却了生活的凄苦。

老乡在身体恢复后，竟落了个跛瘸后遗症，建筑工地是去不了了。雪上加霜的是，他曾经热恋的女友，竟因他的残疾而悄然离开。为了讨生活，也为了抚平心灵的创伤，不久，这爷儿俩便离开马鞍山，另谋出路。后来，他经常来电话，与我闲谈，最后总忘不了要说他老爷子的事。他说离开马鞍山，老爷子什么都不惦记，就惦记着读不到马鞍山市的《电视报》了。此后一段时间，我常有意识地积攒多份《电视报》，适时寄给他们。

也正是从那以后，翻阅《电视报》便成为我的一种习惯。工作之余写文字时，满意的稿子也常投给《电视报》，陆陆续续竟刊发了不少。

墟 里 樵 歌

　　家乡老屋场依旧在。野草占领地盘,屋脚在植被覆盖下,横平竖直,脉络依稀可辨。昔日老樟树的位置又发出新株,已然碗口粗。每每回去,总要去屋场转转,默默待会儿。看四周物景,找一片念想。出生于兹,成长于兹,一草一木,似曾相识,总显温婉可亲,让我心生宁静。很多记忆,常在不经意间抽穗拔节,浮现于眼前,似穿越时空。

　　那一年,房顶失修漏雨,父亲彻底拆除亲手盖起的老屋,住进家兄新房;那一年,老樟树已有合抱之粗,枝繁叶茂,些许倾斜,父亲彻底处理亲手栽种的老树,添置新家什。自此,老屋变成老屋场。两年后,双亲相继走了。老屋场野草疯长,恣意摇曳,淹没了我们很多的记忆,只剩下遥远的仰望。慎终追远的季节,我祭拜先人路过屋场。细雨淅沥,春寒料峭,枯草开始吐翠。站在那里,看脚下的土地,忽然想起很多"墟"事来。

　　"正好清明连谷雨,一杯香茗坐其间。"谷雨,去皖南。一大片湿地,枫杨绵延,溪水潺潺,白墙灰瓦,成排的古民居显现出特别的静美。与朋友穿梭其间,不断感叹岁月留痕,隐约炫"富"。村里商业气息浓重,少有"依依墟里烟"。走进一条逼仄的巷子,有老宅门头赫然写着"墟里樵歌"四字。只稍稍想想,心灵一下就被击中,墟里樵歌入驻我心田的那片软地,久久挥之不去。这荒弃的老屋,已重装待发,成为旅舍,接待八方来客。立足门口,环顾巷里,水流环绕,菜畦添绿,院落深深,可谓"倚杖柴门外,临风听暮蝉。渡头余落日,墟里上孤烟"。想想,这旅舍主人,定是有寻根文化情结和品位的人。

　　很喜欢那片山水间的名号,呈坎、仁里、西溪南……一个个散发着浓郁乡愁韵味和气息的地方,莫不是安家立命、寄托余生的好处所。徜徉其间,心灵有种皈依的释放,还可以遇见数不尽的文化故事。站在巷弄里,静听老宅发出的呼吸声,分明可以听闻"墟里樵歌"。游人一拨拨的。一位老妪手捧茶杯,在街头巷尾做导游。她从巷弄老宅的屋角说起,说屋角无角,是为"拐弯抹角",为窄巷孕育"人礼让、车错位"的谦和乡风。村上昔日的文明和繁华,老妪娓娓道来,言语朴实,却在不觉间让人有种沧桑代入感。

这些古民居保存完好,装满故事,带着历史深处的雨露,一路走来,与现代人默默对视。智能化、信息化的当下,人们手持时尚与发达,依旧寻梦墟里,探求心灵的家园。想起楼兰、殷墟,想起乌尔、庞贝,想起尼雅、雅典……这些古城,虽然消逝在历史深处,却长久地被人们记起,似摩崖石刻,逶迤永远。寻根,似乎一直在路上。

今月曾经照何人? 这个春天,站在老屋场,听墟里樵歌,看草木繁茂,甚好。只是,这样追寻的,又何止我等凡夫俗子呢? 人类,一直奔跑在大道上,不断创造,又不断丢弃。这大道,其实用"废墟"筑基,"文化"铺面,每走一步,似乎都是更好的。

梅　　山

众鸟高飞近,白云舒卷闲。相看两不厌,只有梅花山。

——题记

清晨登山。有喜鹊在山间的树头叽叽喳喳,欢快跳跃。一只"花大姐",不期然飞落到镜片上,模糊了我远眺的视野。摘下眼镜,看俏丽的小精灵先是慢慢爬行,再展翅飞翔,消失在山间,心中蓦然生出一丝欢喜。山顶,先前荒芜的地面,已翻成新坪,掘有偌大的坑,在做着生态的升级改造。

极目四野,城南的高楼大厦氤氲一片,尽收眼底。新扩浚的阳湖塘波光粼粼,水域浩渺,颇为壮观;正改建的江东大道逶迤南北,城际高铁一段段拔地而起,气势如虹;新栽培的各类植物,在山体周边散布开来,绿意不断攻城略地,与环山湿地水系相映衬,生态山水的格局初现端倪;远方,翠螺山遥相呼应,三台阁隐隐在目……山体的浑朴,挡不住远视的繁华与丰赡。

山,名曰梅山,兀立于这座小城的东南,以自然的荒野面貌徜徉于江东大地。历史记忆中,似乎找不到它的只言片语。它没有采石矶的人文荟萃,没有马鞍山的传奇命名,也没有佳山雨山的葱郁秀丽,除了一条以山命名的路外,再找不到什么谈资了。我的印象里,梅山,差不多只有天然的荒芜与寂寞,别无他物,这该是诗城的最后一片"处女地"吧。

搬到城南,已逾三载。刚来时,每每抬头见山,总有攀登的念想。山不高,远远望去,植被稀少,亦不见怪石嶙峋,裸露的山体差不多是野草的天堂,只有一小片竹林,彰显特别的存在。曾驱车绕山而行,却找不到上山的入口,灌木、杂树及棚户房淹没了山脚,无道可走,感觉这座山应是人迹罕至的。

天道酬勤,力耕不欺。几多探寻,终于有了首次上山。那是一年前的事。时值春暖花开,阳湖塘片区开始改造,山体公园破土,开山辟路。踩着新土,我发现山南有沟壑,岩石累累,寸草不生,有如家乡村子后面的山,适合攀缘。小时候在屋后放牛,牛在吃草,我们几个小伙伴就在山岩上玩上下竞走的游戏,练攀岩的把式,其乐无穷。山南的涧岩,激活了我童年的记忆。那天,沿着山涧,踩着山岩,恣意地攀登,有种熟练如昨的感动。不经意间,有石头滚落下去,发出连续的声响,似乎是惊扰了潜藏其间的小生灵们,山脚下即刻传来狗吠声,不知哪里蹿出两条大黄狗,飞也似的直奔山涧而来,狂吠不已。我捡石投掷,做吓唬状,它们且进且退,再走时,不料它们来势更凶猛,似要下"血盆大口"。一时间,我慌乱不已,以迅雷不及掩耳之势,百米冲刺般向山顶奔去。野草在脚下快速后退,不到一盏茶的工夫,就到了山顶。再回首时,犬已不见踪影。

　　站到山顶,我气喘吁吁,惊魂甫定。好一阵子,才平稳了扩张的心房。定神举目四望,不料,视觉的盛宴让我惊喜不已,忘却了所有惊吓——小城的襟江带湖,一览无余,城市的格局气度,一下子如画卷般铺展开来。山顶的视野,有城市会客厅般的"铺张",让人震撼。脚下,杂草丛生,只有狗尾巴草在风中摇曳。

　　上山的通道打通后,每每闲暇,我便去登山。游走在这片山水间,品味山的旷放、石的内敛、树的简约、水的天成。我感受到山体在建设者们独具匠心的雕琢下,绿意日渐驱赶荒芜,山在现代文明的安排下,正经历着时代的"凤凰涅槃"。山间,尚有遗弃的采石场,一个不小的山坑,炸痕累累。我还常见到不知名的动物粪便,感觉动物一直在暗处,我在明处,是野兔、山猪,抑或是豺狼,不得而知。一个人的攀游,似乎暗险涌动。幸好,只有几次见过疾速奔跑的野兔、黄鼠狼,再就是鸟儿格外的热闹,让"鸟鸣山更幽"的诗意在山间流淌。

　　不知道梅山何以冠名为"梅山",是因为山有梅花,还是长有梅子,已无从考证。纵观山野,未见梅花,也不见青梅。天下之大,取名梅山者,实在不少,就如同人们取名"张三""李四"一般,撞"衫"太多。记得含山境内,就有一座叫梅山的山,名气颇响。三国时曹操带兵打仗,行军至此,适逢高温酷暑,干旱缺水,为稳定军心,就演绎出"望梅止渴"的故事。当地人善于贴标签,把故事发生地取名为梅山,名垂千古。南京也有个梅山,那是因矿而起的,只是梅花有其名无其实,退而居其次。钟山地带,则有一座因梅而得名的山,叫梅花山,梅花传承已逾千载,三万株梅花撑起梅山的名头,文化与自然景观影响深远。国人喜梅,而梅又多生于山野,故名为梅山者不计其数。历史上,还有"梅山文化"一说,但说的不是梅,而是以湘中梅山为核心区域形成的荆楚文化,至今仍有文化考古者在寻踪,作梅山地域考。究其内核,窃以为,还是与梅在国人心目中的独特品相、品格息息相关。

去琅琊山拜谒醉翁亭,看到一株欧阳修亲手栽下的梅树,历千年之久,仍然枝繁叶茂,郁郁葱葱,老当益壮,堪称"梅王"。《醉翁亭记》名传千古,而"梅王"大有欧阳修化身之势,"不要人夸好颜色,只留清气满乾坤"。"梅王"内化为崇高的品质的象征,升华了琅琊山的人文底蕴,成为镇山之宝。梅,实在太过神奇了。

或许,是要让梅山成为"梅"山,名副其实,回归历史的初心。这一刻,环顾诗城的梅山,一批批梅花植株,正陆续落户山间,红梅、蜡梅、宫粉梅、朱砂梅……一类类、一簇簇、一片片的,不一而足,正在化梅成林。梅已日渐侵占了野草的领地,镌刻在山水间。"待到山花烂漫时,她在丛中笑。"这片天地,不待春暖花开日,或就会孕育出"梅文化",成为赏梅网红打卡地。这片梅,也定会傲雪欺霜,演绎"疏影横斜水清浅,暗香浮动月黄昏"的意境。梅,连同大面积的人工造林,正驱逐梅山的荒凉,孕育着新气象。盛世的风,正从这里穿越而过,化梦成蝶,梅山不会缺席!

人性杂说
RENXING ZASHUO

上 士 愚 公

几年前,一位友人与我讨论《愚公移山》的故事。愚公怎么到了九十高龄才想起移山?方圆七百里、高万仞的两座大山,就算子子孙孙肩扛镐刨,一辈子不吃不喝齐上阵,也要移到猴年马月啊!更为关键的是,山拦了路,不想着凿洞开路,或者举家迁徙到山外,却想着移山,这是不是有点太"愚"了?也违背了一般常识呀。

但就是这样的故事,历史上为其点赞的人很多。

从史识影响上看,愚公应当算是"历史名人"了。愚公把认定的事情持之以恒做下去,自古以来不知鼓舞、感召了多少劳动人民。愚公风骨作为一种中国精神,已融入了中华民族的血脉当中。这在国学当中,算是一个奇特现象。

谈论之余,我始觉惊讶,接着感到无比困惑。也正是基于此,便开始追溯愚公故事的源头,想彻底了解它的渊源与背景。

翻开典籍,系统研读,不免大为吃惊,原来姹紫嫣红开遍,竟不知"园林春色如许"。

愚公移山的故事,出自《列子》。《列子》又名《冲虚真经》,道家学派经典著作,其书"默察造化消息之运,发扬黄老之幽隐,简劲宏妙,辞旨纵横"。

愚公是道家创造出来的"平民",当然就是在替道家传言。所以,读愚公,就应当站在道家的本原立场去考察。通过细研,不难发现,愚公其实是"明道若昧"的形象代言人,表面愚不可及,实则大智若愚。

《道德经》有云:"上士闻道,勤而行之;中士闻道,若存若亡;下士闻道,大笑之。不笑不足以为道。"这样的奥义,是应当由故事来阐释的。道家似乎就是在拿愚公作注脚。梳理《愚公移山》的主体逻辑,似乎确实暗合了这段话的内在道义。愚公及其子孙们可能正是"上士",他们积极求道,听到道的真言,就义无反顾地去践行,大器晚成;愚公之妻有"中士"之嫌,她闻道后将信将疑,存有顾虑;而智叟是典型的"下士"了,因为他心中无道,闻道之后又极力嘲讽。天帝的出现,名为移山,实则移走了人们心灵上的无形大山,让人豁然开朗,奔向自由。这似乎是在演绎一种"大象无形""夫唯道善贷且成"!

由是观之,真正的愚者,乃智叟也。这正应了老子"正言若反"的精髓。

解读了愚公移山的故事后,一下子如醍醐灌顶,茅塞顿开。

由此,也一下子就喜欢上了《道德经》,喜欢上了"上士闻道,勤而行之"的句子。

对照上士愚公,感觉生活中,我们是不是都应当做各自内心深处的"上士"?如此,才可能心存不惑,无愧于人生与生命。

老子强调"无为",但老子并不是个消极主义者,恰恰,他用"以退为进""治大国若烹小鲜"的智慧感化人们,输送的是一种可持续的规律与方法,以达"无为而无所不为"的境地。顺其自然、人心复朴、见素抱朴……这些,在今天看来,是如此时尚与给力。

穿梭于"道""德"之间,斟酌于"五千言"之下,心灵会变得宁静而恬淡。我想,很多东西,可能已然内化为一种思想因子,支配了我的生活、工作和学习。

虚幻的真实

读霍金的《大设计》，禁不住发出"虚幻"的感叹。

书中说意大利蒙扎市议会禁止宠物的主人把金鱼养在弯曲的鱼缸内。因为弯曲的玻璃缸对于金鱼是残酷而泯灭人性的——金鱼凝视的缸外世界，全是被扭曲的图景；金鱼在这样的环境中生活，不仅痛苦，而且煎熬，凄凄惨惨戚戚。约法禁用这样的鱼缸养鱼，就是要消除人类的不人道与残忍。

看后，禁不住为之叫好。叫好之后，顿觉自己也成了"罪人"，因为我的书桌上就有一个椭圆形玻璃鱼缸，里面两条金鱼，悠然游弋，已经三载。心想，毁灭鱼缸吧，拯救金鱼于"水深火热"之中。这样喊着，不觉又多看了几眼金鱼——鱼儿，依旧那样悠闲，那样自由自在……

"子非鱼，安知鱼之乐？"惠子的话语骤然响起。是呀，对于鱼缸的扭曲，金鱼果真纠结？这是鱼儿的真实想法，还是人类的臆测？或许，缸内的金鱼，看着缸外，此刻正可怜着我们人类呢。因为，人类看缸内，同样是不真切的。《大设计》中写道："难道我们自己不也可能处于某个大鱼缸之内，一个巨大的透镜扭曲我们的美景？"

金鱼看缸外，那是一个变形的世界；人类看金鱼，同样也是一个不真实的水世界。这一刻，人们所谓的真善美，所谓的"道德审判"，衡量的标尺全在人类吧。

这个世界，何为虚实？何为对错？布鲁诺为哥白尼的"日心说"献身，可"日心说"已非真理；教科书说这个世界是可知的，可"暗物质""暗能量"依旧扑朔迷离；繁星满天，真实而美丽，但那是亿万年前星体留下的虚幻光影长途跋涉；引力波已被"捉拿"，量子纠缠已被应用，正在颠覆着人类的宇宙观……

金鱼、鱼缸、人类……这之间，是不是存在太多的面纱？常常想，这种面纱，犹如空气,无处不在,使得这个世界常常是雾里看花、水中望月,太不真切了。"你能分辨这变幻莫测的世界?涛走云飞,花开花谢……借我一双慧眼吧……"慧眼可借,但未必就能分辨得清一些事物的本来面目。

世界不是既成事物的集合体,而是过程的集合体。过程,全是分割而来,没有函数式,只有量子化不确定。人生常常在过程的动态变幻中被放大,抑或缩小,如此而已。大学毕业二十年后,重返母校,五湖四海的同窗纷至沓来,初见激动,再见回忆,之后,便是二十年"断片儿"的交流——二十年的"断片",遮蔽了很多的"真实";二十年的"断片儿",不再同处一个"缸"内戏游;二十年的"断片儿",让很多东西呈现出虚幻的真实。此校园,已非彼校园,二十年身处不同的"鱼缸",让"何当共剪西窗烛,却话巴山夜雨时"的约定,在物质的原野上,已然一去不复返。

鱼缸貌似透明,其实"暗室"猎猎,正如霍金给我们解释这个宇宙,"不物质"其实才是"物质化"的。

人 性 杂 说

人性是善还是恶,这似乎是人类史上的一个公案,至今仍没有结题。

两千五百年前,孔子说,"性相近也,习相远也",算是触及了人性,但不太明朗。其实,这是孔子对人性存而不论、模糊处之的一种态度。到了孟子则不然,他旗帜鲜明地表达了"人之初,性本善"的思想,强调了人是生而性善的。这一观念,后来成为中华文明的一种主流。到了战国末期,荀子则提出了"人之性恶,其善者伪也"。荀子将人性分成两半,一半是"性",一半是"伪",分别代表了人的自然与社会属性。他强调说,人的自然天性是恶的,但通过后天礼乐仁义的教化,可以转变成善。从本质上讲,荀子虽然论及了性恶,但其落脚点还是在善,所以当属性善论者。

在中华文明史中,首个彻底性恶论者,当推法家的韩非。韩非说,人性是恶的,礼义廉耻对于人来说,根本没有作用。所以要以君权、法度、刑罚等强权来镇压,以"法"治国。秦王朝之所以以暴著称,其实是法家的理论起了作用。始皇帝的治国方略,基本上是用了韩非那一套。但是,再怎么强权,再怎么防庶民如无赖,由于少了"善"的养护,大秦帝国终还是在短暂的辉煌后灰飞烟灭。

放眼西方世界,由于宗教意识的特殊背景,性恶论始终占据着统治地位。基督教的教义告诉信徒,人生来是有罪的,必须通过自己的一生去赎罪,这便是性恶论的一种逻辑。

其实,人性善恶的辩论,千百年来,一直没有哪一家一统天下。所谓的结论,都是建立在大量鲜活的例证之上,在归纳分析中自圆其说。但是,每一种结论,都有其破绽和纰漏之处。

黑格尔说,当我们说人性善时,我们说出了一种伟大的思想;但是,当我们说人性恶时,我们是说出了一种更伟大的思想。细细想来,这句话大有深意。其聪明之处,在于他没有彻底否定或批判哪一家,而是将人性放到了历史、人本、公平之中,进行辩证地考察。

在中国传统文化中,性善论始终是一个主流,寄托了中华民族很多美好的愿望,直至以圣贤为标杆的"内圣外王"的追求。但是,性善论一旦在政治中成为普世的观念,就会基于礼德衍生出很多"圣人"的法规制度。实际上,普天之下,基本上都是太过一般的常人。既然是常人,以礼德为主轴的那些制度,就太过理想化了,超过了一般人的境界。于是,"被圣人"的现象就屡见不鲜,标榜、承诺满天飞,但就是问题层出不穷,人们心目中的"圣贤"形象,经常在顷刻间轰然倒塌。

18世纪中后叶,英国哲学家休谟提出了一个普遍无赖原则,说人们在设计任何制度时,都应当把每个人视为无赖,即认为每个对象的全部行为,除了谋取一己私利,别无他求。在休谟看来,无论是先模还是先贤,无论是权贵还是权威,在制度设计上,都必须有基于不信任的约束和防范措施。其实,这一原则的诞生,有其内在的、深刻的理论渊源,那便是人性本恶。休谟在提出这一原则的同时,也承认,每个人都会成为无赖当然不对,但就制度设计而言,必须这样做,必须作人性恶的假设,取法其上,得乎其中。

当然,人类文明中,有很多孔融让梨式的美德,作为一种和谐的因子、德行的航标,应当而且必须提倡,这是文明的必然。但是,社会之治,不能完全寄希望于此。"人之初,性本恶"确实有其深刻的人文和社会价值,它会提醒人们,人是具有兽性的,人在需要美德洗礼、仁义感化的同时,更需要刚性制约。只有制约,才能让规则更好地支配人的行为,人的兽性才会被压制,爱心才会被培养,公平才会实现……

指 月 之 喻

春秋战国时期,中国大地上可谓热闹异常。诸子百家,喧嚷争鸣;三教九流,争奇斗艳:孔丘说仁政、老聃说无为、墨翟说非攻、韩非说法治……各种不同的声音混杂交融在一起,使整个时代变得立体而真实。易中天先生对这一时期的思想多元作了三个比喻:足球场、铁匠铺和手指头。足球场可以活跃思维,铁匠铺可以锤炼思想,至于手指头,则意指极强的思维启迪性,有着文明开源的意义。易中天所说的手指头,是禅宗里著名的"指月之喻"。君问月亮为何物,得道禅师一般只静静地举起手指头。"手指头"本身并不是月亮,但手指头上面有方向、有信息、有真理。要辨清月之皎洁,尚需沿着手指头的方向仰望星空,自省体悟,追寻发掘。先秦诸子,百家争鸣,对中华文明后来的发展,有着极强的"手指头"功效。

不知道是巧合栖息还是冥冥中的注定,那个时期,西方和古印度等地的天空也是绚烂至极的,人类的顶级"精神导师",差不多都在那个时候陆续诞生了。并且,这些精英的栖息地,大多处于地球北纬三十度左右,颇有神秘的色彩。苏格拉底在孔子去世后不到十年降临人间,柏拉图与孟子差不多同时代,亚里士多德则在古希腊与庄子遥遥相望,还有释迦牟尼、以色列犹太教的先知们……这一时期,人类的文明、精神似乎都不约而同地取得了开源性的突破,实属奇异。

有学者把这一时期称为人类文明的"轴心时代",即这一时期大师们提出的思想原则塑造了不同的文化传统,永久地影响了人类的生活;而且更为重要的是,虽然华夏、古印度、希腊以及以色列之间远隔千山万水,但它们在轴心时代的文化有着很多相通之处,对人类有着长久的"手指头"喻义,涓涓不息,绵绵不绝。轴心时代,朴素、宏大而又深邃的"手指头"俯拾即是。亚里士多德以"三段论"构筑了科学的逻辑范式,即大前提、小前提与结论。三段论对人类文明的阔步发展有着明显的"手指头"作用。这个"手指头",后来引出了笛卡尔的"原点建构式"演绎推理,用数与形找到了大前提的原点,使人类走得更加精细,更加富有创造力与生命力。直至今日,三段论仍在指引着更多的新生体演化。

放眼这个时代,人们常常会问:今天的亚里士多德何在?今天的人类精神导师何有?人们在环顾中寻寻觅觅半天,最后怅然若失。于是,又有人回望起两千多年前的那个轴心时代,怀念、崇拜起那些开天辟地的大师来。按理说,今天每个文化人的知识体量,绝对在柏拉图们之上,怎么人类越发展,越没了"手指头"呢?

又有学者说,其实,我们这个时代已经进入了人类的"新轴心时代",并且更深刻,更革命,更富有一体化的新意。细细忖度,斯言不虚。21世纪的今天,我们不可能再靠几个突兀的巨擘前行了,我们必须有一个团体性的"人类精神导师",撑起高度发达的科技、物质与文明进步。这个精神导师,要有着适应时代法则的"手指头",有着全球化、信息化、海量化和融合化的特质。而这一切,显然已有了一个代表,那便是网络平台。

网络平台深不可测。网络使得地球村每个角落的文化可以随时碰撞与融合,使得各学科之间的渗透越发强劲与便捷,使得精英与大众之间的鸿沟日渐消融与和谐。网络平台上,精英也好,草根也罢,可以站在同一地平线上尽情挥洒各自的思想。每个有意识的当代人,其思想的电波可以自由驰骋,与不同的或相同的意愿碰撞。这种碰撞,产生出多元火花,这如许的多元火花聚集成伍,就成了地球村集体的声音;而这种声音,不是某个大师的独家思维,而是整个时代的"手指头",代表了历史前行的动力与方向。

沈 括 的 梦

中国历史上,把梦做得很神奇、很圆满,并有"宿命"色彩的,要数北宋的沈括了。

这位被李约瑟称为"中国科技史上的里程碑"式人物,从年轻时候起就开始做梦,并且"巧合"地做着同一个梦。他反复地梦到了一样的山水——山不高,但花草如茵,古木苍翠,鸟鸣风悠;水不深,但溪流潺潺,负荫抱林。这样的景致,不断地出现在他为官生涯的梦境中。人生无常。若干年后,他受战事牵连,被贬谪到地方为官。不期然,在镇江地界,却发现了他多年来重复梦到的境地,这让他大喜过望。于是,举家迁移至此,隐居田园,建草舍,筑小轩,命名门前的小溪为"梦溪",庭院为"梦溪园",自号"梦溪丈人"。

沈括的梦很奇特,但毕竟美梦成真,算是很圆满的了。

弗洛伊德说:梦是愿望的满足;显性的梦境后面有其隐性之梦。如此说来,沈括的溪园梦,可能就不在溪园本身了。解读沈括,这似乎颇有道理。

或许,沈括隐居梦溪园后所干的事业,正是其潜梦所在吧。

沈括为官,一生清廉,大多是在为民办实事,是个"走群众路线"的好官。但他投机取巧的官场"情商"可能不高,一直是受欣赏大于被重用。如果用官场的身份去衡量梦溪丈人,那就太世俗了,太贬低了"伟大"和"崇高"。官职不永恒,但梦溪丈人永恒。沈括的高度,不在为官,而在其百科式的视野,在其科学成就,在其《梦溪笔谈》的伟大……

中世纪的天空,西方一抹黑,而东方,却幸运地有了沈括。人生几度春秋,沈括一直勤奋不减,官至三司使,仍然废寝忘食,狂览群书,用深邃的目光洞悉着世界,思考不止。由此,浑仪、隙积术、会圆术、新历法、凹面镜成像、石油……一个个天才般的创造与发现相继诞生,烛照了那时的整个世界,"珠穆朗玛峰"式的,把西方远远地甩在了身后。历史抛弃了很多的"权倾一时",却很大气地记住了"梦溪丈人"!

只是,这些宏大的百科式果实,神圣不可亵渎,必须在远离浮躁尘嚣的清净地,在高雅得可以安放灵魂的环境下,才可以慢慢地成胎,静静地落地。这等境地,世俗官场的烟尘里,没有;这等净土,在视"科技"为奇技淫巧的时代中,没有。匹配天才的那个美境,只在梦中,在枕边。这等梦,知音何在?

"寻梦?撑一支长篙,向青草更青处漫溯,满载一船星辉,在星辉斑斓里放歌。"那梦幻般的溪园,不是沈括的修身养性地,而是其伟大梦想的启航点,文明集成的放歌处。

沈括的梦,是积淀的梦、丰碑的梦;沈括的梦,由潜性,而至显性……

可喜的是,中华有幸,人类有幸。这些梦,在梦溪丈人那里,终是"歧路化坦途,曲径成通衢",终是梦想成真,"功德圆满"了。他终于可以打开极限之窗,站在巅峰之上,俯瞰自己的一切梦想!

胆 识 杂 侃

在人类历史的长河中,向来就不乏胆大之人。"舍得一身剐,敢把皇帝拉下马",胆气何其壮哉!"敢教日月换新天""王侯将相,宁有种乎",这是何等的胆魄!

坊间有俗语:"撑死胆大的。"敢为天下先,敢当出头鸟,须要胆子;敢把地球说成圆的,须要胆子;敢驾驶"飞行者"开创人类航天事业的第一飞,须要胆子;敢冲破宗教神权的藩篱,打出科学、民主的旗帜,须要胆子;……可以说,现代文明的一切,无一不是人类胆大的结果。没有胆子,人类决不会有如此灿烂辉煌的文明。只是,"胆大"的骨子里,一定得配上正义的元素,剔除邪恶的细胞。否则,胆大往往就会演变成"厚黑""野蛮"的变种——希特勒的"胆大",酿就了人间一场惨烈的巨大的悲剧;赵高的"胆大",加速了秦帝国的崩溃与灭亡;华尔街麦道夫的"胆大",让金融海啸更加剧烈;……这种缺乏正义的胆大,使人类的文明涂了污、蒙了垢,实在应该被打压和唾弃。

与胆大相呼应的,似乎还有一个"识"字。初生牛犊不怕虎,往往有被虎吃掉的时候。伽利略敢于从比萨斜塔上扔下两个铅球,挑战先哲亚里士多德的自由落体理论,靠的不仅仅是一腔热血,更重要的是他雄厚的学识学养,扎实的力学基础,以及过人的洞察力、创造力。在此之前,荷兰工程学家斯蒂文也曾对亚里士多德的落体理论提出质疑,但遗憾的是,其学识不如伽利略,不能切中问题的要害,最后无果而终。同样,"识"的骨子里,也不应该少了"正义"的因子,否则,识便不能称其为识,充其量只能算是"诡计""阴谋",抑或"鬼点子",坏了风气,贻害无穷。

纵观历史,"舍得一身剐"的虽多,但真正能把皇帝拉下马的极少。个中关键,大约还在于少了一个充满正义的"识"字。有胆少识,"成功"往往会在时空中飘忽游离,不能笑到最后。楚霸王"力拔山兮气盖世",堪称"万人敌",起初"天时地利"的天平差不多都倾向了他。可惜,到了最后,他还是落了个"无颜见江东父老",自刎乌江。其间的因由,就在一个"识"字上。楚霸王心高气傲,少了份自知之明,缺了点雄韬伟略,不懂得人情冷暖——冷走了韩信,气死了范增,坑杀了那么多的无辜战俘。他哪里懂得,争天下就是争人才?那个时代的一大帮精英,都陆陆续续投到了刘邦的门下。刘邦想不胜,都不可能了。

　　人类成功学的范畴里,胆与识,犹如人之双腿,缺一不可。人类也正是在充满着正气的胆识里积淀和行走,步履铿锵,才构建起了气象恢宏、精彩绝伦的人类文明大厦。

卑　微

蚍蜉撼大树,可笑不自量。此言似乎成了公论,然世间万事万物,不乏卑微者,堪称伟大的东西,往往不是体积,而是精神。

曾经读到过一篇关于蚂蚁家族在烈火中逃生的文章。当野火燃烧的时候,众多蚂蚁迅速聚拢成团,然后像雪球一样飞速滚动,逃离火海,那最外一层的蚂蚁在噼里啪啦声中焦灼成灰,用生命和身躯开拓出了整个家族的求生之路。读过这段文字,我常为卑微者的力量所震撼,假如没有互抱成团的智慧,没有最外层的牺牲,渺小卑微的蚂蚁家族可能全军覆没。

卑微的生命可以孕育伟大的精神力量。有人曾经做过实验,用很多铁圈将一个小南瓜整个箍住,以观察南瓜生长的力量。结果,出乎人们的意料,小小一个南瓜,竟对外来的压力抗争到5000磅才走向破裂。更使人惊奇的是,打开南瓜,发现它已经无法食用,它的中间充满了坚韧牢固的层层纤维,为了突破限制它生长的铁圈,整个植物体的功能都发挥到了极致,南瓜拼命吸收养分,根系则往不同的方向全方位伸展,直到控制了整个花园的土壤与资源。小小一个南瓜,其潜在的"同仇敌忾"力量却是常人不可想象的。

造物主是睿智的,它煞费苦心地将生命的真谛隐匿于自然万物之中,让人们慢慢去解读、品味和顿悟。生命的渺小、力量的微薄,这不能决断什么,也无所畏惧,但真正可怕的,是看不到卑微中的尊严,懈怠了潜在的精神力量。

自然界若是,人类亦然。

若卑微者怀抱高远、秉持尊严,其必当不可欺。韩信"隐勇于胯下",范雎"韬奇于溺篑",然而,他们都最终由"卑微"走向了"龙跃鸾翔"。陈胜、吴广是卑微得连身家性命都难以苟存,但他们有卑微者的威严与骨气,揭竿为旗,择机而发,带领一大批"卑微者"干起了不卑微的事,给残暴的秦王朝以沉重的打击,让它加速灭亡,他们显示了卑微者的不卑微。

有笼必有鸟

有一个流传很广的故事。一位心理学家与他的朋友打赌,说:"我送给你一个鸟笼,你定会买一只鸟的。"这个朋友不信。于是,心理学家就买了一个非常漂亮的瑞士鸟笼给他。鸟笼被放在桌子上。此后,朋友家来了客人,必定会问:"你的鸟什么时候死的?"朋友说:"我没买过鸟呀。"接着客人又会问:"那你要鸟笼干吗?"几次三番,朋友解释了半天。时间长了,他烦得受不了,索性真的买了一只鸟。

这个故事不知道是真是假,但它显然已成为人们研究思维定式的一个典型案例。作为世俗中的人,通常都会在自己的大脑中主动挂上鸟笼,然后再装进鸟,这是人们长期习惯了的逻辑思维使然。故事的意图很明显,告诫人们要学会思维跨越,不要抱着思维定式,否则就会阻碍创新。

这是一个崇尚创新的时代。拆除思想上的篱笆,打破思维中的枷锁,走别出心裁的创新之路,这是整个时代都在尊崇和追逐的。但是,问题的另一方面是,看到鸟笼不去想鸟,或者想不到鸟,却想到了鸟之外的一些东西,这难道正常吗?这该是一种正常逻辑与常识的缺乏。人类制造鸟笼的初衷就是装鸟,就是要将那些美丽的鸟儿囚禁起来,养着,奉着,供人们欣赏。看到鸟笼想鸟该是一种感性丰富的正常思维。有笼未必有鸟,这是对的,但这是一种常规性的发散思维,该建立在有意抛开"有笼必有鸟"的常识之上。试想,这个朋友如果在客人面前先来个脑筋急转弯,声明:我的鸟笼不是装鸟的,请你们猜猜它是干什么的?我想,客人们定会在思维发散中给出五花八门的答案,不乏创新与创意,思维定式必破无疑。

禁不住又想起了另外一个例子。有科学家做了一个实验,在跳蚤头上罩一个玻璃罩,让它跳,跳蚤碰到玻璃罩弹了回来。如此连续多次之后,跳蚤每次跳跃都保持在罩顶以下的高度。然后逐渐降低玻璃罩的高度,跳蚤总是在碰壁后跳得更低一点。最后,当玻璃接近桌面时,跳蚤已无法再跳。科学家移开玻璃罩,再拍桌子,跳蚤还是不跳。这时的跳蚤已从当初的跳高冠军变成了一只跳不起来的"爬"蚤。

这似乎也是人们常列举的一个表现思维定式的例子。但确切地讲,这充其量只是一个条件反射的试验。跳蚤变成"爬"蚤的真正原因,并不来自思维,而是来自神经的本能条件反射。如果硬将其说成是思维定式,我想,这也是一种正常的思维,是跳蚤通过多次实践,长期积累起来的认知判断。这种判断,是基于大量试验的,应该说是正确可靠的。并且可以肯定,在把玻璃罩拿走之后,跳蚤在慢慢的实践中,会重拾跳高的本领。

有鸟必有笼,跳蚤变"爬"蚤,这其实都是建立于正常的知识积累之上的。无条件地把"看到鸟笼不想鸟""跳蚤始终知道跳"认为是破解了思维定式的束缚,这其实是走向了另一个极端——将常识与经验置于虚无的位置,走向了蛮动式创新。其结果是漠视学习、轻视积累,不懂得向人类长期积淀的文明借力,独步于荒原之上,不仅视野狭小,而且创新的大门难开。

这个时代,伪创新太多。丢弃常识,不珍爱历史,不潜心于积累,不注重基础学科的深研,在蛮动中南墙撞了走北墙的事例,屡见不鲜。更为遗憾的是,还常常有人为这一切鼓与呼,封之为敢为天下先的"创新"。其实,失却了深厚的知识积累,缺乏学养的锤炼的创新,在很多时候都会是墙上芦苇,头重脚轻根底浅,难有气象。

暗 物 质

这个春天,美国"奋进号"航天飞机轰鸣升天,携带着高精度粒子探测器进入了茫茫宇宙;几个月前,川蜀大地中国"锦屏地下实验室"在地面负2400米的地方落成,投入使用。一个上天,一个入地,却在做着一件相同的事——"捉拿"暗物质。

暗物质为何物?那该是诡秘的吧——

1970年的那个盛夏,在人类科学史上注定是不平凡的。那段日子,美国科学家薇拉·鲁宾试用她的新仪器,观察着距离地球最近的仙女座星系。观测演算中却意外发现,恒星和星系的实际运行规律似乎证明了牛顿定律的错误。牛顿定律,那可是最基本的天体定律呀。她坚持不懈地推演着她的观察与牛顿物理学的不同之处,结果证明了牛顿定律的伟大,同时开创性地发现了一种看不见、摸不着,但确实存在的"新"物质。她形象地美其名曰"暗物质"——不发光,亦无人类可探测的辐射信号。

暗物质?科学界一片哗然,随之而来的是压倒性的质疑声。无法让人接受呀!这种声音,一响就是十余年。只是,人们不得不承认,冥冥中确实存在一种东西,与可见的物质发生着莫名其妙的万有引力关系,使得宇宙的寿命和质量计算不准,使得很多物理学研究止步不前。

时光流转到21世纪的今天,昔日的"异想天开"在科学界早已成为共识,早已成为现代宇宙学的一个革命性的前沿课题——它攸关宇宙的起源,攸关物质的分布和运动。但是,这种东西,极易受到"世俗"的干扰和"惊吓"。所以,人们变着法子,上天入地地创造条件,想去"捉拿"它。

相信吗?这个宇宙,其实我们所见到的物质,只是那么一点点,剩下的却是人类不可测的所谓"暗物质"。每时每刻,我们的身体,都可能有几万亿个暗物质在随意穿越,而受"袭"的我们,竟毫不知晓。

唯物史观一直说,世界是物质的。物质似乎就在那里,在发光,在反光,抑或在辐射,从蛮荒的远古到文明的今天。不是吗？物质确实是原子性的,原子是质子、电子和中子一体化的……人们常常津津乐道对物质本质的认知,津津乐道人类目光的深邃,深邃到了物质的夸克层面。物质的微观图景,确也被清晰地描绘了出来,精致而完美。

物质的一览无余,其实,那是上帝在人类的面前构造了一个个显函数,拽拉着人类世俗定式的目光。人们解构着这个世界,很多时候,就是在摆弄那些可知的显函数,做着花样翻新的处理。但是,问题的另一面是,这个世界,不光有显函数,还有隐函数。

隐函数,貌似空空如也、波澜不惊,貌似无有弗居、无影无踪。天才,常常能透过虚无的表象,通过 N"导"求解,剥落那神秘的面纱。人类的智商,也常常在刹那间经受着考验。所以,大智若愚的先贤们常常感叹:我一无所知,除了我知道我一无所知这件事之外!

这个世界,"黑天鹅现象"太多了,时常冲击着人类固有的逻辑。人类在"暗物质"的求解过程中,应当承认自己的无知,承认过去并不能证明未来,承认大自然中隐函数无处不在……

毕竟,主导这个世界的,是未知!

运动之说

"夫天地者,万物之逆旅;光阴者,百代之过客。"物理学早就洞明,宇宙间万物无一不是以形态各异的运动形式存在,绝对静止的物质和时空还没有找到——参天大树相对于大地是静止,但相对于太阳在运动;两列火车,同向同速行驶是静止,相向运动则是飞奔;时间以四维空间的一维在永恒地驰骋着;宇宙无时无刻不处于膨胀之中……运动的绝对性成为世间万物的固有属性,负阴抱阳,不离不弃。

毛泽东说:"坐地日行八万里,巡天遥看一千河。"同时,他又告诫人们:流水不腐,户枢不蠹。同样是运动,但运动的形态大相径庭,倘若互置形式,运动的效能则不同——流水以坐地日行的运动形式存在,就不可能不腐;坐地日行以流水的形态显现,则至少达不到"巡天遥看一千河"的完美。是故,运动的绝对性亦潜藏着运动的相对性。但凡事物,要运动有效、运行有道,就必须遴选"量体裁衣"式的物系去参照——树木的成长,要相对大地去拔高;"嫦娥"奔月,要先参照地球去腾飞、逃逸,再参照月球去变轨、环绕;……因了适宜的参照标系,运动就有了尺度,有了效率,有了功用。

物质在运动,人类亦然。

我们在不自觉中处于永不停歇的运动之中,上至达官贵人,下至黎民百姓,皆离不开运动。我们生活着,我们运动着,我们于运动中走着各自不同的路——有的路常走常新,有的路踯躅茫然,有的路波澜不惊,有的路风雨飘摇……正所谓"月儿弯弯照九州,几家欢乐几家愁"。思之境况,攸关人生"参照"标系的选取,攸关"运动"体系的构建。有的人将人生坐标定得恰到好处,知己知彼,知道用拼搏与时间赛跑,用智慧战胜坎坷;有的人则将参照体系定得虚浮,竟"不知有汉",争着要与蚂蚁比体积,与高山比小巧——其实,只有在人生道路上行走时,才会知道什么是加与减,什么是大与小,什么是进与退,什么是舍与弃……从而,就会懂得何时入世,何时淡然,何时较真,何时糊涂,人生的运动弧线才会因此精美、绚丽、多彩。

回望恢宏磅礴的历史征程,人类一直沐浴于奔腾不息的运动长河之中,无时无刻不在进行自我律动。这种"运动"有时表现为相对的"无用",以"飞矢不动"的悖论存在,有时却频频以改天换地的"时间窗口"演绎着沧桑巨变。但人类之河的大势,总不断以"先人"作为参照的体系,亦步亦趋——丰赡恢宏的二十四史,就是中华民族二十四个参照体系;科学史上一座座丰碑,就是全人类的一个个精品标系;……人类之河因此而滔滔不绝,充满活力,充满动力,充满进步。这一切,莫不归功于人类"参照标系"的理性构建和甄选,这个标系赋予了人类不竭的动力源泉,使人类文明清澈、明朗,而又内力涌动,绵延不绝。

坐 标 之 说

今天,在很多人看来,坐标之于当代门类繁多的学科,可能犹如空气之于生命———一刻都离不开。没有了坐标的支撑,真不知人类的现代文明会是什么样子。我想,剥离了此物,人类决不会有如此灿烂辉煌的文明。

坐标实在是太伟大了。很多领域,从数据上看非常模糊的东西,放到坐标下,就变得清晰明了,高下优劣、是非曲直全都一览无余,让人豁然开朗。学生时代,我极喜欢用坐标去解数学难题。很多复杂多变的函数,只要在坐标体系里勾勒出图景、限其阈值,任其如何刁钻古怪,都会迎刃而解,并且闪烁着简洁的智慧光芒。及至我走上社会,面对很多的技术参数、实验数据以及论文数集,我通过解析回归,在坐标中描绘出序列的走势图形,就可以找出其规律结论。这一刻,坐标中充盈着的已不仅仅是元素集合,而是"桃李不言,下自成蹊"的简约真理。是故,每每涉猎论文,最喜欢做的事,就是审视文中的坐标体系,从其间捕获出作者的规律表达和思维演绎,不仅快捷、准确,而且快意、畅达。

翻开历史的画卷,行走其间,会惊讶地发现,形形色色的坐标,其实多半是以科学巨擘为坐标原点的。伟人创造了坐标,坐标又永恒地以原点标记着伟人,使伟人的身姿在历史的天空中光芒四射,烛照千秋。

公元 1619 年,静静的多瑙河畔,黄叶飘飘。笛卡尔躺在病床上,无聊地注视着墙角蜘蛛织网的情景,不经意间,却灵感大发,顿获"天机",天才般创造出了直角坐标系。从那一刻起,困扰人类已久的"代数与几何各自为政""画地为牢"的状况就走到了尽头。代数与几何之间,架起了一座坚实的桥梁。这座桥梁使得空间与变数可以有机对接,使得物质与世界可以精确定位。恩格斯说,数学中的转折点是笛卡尔的坐标变数。有了变数,运动进入了数学;有了变数,辩证法进入了数学。

回望历史的天空,牛顿是伟大的,但牛顿又是站在了前人的肩膀上才雄视古今的——微积分、运动三定律、万有引力……这些震古烁今、为人类腾飞插上强劲翅膀的经典发现,无一不定位于坐标体系,无一不基于坐标才撒福祉于地球村的。但是,牛顿在假借前人坐标的同时,又在不自觉地为人类创造出了另一种意义上的灿烂坐标。这种坐标,使人类的自由活动空间有了长足的拓展,光耀寰宇。

　　时光流转至20世纪初,爱因斯坦说:空间不是平直的欧几里得空间,而是引力场中弯曲的黎曼空间;时间也不是独立于空间的单一维,而是与空间构成了统一的四维时空整体……说这话时,爱因斯坦其实已经在科学史上用大脑构造出了创世性的宇宙坐标。这种坐标,使时间与空间统一到了一个体系,有了同时性的相对性,有了宇宙的新秩序。

　　爱因斯坦睿智地考察着时间、空间、物质与运动,给出了科学而系统的时空观、物质观,使得物理学可以畅游于茫茫宇宙,从此有了一个崭新的标系。

　　站在爱因斯坦的时空坐标中,霍金——一位轮椅上的科学天才,又将相对论与量子力学结合起来,使爱因斯坦式坐标变得愈加完美灿烂……

　　从笛卡尔到爱因斯坦,到霍金……这些天才的科学巨匠,一方面在开天辟地地创立着事实上的坐标,一方面又以自己的皇皇巨绩矗立起了人类征途中的坐标——这种坐标,天才、创造、奉献成为自变量,泽被人类的至伟功绩成为因变量。这些坐标中的序列元素,组成了一条条没有拐点的优美上升弧线,人类也正因为这些弧线的累积,才有了气势恢宏的灿烂文明。

　　坐标,印记着人类从必然王国走向自由王国的铿锵跫音!

登高望远

我对登高情有独钟。但凡高处,山也好,楼也罢,皆是我青睐的好去处。

大学期间,校园背依着岳麓山,我几乎天天沿着陡峭的台阶,一口气爬上岳麓山峰,名为锻炼,实则是想驻足于高山之巅,一览众山小。看一看湘江北去,橘子洲头;想一想漫山红遍,鹰击长空;品一品高天空旷,云卷云舒。这种"必修课程",使我的学习和生活永葆火热的激情。

及至毕业那年,初次踏入钢城,人生地疏,"举杯消愁愁更愁"之余,我踩着那条崎岖小道,独步跨上马鞍山,登上这座城市海拔最高峰。山之巅,凉风习习,野草扶疏,花蝶翩翩,山鸟徐来。远处,滔滔长江豁然入眼,似一条飘动的白丝带,与天地共舞,一路欢歌,灵动北去。南边,众峰环一湖,缥缈其间,亦真亦幻。于斯峰,我极目四野,不觉神思飞扬,有种与天地同永恒、共融合的豪气。此时愁云消散,心境豁然开朗,先前那种所谓的"抑郁"之情,此刻已去了九霄云外。在这种境地,我彻悟出了人生当唱响的主旋律是什么。

这之后,我越发喜欢独行,或登上三台阁,或驻足于雨山之巅,或立于厂房之极,不一而足。骏马腾飞那年,值春暖花开之季,我登上了武陵源的天子山顶峰,观瑶花琪草,看群峰竞险、雾幻万千,禁不住如痴如醉,心潮激荡。那一刻,我想呐喊,想作诗,抑或放歌。一位显赫人物在此题词:"此处有神仙。"这一切,使我浮想联翩,顿然忆及古今风流人物多寄情于山巅、楼阁,演绎出数不清的远大情怀、灵感和绝句。李白独坐敬亭山,将胸怀寄托于自然,大唱"相看两不厌,只有敬亭山";范仲淹把酒临风,在岳阳楼上抒发出"先天下之忧而忧,后天下之乐而乐"的远大抱负;王勃泼墨挥毫于滕王阁,发出"穷且益坚,不坠青云之志"的豪情;曹操登上碣石山以观沧海,发出"日月之行,若出其中;星汉灿烂,若出其里"的感叹……

登高能开阔一个人的胸襟,让人坦荡面对尘事;登高能"极于烟际",穷清问题的本质,"不畏浮云遮望眼,只缘身在最高层"就是最好的写照;登高能感知"日月经天,江河行地"的永恒,能唱响"激越向上、奋发有为"的人生主旋律。

"独上高楼",方能"望尽天涯路"。这是登高者的约定!

一蓑烟雨任平生

如今,站在苏轼唱"大江东去"的酹江亭里,再也见不到"惊涛拍岸,卷起千堆雪"的场景了。浩瀚的长江岸际线不知何时已然改道,只留下壁前的一池静水。

赭红的石矶上,"赤壁"两个字赫然在目,提醒人们这里发生的沧桑巨变。池岸断壁上,亭台楼阁、古塔城墙,错落有致地隐藏于绿林岩石间;坡前山后,草木葳蕤,竹影婆娑……

放眼望去,虽没了"白露横江,水光接天",但东坡的元素无处不在。一亭一典故,一碑一诗词,将千年前的赤壁定格成一个永恒的历史画面。

苏子仍然活着!

苏子的塑像伫立在赤壁旁,目光清澈而平和,大有"飘飘乎如遗世独立,羽化而登仙"之范。千年的沧桑岁月,涤荡着世间万物,让很多事物面目全非,唯有苏子,唯有他"倚杖听江声"的身影,越发清晰。

这片土地,因他而凝固成一个绚烂的文化景观,流芳千古。

古来圣贤皆寂寞。乌台诗案,让苏子瞬间由仕宦而成流人。流人是寂寞的,并且不乏物质的艰辛与精神的痛苦。"江海寄余生""一蓑烟雨任平生"……流淌的情绪,汇入了江流风月,由此,便有了自然的润化与透彻。

秋光暮色,泛舟于赤壁之下。故垒西边,江流有声,山高月小,"纵一苇之所如,凌万顷之茫然",这一刻,苏轼的名字,悄然变换成了"东坡",他的眼里,不再见庙堂,只有山野。江山风月,在东坡看来,"耳得之而为声,目遇之而成色",取之不尽,用之不竭。

恬静、旷达、超然,在苏子的心间永久回荡和驻留。黄州的四载又四月,东坡,连同他的豪放文心,在赤壁江流上,跌宕出独一无二的高度。

"词至东坡倾荡磊落,如诗,如文,如天地奇观。"铁板铜琶,千古绝唱,让一个蛮荒之地,从此万树繁花,千年烂漫。

火烧赤壁的上演地,不在黄州;火烧赤壁的怀古地,却永远在黄州!赤壁的武事,成就了一个"武"赤壁;赤壁的文事,却创造了一个"文"赤壁。一个激烈,一个高远。

东坡,已然幻化成黄州城的一个符号。

站在黄州城,看滚滚长江,看彼岸的天地,隐隐约约间,眼前显现出一座山城,那是鄂州——三国的武昌,东吴的都城。

鄂州城烙有太多的三国信息。在鄂州城的西山上,有武昌楼,登临其上,可以目穷吴楚,气壮东南,可以尽观长江,俯瞰黄州。孙权与刘备,曾在"孙刘联盟"的紧要关口,登临西山,比试宝剑,许下霸业功成的心愿。千年的时光已经逝去,孙、刘的踪影早已杳如黄鹤,但试剑石仍然静静地躺在草丛中,描绘着曾经的刀光剑影。

在鄂州城的江边漫步,可以看见太多的孙权印记。这些印记,除了显示对帝王的"权贵"的崇拜,似乎不再有其他了。行走于西山,却也能觅得苏子的足迹与诗文,只是,这些远没有黄州城里的来得炽烈与灿烂。

鄂州、黄州,隔江相望,一衣带水。鄂州城的历史里写满了"一将功成万骨枯",不乏人间的沧桑与局促;黄州城的历史里则写满了"人文化成",不失"天地不言,万物育焉"的磅礴大气。

回望历史的侧影,可以遥见,鄂州的高度,差不多就止步于"西山"了吧。黄州的高度,则在中华民族的喜马拉雅山上,仍然拔节向上,与我们的精神交融不息,愈显伟岸!

我见青山多妩媚

"我见青山多妩媚,料青山见我应如是。"暮年辛弃疾吟出这句词时,颇多得意,似乎从叠叠溪山中寻觅到了知音,以至于"己欲达而达人",一厢情愿地替青山表达了心迹。我不知道青山是否有此意愿,但青山见着辛弃疾,表现出的情绪无非三种:一种是"你亦妩媚",欣然应允。一种是"妩媚为何物"?蒙昧懵懂。一种是"你亦浊物",愠然拂袖。

至于是哪一种,旁观者当然茫茫然不知,这也只有青山自己清楚。惠子说:"子非鱼,安知鱼之乐?"所以,子非青山,安知青山之乐?但在辛弃疾的心灵深处,青山契合了其骨子里"崖岸自高"的秉性,赏心悦目是无疑的了。但凡读过这句词的人,倘若与稼轩产生了共鸣,那青山的形象也必然是妩媚的。青山的妩媚与秀美,那是借着稼轩的慧眼与心境传达出来的。

稼轩所说的青山妩不妩媚,我不知道,但就我所亲历过的名山大川,妩媚者真不在少数。那年,走进九寨沟,看到的妩媚就让我心旌摇荡,醉眼蒙眬,大呼观此景,不负平生矣。只是,这种妩媚之叹,少了些"清溪清我心"之感,也不敢奢望有什么"九寨见我亦妩媚"的特别钟爱,都是那种但凡人必当惊呼的情感流露。那时,看着当地人因为九寨的风景资源,过起了殷实的现代生活,倒是感觉,对于这些外来客,他们释放出了一种特别的"妩媚"情怀。想想也是,同样的山水,同样的风光,对于当地人,在不长的时间里,却经历了由"穷山恶水"到"人间天堂"的转变。这种跨越的因由,我感觉,不在山水,不在花木,而在"发现"——沟外人一厢情愿的"发现"。因为发现,九寨沟的玉体才得以淋漓尽致地展露;因为发现,九寨沟的山水才得以升级成风景。缺少了人类的青睐,这些山永远只是山,这些水永远只是水,所谓的美景也就是荒郊蛮野。

"木末芙蓉花,山中发红萼。涧户寂无人,纷纷开且落。"看着九寨沟的山水,禁不住想起了这首诗。芙蓉花的倾城倾国之美,是人类普遍钟爱的,只是,再美的景物,倘若深居涧野,不入尘世,花开花落两由之,那么,即便再芬芳四溢、雍容华贵,也犹如无存。所以,脱离了人类碰撞的山山水水,谈美,终只一个"虚无"罢了。

美不自美,因人而彰。"春山烟云连绵,人欣欣;夏山嘉木繁阴,人坦坦;秋山明净摇落,人肃肃;冬山昏霾翳塞,人寂寂。"这四时的如画美景,哪一幅不是因"人"而绚丽多彩、活泼生动的?是故,但凡世间的物景,都是因人而生,因人而异,因人而深刻,因人而灿烂的。唯有依存于滚滚红尘,自然界才有完美,才有灵性,才有和谐。

己心妩媚,则世间妩媚。之于"人",躬耕于自然,俯仰于乾坤,缺少的并不是美的资源,而是心境,是发现。辛弃疾观得青山多妩媚,并且,料得青山亦有此意,其间的情怀,是醉翁之意不在酒,而在"表里如一"的那股子清气,显现物物相怜、类类相通。所以,妩媚的不是风景,而是人类的性灵。人类视野中的景物,会在性灵的升降沉浮间变得充满禅意和灵气。

料青山见我应如是,信然!

扫　地

电视里正放着一档《行行出状元》的综艺节目。一位干净朴实的中年女人，对着镜头不紧不慢地说她扫大街扫了二十多年，技能高超，言语间流露出一种自信与自豪。在主持人的引导下，当着镜头，她撒下了一地的芝麻与豌豆。随后，她在规定的时间内，娴熟地抄起扫帚，快速地扫地，东一下、西一下、左一下、右一下，一把普普通通、平平常常的扫帚，在她的手中挥舞得犹如魔杖，芝麻与豆儿沿着扫帚的运动轨迹，快速聚拢，快速成堆，不一会儿，这"垃圾"遍布的地面，变得一尘不染。比赛的过程精彩绝伦，比赛的结果让人瞠目结舌。但领奖台上，这位被胜利光环笼罩的普通女性，并未表现得欣喜若狂，虽然幸福的涟漪荡漾于眉宇间，但那只是内敛的自豪感的流露。

扫地，普普通通的劳动，居然能气定神闲到这种程度，真的让我惊诧万分。这普普通通的扫地女人，让我似乎看到了《天龙八部》中"扫地僧"的身影。扫地僧虽卑为一介没有辈分、没有职位的僧侣，但四十余年的平凡扫地，让他扫出了最高的武术境界、最深的佛学之道，他的两眼就能让"邪"与"恶"、"名"与"利"应声倒地，消失殆尽。这种境界的他，看到的已不再是纷繁的表象，而是事物本来的归属。如今，这朴实的扫地女人，似乎演绎了一个现代版的"扫地僧"传奇。扫地，能一扫就是二十余年；扫地，能扫出自信、自立与自豪；扫地，能扫出独家的非常技艺……这本身就是一个奇迹，在浮躁的当下，这似乎是一个"寒碜"的另类，但这种另类中散发着一种历久弥香的气息。

生活中，我时常看到身着橘黄色劳动服的环卫工人，持着扫帚，戴着口罩、手套，无论天寒地冻，还是烈日炎炎，总是在行色匆匆的人流中默默无闻，毫不起眼，一帚一帚地清理着大街上的"污秽"。我感觉，这是城市中一道亮丽的风景线。但与之不和谐的是，有些人常常漠视这道风景线，或避之唯恐不及，或任意践踏他们的劳动成果,或对身边的孩子说:"一个扫马路的!"……扫马路的?这其实也是一个光荣的职业。

有人曾为"扫地"鸣不平:"一屋不扫,何以扫天下?"这似乎在表达一种自信与志向,不以扫地为低下之能事,但只可惜,这中间终究脱不了一种"醉翁之意不在酒"。究其本源,其心境并不宁静,其本意并不甘于扫地,这只是一种"顾左右而言他",是赤裸裸地冲着"出人头地"之类的"伟大"事业而来的。

"身是菩提树,心如明镜台。时时勤拂拭,勿使惹尘埃。"那些能在从容、自信、自强与自豪中,笃定地将扫地当作职业来从事的人,首先拂去的定是心灵上的尘埃,心扉光亮,心境淡定,大地在他们的手下会越来越美好!

等 待

深夜时分,城市的十字路口空荡无人。一位司机在骤然亮起的红灯前,很自觉地急刹车,静静地等待着放行。突然,前面不远处的立交桥出现大面积坍塌,这个以秒计算的等待拯救了这位司机的生命。

一位科学家,请了一批搬运工,让他们往山上搬运仪器。工人们挥汗如雨,气喘如牛,但走着走着,他们都停了下来,怎么也不愿走了,过了很久,他们才重新走动。领头的工人告诉困惑的科学家,他们之所以停下来,是因为他们一直在奔波,一直只顾爬山和流汗,以致把自己的灵魂都落在了后面,他们要等待灵魂重新依附于自己才能走……

这是两则关于等待的故事。一个是耐心、规则、素质和拯救生命相结合的故事;一个则是关于留点时间给自己休息、思考、升华的有哲理的故事。

浮想联翩间,禁不住想起苏武。十九年,对于苏武,是老了故人,去了家亲,万物都在变幻,但是,他的等待没有变,他的忠贞不渝、浩然正气没有变,诱惑也好,困苦也罢,丝毫没有撼动他的气节。十九年后,当他擎着节杖回归南国时,无数的官吏和百姓感动涕零,自发列队相迎,他成为历史长河中一颗耀眼的明星。其实,这也是一个有关"等待"的故事。

等人、等车、等排队、等加薪、等长大、等成功……不经意间,等待已充盈我们整个生命,它丰富多彩,却又是"几家欢乐几家愁"——"长风破浪会有时,直挂云帆济沧海",这是成功自信的等待;"雄关漫道真如铁,而今迈步从头越",这是意志坚定的期待;"更立西江石壁,截断巫山云雨",这是宏伟事业的遐思;"何当共剪西窗烛,却话巴山夜雨时",这是恋旧重聚的期盼;"衣带渐宽终不悔,为伊消得人憔悴",这是相思恋情的等待;"月上柳梢头,人约黄昏后",这是爱恋幸福的等待;……在等待中,有些瓜熟蒂落、水到渠成,有些却于物是人非、天荒地老中遥遥不可期,成了无果的花。

　　人生,无时无刻不处于等待之中,置身于由"等待"编织而成的庞大网络节点之中,这些"等待"的节点,包含了规则、坚忍、过程和洞悟。

　　"红绿灯"是一种规则,这种规则要求等待,而这种等待本身就烙着文明、素养和秩序的特质。世界因这种等待而美好,人们因这种等待而平安。苏武用他十九年的光阴,教给我们的不是匹夫之勇式的"盲目",而是一种坚忍,一种忠诚,一种顽强,这是由"等待"而衍生出的一笔宝贵的精神财富。生活中,这种坚忍和顽强的等待,是一种"宝剑锋从磨砺出,梅花香自苦寒来"的厚积,虽困苦磨人,但"行至水穷处",往往会赫然闪现一份大收获、大惊喜。

转　身

那个午后,阳光很好。

书摊前,淘宝者甚多。摊主———一位戴着老花镜的老头,忙前忙后,一刻没有消停。

翻完一本书,我又拿起了另一本书。身边,一位中年男子伫立良久,默默地翻看着两本书。不经意间,我瞥见那是余秋雨的《千年一叹》和《借我一生》。不久,男子在简单的对答中递给了摊主两张十元的钞票。紧接着,他又翻了翻其他的书。再接着,他便拿起付过款的两本书,心满意足地准备走人。或许是时间太久,或许是年事已高,摊主竟疾步走了上来,神速地抓住了男子的手,两道机警的目光从镜片上沿射了出来,咄咄逼人、犀利、愤怒。这一抓,抓出男子一脸的疑惑——咋了?付钱,拿书,走人,有什么不妥?"咋就走了?钱还没付……"老摊主喊话。男子发蒙地看着老摊主,神情有点激动,但片刻又恢复了常态,随后低语:"付过了,给了两张整的呢。"老摊主不信,说不可能,压根儿就没这档子事。

事实上,这是个明显因健忘而起的"公案"。几个回合的辩论后,问题依然没有解决。正当我准备上前为男子做个旁证,证明男子是被冤枉的时候,男子不再理论,他优雅地从口袋里又掏出两张钞票,很平静、很有礼节地放在了摊主的手中。随后,男子悠然转身,踩着碎步,缓缓离开了书摊,大有"仙风道骨"般的飘然。一场误解,就这样消融在男子的"转身"之间。

看着男子坦然远去的身影,我却木木地呆滞了一下,继而变得颇不宁静——那"转身"的瞬间就那么强烈而震撼地定格在了我的灵魂深处,挥之不去……

我惊觉,这种"转身",是一种潇洒,一种包容,一种智慧。因为它,男子可以保持一份美好的心情回家欣赏余秋雨的《借我一生》;因为它,卖书老者可以尽享由生意带来的快乐与收获;因为它,生活的一湖春水波澜不惊,祥和、平静、风清气朗……其实,生活中,很多事情,在很多时候无所谓对与错,一些看似"大是大非"、有着明显"是非曲直"的事情,往往无碍生活的大局。这一刻,倘没有"转身"的那份智慧与包容,那些"龃龉"就可能难以调停和消弭,生活就会因此而举步维艰;这一刻,倘没有"转身"的那份淡定与退让,那些抵牾之褶就可能难以熨帖与抚平,生活的朗朗晴空就可能阴云密布,面目可憎。

"行至水穷处,坐看云起时。"有时,生活中,适当的转身不是胆怯,也不是退缩,更不是一种"亏"和"辱",而是一种境界,一种品质,一种更高智慧的"大伸"。人生可能因为这些"转身"而幸福绵长,华章谱写。

第一与第七

北京奥运射击场上，杜丽失掉首金时哭了，哭得连采访她的记者也陪着吧嗒吧嗒掉眼泪。五天后，她失之东隅，收之桑榆，收获了中国军团第十九金。那一刻，她仍然哭了，哭得神情复杂，百感交集。同样是流泪，但一样泪水两样情，由"悲极"而至"喜极"，这是冰火两重天，其间的酸甜苦辣，也只有杜丽自己能品尝出。

胜了哭，败了亦哭，这似乎是奥运赛场上一道独特的风景线：胜了哭，那是喜极而泣；败了哭，却是与期望值落差巨大而产生的悲恸——我原本是"第一"，怎么就变成了"第七"呢？于是，怪自己没有发挥好，怪外界因素干扰，怪心中的压力过大……悲伤便不自觉地涌上心头，泪水也就禁不住地决堤。

8月的北京，8月的奥运，"黑马"一词频频跃动着身影，与竞技场上的高温夹杂在一起，让人们怦然心动而又灼热哗然——羽毛球、击剑、网球、游泳、举重、射箭……这些项目中，都闪动过"黑马"的影子，颠覆性的结局让赛前的"小九九"们充满了无奈与尴尬。"天下只有第七的，没有第一的。"这句俗语，似乎让我想起了什么，意识到它与"黑马"的些许对应关系。赛场如战场，人们常说实力决定成败，习惯性地用一、二、三、四来排列英雄谱。但"兵无常势"，很多时候是"胜败兵家事不期"，偶然的因素常常让一些风向悄然改变，让不可能变成可能。

其实，"黑马"的成功，在很多时候并不是无端的偶然。纵观百年奥运竞技史，一流的竞技者，大多是以"黑马"的身份不期然粉墨登场的，正如从雅典到北京，人们在愕然间惊问怎么冒出了刘翔、杜丽、柳承敏……怎么，冒出了郭文珺、仲满、宾德拉……其实，这些"黑马"的背后，都有着大量的默默耕耘与艰苦磨炼。他们以世人皆知的"良种马"为参照标系和超越目标，日复一日地积蓄着、提升着,直到花开那一刻,也就是厚积能量超越了"良种马"的那一刻。只不过,人们看到的只是竞技场上成功的一刹那。

当"黑马"一举成名时,他在人们心目中便不再是"黑马",而变成了"良种马",他在英雄谱当中也便由"第七"跃升到了"第一"。但是,俗语说得好,山外有山、人外有人。人类的极限总处于不断的超越之中。菲尔普斯在"水立方"里创造了奥运史上不可思议的奇迹,有人说,他正在孤独求败,站在北京的这个时空来说,没有错,但是这个结论只是暂时的,也许不久的将来,会不期然出现第二个"菲尔普斯"。

"第一"与"第七"之间,横亘的是一条鸿沟。跨越这鸿沟,只能是超越,只能是挑战极限,只能是永不止步。手握着"第一",我们可以让晶莹的泪花恣意地滑落在春风得意的脸颊上;但背负着"第七",我们无须哭泣,无须崩溃,无须怨天尤人。我们应该以一种坦然的心态,去平静接受,让"第七"成为新一轮超越的基点,成为下一个"第一"的原点坐标。如此,才是奥运场上真的风采,才是奥林匹克精神——"自我超越、自我完善"的真谛所在。

公 园 的 门

公园很大,开有两个门,一个南门,一个东南门,两个门相距不过百十米。

公园西面是居民密集区,从西边入园的人自然很多。公园的围墙是一色的黑色铁艺,看上去古朴典雅,很美,却单薄、不结实。公园开园不久,西边很美的铁艺便被人"破栏"而入,开了个"西门",先是苗条者以绝对的身体优势可以出入,再接着,在"矢志不渝"者的一再攻克下,"门庭"日复一日地扩大,终于,即便是"重量级"的人物,亦可以长驱直入,不用躬身,不用侧目,不用低首。套用鲁迅的那句话说,"围栏上本没有门,破栏而入的人多了,也便成了门。"

西边的人们出入公园走"西门",这便成了一种习惯。日子在习以为常中静静地流淌着,平安无事。一天,人们惊奇地发现,"西门"封了!是用黑漆刷过的钢筋封的,上面附着一块牌子,牌子上写着"出入公园,请走南门"。开始,从西边来的不知情的人们,习惯性地走向"西门",见路子不通,才不得不绕个大弯,老大不情愿地改走南门。但不久,被封的"西门"边又出现了个旁门——"西门第二"。并且,其"门庭"大有愈开愈阔之势。时隔不久,"西门第二"又被封了,上面竖起了涂有"请爱护公共设施"的牌子。但不足月余,"西门第三"又悄然开辟……

在拉锯战中,"西门"始终"旗开得胜",开得"坚忍不拔"、别开生面、理直气壮。那些出入"西门"者,不乏玉树临风的美少年,不乏风情万种的美少妇,不乏风度翩翩的读书人,不乏行动迟缓的老头老妪……这一应的人物,似乎不识得"爱护公共设施"是什么,似乎于"公德"两个字熟视无睹。

公园就在我的家边,我时常沿着公园西边绕道去晨练,每每看到挂起的牌子,看到昂首挺胸出入"西门"的人们,我心底便不自觉地升腾出责问与困惑:现代的都市人,怎么对公德还如此淡漠,如此不顾及内在的文明素养?如此不珍爱自我的绅士风度,……我一面责难着人们行为的"野蛮",一面却又在想:出入"西门"的人如此多,为什么不能辟出一道堂堂正正的西门呢?

看着公园里的"西门",我禁不住又想起了小区里一条鹅卵石铺就的羊肠小路。这条路曲折蜿蜒,看起来曲径通幽,诗意绵长,赏心悦目。但在现实中,那些急着办事、忙着赶路的人,总是行色匆匆,很少关注脚下的路,日久天长,"S"形的小道硬是被踩成了直通通的大道,绿茵茵的草坪上出现了不和谐的"第二通道",更不消说什么"小桥流水""古道西风瘦马"的意境了。其实,我们可以斥责人们走路方式的"野蛮",但更可以批评这种"S"路设计得不合时宜。这正如公园"西门"现象的出现,我们可以责难入园者的素养低下,但更可以抱怨园区设计得不合理,抱怨其只顾美观,却无视设计的"人性化",无视人们对便捷的诉求——两道门何以如此之近?美丽的围墙何以华而不实?人流涌动的西边何以不另设西门?……

其实,生活中的很多不文明行为,来自行为者本身,但更多时候也来自"设计"本身存在的缺陷。"设计"一旦人性化了、严谨化了、科学化了,人们的一些不文明行为就会失去存在的支点和温床,也就自然隐身遁形了。

时 间 窗 口

　　大雁来了,又走了;寒流走了,又来了;股市牛了,又熊了;物价涨了,又跌了……这虚虚实实的变化,似乎是"乱花渐欲迷人眼",让人有点应接不暇,不知道这个世界还有多少"折腾"将要诞生。金融风暴下的地球村,多少让人有点"千村薜荔人遗矢"的苍凉感。但在人们颦眉于道琼斯指数疲软下滑的当儿,股神沃伦·巴菲特却笑了,笑在市场信心崩溃、金融大鳄们忙着出售资产应对危机时,他的身价却逆市而涨,超过盖茨。当人们还在喋喋不休地争论着下一个时间窗口时,这位股神却不动声色,悠闲地喝着他的咖啡,他在按照自己的逻辑与哲学,按照自己的嗅觉与研究,编织着自己的时间窗口——他成功了,成功在自己经营的时间窗口内。

　　时间窗口,一个信息时代下的时尚产物,一个"分水岭"式的时段符号,常引得人们翘首以"判"——盼望着那里能带来吉祥,带来财富,带来发展,带来转机……窗口里的世界丰富多彩,撩人而又诱人,但是,那里又扑朔迷离,常常有如雾里看花、水中望月。物理学认为,月亮的潮汐现象会对人们的身心产生影响,并且,月亮越圆的,这种影响越大。"盲从""恐慌"中的时间窗口就是一种社会式的潮汐,是一种"从众"现象的放大,是随波逐流,是旅进旅退,这里充斥着"肤浅"与"浮躁"。"肤浅"里面难以闪现利好的"时间","浮躁"里面很难酝酿出美丽的"窗口"。

　　很喜欢易中天说三国,说先秦诸子,很欣赏他的逻辑能力、归纳能力,以及深厚的学养。应该说,是易中天讲红了《百家讲坛》,而非《百家讲坛》讲红了易中天。先前,临坛授讲者不乏其人,但都没有红,都没有那么轰动,但易中天红了,红得发亮发紫。人们以复杂的心情对其评头论足,鼓噪中封其为"学术超男",但贬也好,褒也罢,易中天毕竟成功了,易中天的身价飞涨,早已赚了个盆满钵满。

　　易中天是在知天命的年岁才走进人们视野的,他的时间窗口开启于行将走下讲坛、步入退休之际。所以,这个时间窗口开得很不寻常,是"十年磨一剑"——这是建立在三四十年的准备和等待之上,建立在象牙塔里甘于沉寂、善于积淀、勇于锤炼的基础之上,更恰逢中华民族复兴时期传统文化回归的时机。其实,易中天的窗口"烈火"早已准备就绪,只是一直在等待着"时间"的"干柴"。在《百家讲坛》上,火焰"嘭"地点燃,燃成了熊熊大火,燃出了时代下的一个闪光点。

　　利好的时间窗口往往生根发芽于有准备的土壤之中。君不见楚霸王在刚愎自用中酿就了抛售"大楚"的时间窗口,沛公却在知人善用中创造了西汉政权建立的时间窗口;君不见希特勒在反人类的杀戮中走向了灭亡的时间窗口,艾森豪威尔却于正义凛然的征战中收获了胜利的时间窗口;君不见钱学森在永攀高峰、爱我中华的创新中铸就了"导弹之父"的时间窗口,多丽丝·莱辛在厚积与守望中迎来了八十八岁高龄获得诺贝尔奖的时间窗口……

　　时间窗口,有明媚的阳光,亦有暗淡的霏雨。对于普天下的人们,时间窗口可以虚窗以迎,亦可以寂然紧闭,可以不期然而至,亦可以遥遥无期。但是,那些明亮、赫然闪现的利好的时间窗口,往往是偶然中的必然,其中早早融入了拼搏、智慧与正义,早早倾注了勤劳、厚积与守望。

道 德 绑 架

今天很多公共场所都有大片的绿茵茵的草坪。这些草坪虽然绿得可爱，但人们不敢漫步其上，更不敢心安理得、自由惬意地躺上去，与小草亲密接触。因为，大多数草坪上都立着牌子，写有"小草有生命，脚下请留情"之类的话语，意为散步的人们要讲究一点公德，不要踩坏了草坪。原来，小草占领的大片场地，仅是供人们欣赏的。小草的领地是扩大了，可人们的活动范围却缩小了，虽然美其名曰"绿化环境、造福人类"，但如此一来，绿色的视野扩展了，人们失去了更多的可以放松的活动空间。

公共汽车上，尊老爱幼是传统的美德，给年老体弱者让座是一种闪光的社会行为，毋庸置疑。但凡事都不能绝对，公共汽车上也常常有为工作、为生活奔波劳累或体力不支的年轻人，一天的劳顿常使得他们也需要一个座位去靠一靠、歇一歇，较之一些尚有体力的老者，他们或许更迫切需要一个座位。但显而易见的是，不会有人为其让座，这还在其次，倘若他得了一个座位，但身边又站着一位精神矍铄的年老者，这一刻的他，是让座还是不让呢？在公众的眼里，冲着德行，他自然要让，但奔波忙碌的他，真想坐下来歇歇。不过，公众的德行观使得再需要座位的有德行的人们，还是会情不自禁地站起来，给老者让座。这一刻的他，无疑是被道德绑架了。这种道德的行为，似乎透着很多的无奈与辛酸。

道德，作为人类特有的一种评价标准，作为人类社会一种无形的稳定调和剂，在光芒四射的正义外衣下，涌动的是一种本真的善良、友爱和宽容。那些脱离了道德本真的"德行"，其实算不上真正意义上的"道德"，充其量只能说是一种"伪道德"。这犹如喝酒，不胜酒力者硬是被绑架于"感情深，一口闷"的"真理"，吃下许多感情并不深、不得不逆着性子而为之的酒，于人于己其实都脱不了一个"伪"字。

人植草坪,绿油油的,一览无余,这是赏心悦目的美景,是为了服务大众而生的,既然是为大众服务的,就应当让人们可以自由地踱步于草坪之上。问题不在于草地的开辟,而在于草坪品种的选取。既是大众场所,就该选取那些可以踩踏、耐得踏行的品种,那些个将"公德"与娇嫩小草的保护绑架在一起的行为,本身就存在着设计上的"不道德"。公交车上,疲倦不堪而又不得不让座的年轻人,自然会在心里感受到"道德"的艰辛,对着"道德"大唱"想说爱你不容易"。但是,在有了第一次、第二次……第 N 次之后,他们可能会不自觉地讲究起座位的选择来。他们首选的已不是靠前的优等座位,而是靠后的不被看好的位置,因为这些位置可能更保险,更容易逃避"公德"的是非之嫌。这样的一种心理历程,算不算是另一种德行的缺失呢?

　　其实,这都是道德绑架惹的祸,我们该给那些被绑架了的道德松绑,让那些本真的、纯正的德行之光洒布于公众的心灵之上,使其大放异彩。

爆 竹 之 说

爆竹声中一岁除。在中国传统的年味当中,有了爆竹,似乎这年味就有了声息,有了载体,有了喜庆。老人们说,过年放爆竹,可以驱瘟逐邪,可以喜接财神,可以旺气通天,可以大吉大利。中华文明史告诉人们,过年放爆竹的传统习俗,在神州大地已存在了两千余年,祖祖辈辈在一代代的传承积累中,潜移默化地将爆竹送进了"文化"的神圣殿堂。爆竹寄托了龙的传人太多的和谐祈愿,积淀了太多的喜庆祈求。

除夕之夜,新年钟声敲响之时,中国的上空,喜庆声震响天宇,这庆贺的是岁之元、月之元、时之元,庆贺的是欢乐与吉祥、希冀与丰收。这种庆贺,能主流化加以演绎者,似乎只可能是它——平平常常、普普通通的爆竹。记得儿时的年夜,最喜欢的事就是与小伙伴们一起尽情地燃放爆竹,火光一闪,爆响骤起,这种响声,是儿时最快乐的幸福音符,是最企盼的浓厚年味。大年初一,小伙伴们会一大早去各家的门前,找寻"哑响"的爆竹,使其大发余威,再就是看着满地的纸屑,红红绿绿的,心满意足地沉浸于一种浓浓的年味当中,欢快雀跃,从早到晚,乐此不疲。至今思来,仍然心向往之。

这爆竹果真是充满着魔力,她能使中华大地齐放光彩,使大江南北的人们不约而同地齐欢跃、共祝愿,使男女老少们在其乐融融中,忘年交似的不分辈分大小,争相点燃与把玩。其实,细究爆竹的身家,其骨子里真的"又红又专",真的有"高山仰止"的风范,有神奇壮观的"底蕴"……

爆竹,一袭红色的衣裳,大大方方,红红火火,朴素中透吉祥,亮眼中融希望。由外而内,这里面聚积了"吉祥三宝"——木炭、硝石与硫黄。在点燃不到一秒的时间内,木炭"生热",硝石"放氧",硫黄"升华",默然契合中,天工巧夺,奇迹尽生,刚刚还是温文尔雅的"吉祥三宝",一瞬间就集聚出无穷的爆发力,以势可冲天的力量膨胀躯体,迅雷不及掩耳之中粉身碎骨,"霹雳"长空,声震寰宇。这种声响,"前仆后继",绵绵不绝,交相辉映,直至把人间闹得沸腾、光亮。这是一种什么气象?这是一种"合力"的创举,一种"和谐"的涅槃,一种"献身"的升华,一种"昙花"的绚烂……这中间有着太多的"伟大"与"吉祥",有着太多的内在的中华文明元素。这不凡的秉性,中华儿女的血脉当中早已浸润存有。

中华文明,穿越五千年的时光,与爆竹结下了不解之缘,这是秉性同一化使然。这种同一化的对接,使得龙的传人之于爆竹情有独钟,不离不弃;这种同一化的对接,也使得普普通通的爆竹深深地烙上了中华文明的印迹。

猫和老鼠新解

晚上,和女儿一起看童话碟片——《猫养老鼠》,她大笑,我亦大笑。她笑得天真无邪,我笑得若有所思;她灿笑着说"好玩",我朗笑着说"此间有真意"。

故事说,从前有一个人,家里鼠害成灾,粮囤屡屡告急,不得已,从街上买回了一只大花猫。他对大花猫说:"好好抓鼠吧,我是个奖罚分明的主子。"第一天,大花猫兴冲冲地抓来了一只偷粮的小老鼠。不料,请奖时,却遭到了主人的一阵贬斥,说,这么小的鼠,有抓的价值吗?即便是十只,也比不上半只大的呀,大的吃粮多,是抓的关键。于是,主人很不满意地赏了大花猫一点儿残鱼骨头。大花猫碰了一鼻子灰,失望至极,伤心归来,闷闷不乐。不承想,第二天,大花猫碰到的又是一只小老鼠。它不禁犯嘀咕:这么小的,抓不抓呢?抓了也是白抓呀。情急之中,它灵机一动:不如将其圈养起来,养肥了再去请赏。于是,它在粮囤里关起小老鼠,让其尽情吃喝。不多日,小老鼠长得又肥又大。大花猫看看时机成熟,便将其送到了主人那里。果不其然,主人心情大悦,赞赏不迭,很慷慨地奖了它两尾大鲤鱼。这行情,让大花猫看到了"猫儿腻",此后便不停地忙碌起来,抓了一拨又一拨的老鼠,批量圈养起来。随后,长肥一个,请赏一个。主人看了大花猫接连不断的"杰出"表现,喜出望外,一次次地赋予"特别贡献奖"。故事的结尾,当然是喜剧性的,主人与大花猫都皆大欢喜,实现了"双赢"——大花猫功勋"卓越",实惠多多;主人则实现了鼠灾的"根治",还了一家的太平。

但是,看了这个良好的结局,观者会禁不住喷饭,为大花猫的狡黠而畅笑,为粮囤里的粮食没了而叹笑。粮食没了,谁吃的?老鼠。老鼠抓了没?抓了。老鼠抓了,受控了,粮食却照旧没了。粮食没了,却又都喜笑颜开,褒奖不断,歌舞升平。其间的逻辑,似乎合于情理,却又混乱抵牾,真的"太有才了"。

猫主人是个奖罚分明的主儿,这没错,大花猫是个捉鼠无数的好猫,这也没错。既然都没错,怎么有了这等搞笑的结局？其实,这一切,无不源自猫主人的"政策"臆断化,它导致了受奖者改弦易辙。

　　算起来,大花猫该是故事中的真正赢家,它先前是"臆断政策"的受害者,但大花猫毕竟是大花猫,它灵光活络,能见风使舵,高效地捕捉到了生存元素,化不利为有利,它于"夹缝"中寻觅到了一条生存的捷径,将主人的"漏洞"经营得"战功"赫赫,风生水起,风光无限。可是,站在正义的角度,大花猫也是输家,它的这种生存方式,存在太多的苟且与瑕疵,因为,这种生存的土壤中,充斥着无尽的职业道德失范和不光彩,经不起阳光的照射和透视。

角　度

"茶本身没有好与差的分别,而是喝茶的人把茶分了等级。功夫也没有强与弱,而是练功夫的人有强与弱之分。"说这话的,是李连杰版的霍元甲,他直视着吃着茶的日本高手,平静地说着,却字字千钧。看完影片,我极喜欢的就是这句话,以至于萦绕耳边,挥之不去。

生于自然,长于尘世,但凡是茶,该是生而平等的。市面上的三六九等、高低优劣,对于茶类,该是一种真实的虚无与空洞,所谓的层次、品位之分,全是因人而生的。这正如所谓的益鸟之益、害虫之害,是放在人类的利害天平上衡量的。之于虫鸟禽兽本身,利害之别,迥然不同——树上的虫儿大叹,啄木鸟是个十足的害鸟;蜜蜂眼中,会织网的蜘蛛绝对是个坏蛋;而对于受捕杀的海鲸,人类俨然成了魔鬼;……

"草色遥看近却无""横看成岭侧成峰"。很多事物,角度不同,美与丑、爱与憎、巧与拙便发生了颠覆性变化。当尼采拥抱着被主人鞭打的马儿哭泣喊兄弟时,他拥抱的不仅仅是受虐待的牲畜,而是一种超越物种的大爱。回望着历史的风尘,站在人性的角度,秦嬴政是个十足的暴君,但站在历史发展的角度,他又不愧是雄才大略的千古一帝;站在治国理家的角度,诸葛孔明不愧为足智多谋的千古奇才,但从出奇制胜、大兵团作战方面来看,他又不能说是一位旷古俊杰;李鸿章、曾国藩,站在今天的理性角度,应该说,他们都是复杂的矛盾综合体,不能说只有其一,没有其二;……

记得小时候看电影,极喜欢分出影片中的好人与坏人,好就好到完美无缺,坏就坏到十恶不赦。那时候的电影,大抵也都是这种非此即彼的模式。随着时代的发展,社会的变迁,人们不再迷信于那种"高大全"的英雄范式,因为大家都知道,即便是开屏的孔雀,也不可能尽善尽美。国人看世界的主流目光,如今已是多维的。

　　中庸哲学,从某种意义上说,是一种平衡哲学——"中也者,天下之大本也;和也者,天下之达道也。致中和,天地位焉,万物育焉。"角度不偏不倚,恰到好处,这正是中庸哲学的法则。角度的平衡,平衡出一种和谐的状态,这种状态,决定了一个人的奋进姿态,也锁定了一个社会的幸福指数。适当的角度可以让你面对复杂的人生与生活时,活出万千气象,活出心平气和——你不能决定生命的长度,但可以决定它的宽度;你不能左右天气,但可以改变心情;你不能改造环境,但可以适应环境;你不能事事满意,但可以样样尽心……

　　角度的平衡根植于德行与正义、智慧与素养……霍元甲的眼里,形形色色的功夫,全无优劣之分,所谓的上乘功夫,其实内蕴于练功夫者本身。这有如《天龙八部》中藏书阁的扫地老僧,所持的武器只一把扫帚,甚或两道正义目光,却可以横扫千军。这种力量,不在武器,而在境界。这种境界与层次,取决于练功夫者对武学掌握得是否炉火纯青、大彻大悟,这里面闪耀的,是儒释道的集体智慧与光芒。

历史的天空

历史真的很奇妙——当唐太宗因惧于魏徵的"不同声音",而无奈地于袖间捂死心爱的宠物鹦鹉时,欧洲正处于"万马齐喑"的"神即一切"的中世纪;当达·芬奇等文化巨匠特立独行,将欧洲的"文艺复兴"推向巅峰时,张居正却正以首辅大臣的身份,辅助明神宗进行改革,增强了封建专制的钳制力量,让人民无语;当雍正、乾隆正处心积虑地整肃吏治、大搞文字狱时,伟大的思想家伏尔泰发表了《哲学书简》,英国的工业革命蓬勃兴起……

以达·芬奇为圆心,在欧洲那个时代的天空中画一个圆,你会发现,这里大师辈出,灿若繁星,前有但丁,后有哥白尼,左有拉斐尔,右有米开朗琪罗,周边还有笛卡尔、培根、牛顿等。一个大师,就是一种声音;一个大师,就是一面旗帜;一个大师,就是一种新"文明"。漫长的宗教统治,在大师们种种声音的累积震撼之下,变得岌岌可危。遭受桎梏的人们,在大师们的声音感化下,以势可冲天的力量突破宗教思想的藩篱,走到了时代的前列。回眸同时期的东方天空,封建王朝却是"万山不许一溪奔",大师寥若晨星,屈指可数。

中、西历史舞台交替演变,结果是中世纪的西方世界只能望大唐王朝的脊项兴叹,而近代的泱泱中华却只能眼睁睁地被时代抛在了后面。中、西兴衰的轮回史实,似乎昭示着,时代先锋的声音中蕴含着强大的历史助动力。她摧枯拉朽,魅力无穷,历史因她而阳光灿烂,时代因她而步履强劲。

很喜欢公元前770年至公元前221年那段历史。对于龙的传人,那时是铸就中华民族思想文化之根的时代。诸子百家喧嚷争鸣,百花齐放,流光溢彩,孔丘说"仁"、老聃说"道"、墨翟说"非攻"、韩非说"法"……先贤辈出,圣哲如云。基于不同的背景和秉性,诸子学说大行其道,百家思想竞相迸发。"三教九流"发出的多是自成体系的"声音",不同声音混杂交融在一起,使整个时代变得立体真实、绚丽多彩、光芒四射,历史的步伐也因此而变得铿锵有力。中华"儒""道"两大思想之源,也就是在那种"千山风雨啸青锋"的时代背景下,杂合着各种声音而产生的。

身处知识经济的今天,当我们在键盘上运指如飞,将自己想说的一股脑地在网上都说了时,我们深深感觉到,神奇科技为当代人搭建起了一个很好的宣言平台——网络。网络确实是个好东西,它颠覆了昔日世界的某些秩序,使先前只有部分人才能表达的"特权"成为历史。面对网络,"大师"也好,平民也罢,都能够发出自己的声音。基于这一平台,每个有意识的当代人,其思想的电波可以自由地驰骋,与不同的或相同的声音相碰撞。这种碰撞,产生出些许火花,这如许的火花聚集成伍,就汇成了人民大众的声音;而这种声音代表的,不是某个"大师"的独家思维,而是整个时代的意愿。

网络中的声音,显得粗犷而庞杂,但它使整个世界更加和谐,使历史的天空更加绚丽,更加熠熠生辉。

花未全开月未圆

一位高僧,求他释疑解惑的人很多。

一天,一位事业停滞的名士向他问禅。刚开始,名士的姿态很高,喋喋不休地倾诉着自己的想法与抱负。高僧一边静静地听着,一边给他沏茶倒水。杯子里的水越加越多,到后来溢了出来,但高僧并没有停止,仍往里面加。名士见后,大呼"满了满了"。这一刻,高僧才不慌不忙停下来,颇有深意地说:"施主,您现在的杯子是满的,何必问禅?请倒空杯子再来吧。"名士听后,恍然大悟,静静地离开了寺庙。

高僧基本没费口舌,就点化了一位名士。其实,他的高明之处在于寓意于杯,喻理于行。这里面有个核心的道具——杯子。杯子里的水满了,就不可能再装进新的东西;要装进新的东西,就必须倒掉杯子里的水,虚杯以待。这种空杯,既是物质上的事实之杯,又是心灵上的思想之杯。很多时候,一个人只有定期倒空心里的那个"杯子",定向清零,才可能发展得更好。

一直喜欢"花未全开月未圆"的境界。其实,未圆里面是全圆,未开里面是全开。这中间蕴含的是一种希望,一种新的美丽与力量。这犹如齐白石老人画虾画鸟。画虾时,四周除水草外,别无一物,却令人感觉满是水;画鸟时,一鸟独立于逸枝上,其余空空如也,却使人感到空间无限。

禁不住想起庄子与韩非。两个同门中的哲人,都讲"无为",都讲"垂拱"的姿态。但这种"无",其实是他们在倒杯子。杯子倒空了,才会有更多、更值得期待的东西装进去。无为中,他们一个装进了"个性的自由",一个装进了"君主的统治",都达到了垂拱而治的目的。

罗曼·罗兰说:"成年人慢慢被时代淘汰的最大原因,不是年龄的增长,而是学习热忱的减退。"其实,学习热忱的减退,是因为成年人太看重自己积累的那点经验了,满脑子陈芝麻、烂谷子,舍却不得,抛弃不了,以至于看不到时代的变化。所以,很多成年人心中的那个杯子,总是被塞得满满的,新苗嫩芽无法成长。相反,豆蔻年华的年少者,着空杯心态,热情地吮吸着知识的甘泉,朝气蓬勃,弄潮于时代浪尖。

现实世界中,有一个奇特的现象,一个领域的新人,往往要比蛰居于斯的"专家"更容易发现问题,更善于学习与进取。这是因为,老手心中的杯子已然满满当当,而新手的杯子空空如也。"专家"要有所精深发展,就必须在心灵深处适时倒空杯子,复归于"婴儿",学会接受,学会无知,学会畏惧。

同样,在信息社会的今天,一个企业要立于不败之地,就要有一定的空杯心态,定期淘汰掉一部分自以为是的"成功"经验,留出一些空间给未来、给客户、给员工、给社会……

认识你自己

每每从舷窗看飞机外面的风景,思绪总会随云彩在蓝天上恣意驰骋。

当山川河流变得依稀斑驳、若隐若现时,飞机差不多已在高空平稳,不再"超重"。日月经天,江河行地,这样的图景在眼前徐徐展开,越发真切。举目望去,白茫茫一片,云朵如团团棉絮,在眼前铺陈开来,洁净无比,以排山倒海、极尽磅礴之势,或静谧不惊,或升腾浮沉;头顶之上,蓝蓝的天纤尘不染,太阳镶嵌在纯洁之中,真切地照着,没有一丝的遮挡,让纯真的蓝和纯净的白映衬出一种唯美的景象……

云端之上,亦真亦幻。这一刻,禁不住感叹:人类何其伟大!收回视线,我开始咀嚼这种感叹的渊源。

这个时代,无数次的天空飞越和太空飞行,让人们对几千年来神话中的"仙境"不再神秘。云端之上,我感叹万有引力的神奇,感叹地球法则的精致,感叹参照物的不动声色,是它们恰到好处地把人类"挟持"在了这个星球之上,并赋予大气、臭氧、河流与海洋,生命因此而变得有序,变得精美绝伦。生命,是自然法则的无声安排。

"不畏浮云遮望眼,自缘身在最高层。"飞行在高空,突然想起王安石的这句诗。那是九百多年前他在大宋时空下写就的。很敬佩王安石的眼光,三十岁,风华正茂,就能透过浮云,看清前方的风景,超越一时的困惑,发出壮怀之语。王安石虽因变法而声名鹊起、权势煊赫,但他终究没有迷失自己,没有在"高层"遮了"望眼"。他洞透变法云彩的游移,洞透一己之躯的"孰归"。老子有语:"知人者智,自知者明;胜人者力,自胜者强。"认识你自己,这是一种人生的智慧。只是,这个时代,很多飞越"云端"之上的人,并不能认清自己的真实"海拔",看不到太多的默默托举,看不明大地才是真实的回归。

登月第一人——美国宇航员阿姆斯特朗登月时,曾留下一句彪炳史册的话:"这是我个人的一小步,却是人类的一大步。"记录了人类外太空探索的伟大成就。阿姆斯特朗是伟大的,他穿越云端、步入太空之后,越发清醒地认识到,自己一小步背后的真正英雄是整个人类,即便是人类,也只是一"大"步,一"小"步更微不足道。窃以为,阿姆斯特朗的伟大之处,不仅仅在于他的献身精神,更在于他认识了自己在登月过程中扮演的角色。

两千多年前,古希腊哲学家苏格拉底宣称:我唯一真正的知识就是知道自己的无知。据说,苏格拉底的朋友曾到德尔斐神庙请示神谕,问苏格拉底是不是希腊最聪明的人,神谕说是。苏格拉底知道后颇觉诧异,因为他一向以"无知"自居。于是,他到处寻找"聪明人",与他们对话,以证明神谕是错的。然而,他最终发现,那些据说聪明而有智慧的人,差不多都徒有其名。由此,苏格拉底悟出了神谕所说的话:他之所以被神谕说成是最聪明的人,不是因为他有知识、有智慧,而是因为一个知道自己无知的人,一定会尽力去追求智慧。

苏格拉底成为先知,首先知道自己"无知"。

穿越太空,人们极易在"高位"上飘飘然,识不得自己。云端之上,一切都是纯净的,也是未知的。在感叹大自然造化神奇的同时,我们最应该澄澈的,是心灵,是懂得人类还只是从浩瀚的知识海洋中舀起了一瓢水,太过渺小。

用未来思考今天

今天是昨天的明天,明天是今天的未来。未来里面有今天,今天里面有未来。今天与未来,那是人生的两极。

用未来的眼光思考今天,我们就会执一驭万,聚精会神,就会不畏、不乱、不曲意,就会让拼搏游离于迷惘之外,步履铿锵。人生不能设计,但可以前瞻与构想。当今天驾着彼岸的因素飞翔时,心会变得澎湃,血会变得年轻,前方的路线图会变得无比清晰。"海到尽头天作岸,山登绝顶我为峰。"那岸,已不再遥不可及,而是罗盘与光明;那峰,已不再虚无缥缈,而是航针与光芒。

用未来的眼光思考今天,我们就会感念岁月,珍惜光阴,就会不懈、不怠、不虚纵,让学习生生剥离短视的外衣,从容行走。时间不能储藏,但可以与之赛跑,可以超越。当你带着"时不我待"行进时,路会变得平坦,天会变得明朗,人类的生命线会被无限拉长。"花开堪折直须折,莫待无花空折枝。"每一朵鲜花,都是万难克隆的唯一,那是光阴的绝版;每一根枯枝,都是分娩时光的母体,记录着曾经。

用未来的眼光思考今天,我们就会笑拥日月,气定神闲,就会不恼、不怒、不张扬,让前瞻驱逐后顾的愠躁,兼收并蓄。环境不能改变,但可以修正自我。当今天驾着放眼未来的思维搏击时,心会变得阔大,眼会变得邈远,心境的领地会变得宽广无疆。"胸中云梦波澜阔,眼底沧浪宇宙宽。"那梦,不可能涌现于戚戚的低矮之处,只可能存在于高远天地;那浪,不可能鼓响于纤纤的弹丸之地,只可能存在于广袤大海。

今天的行为,一旦搭上了明天的脉搏,我们就会与未来一起脉动,"以不息为体,以日新为道";今天的思考,一旦搭上了未来的追寻,我们就会忙碌如登阶,不仅迈步,而且跨越……

未来与今天,那是割裂不开的两极,一极立地,一极顶天,用一极思考一极,人生的道路就会光华频闪,满地生辉。

低 碳 年 代

上海世博会的最大亮点,不是规模的宏大,也不是水准的高超,而是低碳理念的宣传与演绎。"低碳,让生活更美好。"这似乎是更贴切的世博会主题。放眼世博园,低碳技术随处可见:伦敦零碳馆、交通零排放、太阳能规模集成、"呼吸"墙壁与地板……各国展馆主打的展示,似乎都烙上了绿色、低碳的特质。世博会,是全人类的文明盛宴,是地球村进步的风向标。世博会上的低碳旋风,必将飞越黄浦江畔,刮向五大洲四大洋,刮向地球村的拐拐角角。

其实,低碳之风,在世博会之前,早已在世界各地刮起,只是没有这样集中交汇与大力宣传。今天,各学科领域,似乎只有打上低碳的理念,才能领时代风骚。低碳经济、低碳生活、低碳达人、低碳建筑……无论怎么搭配,只要饰以低碳的概念,就可以走在时代的前列。加之,早年的《京都议定书》,近年的《哥本哈根协议》,以及形形色色的乐活族、环保卫士、政府行为……这一切,从理论上讲,已使这个世界步入了低碳年代。低碳年代好呀,低碳意味着绿色,意味着环保,意味着人类的可持续生存与发展……

但是,意愿毕竟只是意愿,现实还是现实。回眸看去,自1962年《寂静的春天》问世后,"环保"一词正式走进人们的视野,到1970年人类历史上第一个地球日诞生,直至21世纪的今天,地球村的环境状况并未改善向好,反而日复一日地恶化——气候变暖加剧、污染持续加重、物种灭绝加速、森林覆盖率不断降低……全球气候变得异常乖戾,反季节、反传统现象已经相当普遍,地震似乎成了家常便饭。这个夏天,坊间用"集体发烧"一词表现当下地球村的酷暑的程度之深和面积之大。气象台则基于测量数据,使用"历史之最"描绘着气温的异常。但是,转瞬间,"发烧"又会摇身一变,变成了奇异的"水涝",洪水肆无忌惮地摧毁着人类的家园。这种极端的状况,用惯常的"百年一遇"表述,已显然不准确……

看来,低碳年代不"低碳",低碳只是人们意愿的一种表达,表达着一种美好的追求。那丰富多彩的、让人惊艳的诸多"绿色"行为,其实并没有实质性阻止高碳的高歌猛进。

人类对低碳的追逐,似乎是"两手抓",一手抓"精神",一手抓"物质"。

抓"精神",就是抓人们强烈的低碳诉求,推出一大堆制度与口号。上海世博会,哥本哈根会议,就是典型的集体拯救宣言,这其实是严峻而糟糕的现实使然。但是,人类往往有着"语言的巨人、行动的矮子"的软肋,光看表达,往往靠不住。

2007年,美国前副总统戈尔拍了一部颇有影响力的环保纪录片——《难以忽视的真相》,获得了奥斯卡最佳纪录片奖,戈尔也被封为全球环保卫士。但是,事实表明,这个卫士的生活并不低碳,仅月度用电量一项,就超过了全美平均水平的20倍。

意愿算什么?意愿在很多时候只能意味着空头支票,只能意味着在驾驶冒尾气汽车的同时,可以大谈低碳,大谈环保,大谈如何珍爱地球,却一点也没有"伪道士"的愧疚。

抓"物质",就是抓阻击高碳的技术及应用,开展一系列实实在在的减碳行为。世博会上,那些美妙的低碳技术,似乎让人们看到了希望,看到了阻击高碳的可能。但是,人类的长期贪婪,已使得地球村快速滑向了崩溃的边缘,危机迫在眉睫。当下的技术力量,较之于洪水猛兽般的高碳,较之于灾难频仍的现实,却显得如此渺小与单薄。

其实,这个世界,伪环保太多,技术的力量太小,这使得真正的低碳年代并未到来,到来的只是一种概念。

但是,毕竟这个蓝色的星球已有了真实的低碳跫音响起,虽势单力薄,却也勇往直前,不断加速,不断闪烁出越发明亮的光芒——这,该就是地球村的美丽希望所在吧!

沧 海 啸

> 沧海啸,滔滔两岸潮,浮沉随浪记今朝……
> ——题记

英国诗人波普有一句形象的话:"自然界和自然规律隐藏在黑暗中,上帝说:'让牛顿去吧!'于是,一切都变得光明。"这是他在虔诚地赞扬牛顿。历史翻到20世纪后,随着量子理论和相对论的诞生,现代物理学大厦得以构建,有人又增添了一句——后来上帝又说:"让爱因斯坦去吧!"于是,黑暗重新降临。

这种说法虽不乏幽默夸张的成分,却大有深意。17世纪以来,人类在科技领域突飞猛进,取得了一系列划时代的成就。牛顿带领人类走进了科学时代,爱因斯坦引领人类冲击了科学极地。爱因斯坦是伟大的,他打破了经典物理学的绝对时空观,洞悉了波粒二象性,将科学的触角伸向了物质的两极——微观领域与宏观世界,那隐蔽极深的自然规律变得豁然开朗。面对自然,人类也因此而变得无比自信和霸道,征服、改造、掠夺,在人类与生俱来的贪婪的作用下,变得无处不在。

爱因斯坦说:"刀子在人类生活上是有用的,但它也能用来杀人。"其实,质能方程从其诞生之日起,就注定了具有天使和魔鬼的两面,人类可能因此而获得福祉,也可能因此而险象环生,甚至走上一条不归路。核能是强大的,但它在为人类提供能源的同时,也赋予了人类"自我毁灭"的隐患。自20世纪以来,关于核的话题,就从来没有停歇过,一直在泛公平性中不对等地博弈着。世界格局的不平等,使那些"弱者",那些居心叵测之流,把怨恨和私欲的种子放在了核武器的天平上。广岛、长崎蘑菇云的梦魇还没有消除,切尔诺贝利核电站爆炸的噩梦还没有苏醒,不承想,这个本是平静安宁的春天,沧海一声啸,日本福岛又发生核泄漏,这一灾难至今仍在噬咬着人们的心,没有画上乐观的句号……

爱因斯坦有错吗?没有!大自然有错吗?没有!自然规律是一种永恒,发现了,那是人类的大幸;自然无常是一种必然,做前瞻性规避,那是人类必须做的。刀子有着杀人的本领,但刀子本身并不具备杀人的意愿;杀人的勾当,其实是那些血脉里充满私欲的"人"的行为!二战因人而起,五千万鲜活的生命,就这么在互相残杀中走向陨灭。广岛、长崎的蘑菇云,是一种人造的"毁灭",但更是一种"拯救",一种"以毒攻毒"的拯救!这中间,无所谓正义与非正义——但凡毁灭,都不可能存在正义;但凡互毁,都不可能存在赢家!

烟波浩渺的太平洋,在地壳变形碰撞和运动后,收起了往昔的柔媚与平和,掀起了气吞山河的狂飙。这种狂飙,在摧毁人类家园与生命的同时,也摧毁了人类的私欲与嚣张,使人类引以为豪的"核强势",转而演化成了一个致命的"乌龙球"!网上疯传着这场大地震起因的不同版本,有自然说,也有人工自然说……扑朔迷离中,有一点我却深信不疑:地球的潘多拉魔盒里面,撒满了人类自命不凡的"强势"种子;大自然在与人类相处中,眼前晃动的满是人类的"妖"影!

灾难中,人类显得如此渺小与脆弱;灾难中,人类也显得那么坚强与友爱。对抗灾难的过程,往往是人性大放异彩的过程。其实,这种光彩,本是人类真正的强大之处。只可惜,这种华美的绽放,常常是太迟了,常常是成千上万的生灵已然消失、美丽的家园满目疮痍时才赫然闪现。那谦卑、友爱、无私的种子,最应该永久地播种在人间!

人类因文明而强大,人类又因强大而膨胀。这种逻辑,常使得人类不知道自己是谁。这也正是人类最该去调和与扬弃的,取舍有度,无为而为,否则,沧海也会咆哮!

物含妙理总堪寻

禅宗里有个著名的三重境界说:看山是山;看山不是山;看山仍是山。分别表达了参禅之初、之悟、之彻的不同层次状态。同样是看山,但看的人或看的时间不同,看出了不同的层次感受,分出了三种落差极大的境界,真让人感慨万分。

大自然高深莫测,面对她,人类永远是个学生。庄子说:"天地有大美而不言,四时有明法而不议,万物有成理而不说。"自然的禀性,使得她将很多东西展示给世人,却又深藏其理,等着人类去发掘、去寻觅。读懂了,那是人类的造化,推动着人类从必然王国走向自由王国。

很喜欢"大漠孤烟直,长河落日圆"的诗句。广袤的沙漠上,浮升起一缕直直悠长的孤烟,漠天交接处,一轮圆而硕大的落日镶嵌其间,宁静、悠远,而又不乏雄浑。这漠野,明明是如此朴素、无华、粗犷,却又生生显现出了冰清玉洁的一面,展现了崇高无邪的大美。其实,这大漠的骨子里,深藏了一个核心的东西——和谐。和谐本身就是一种美。君不见"枯藤老树昏鸦,小桥流水人家,古道西风瘦马",是多么完美的一幅晚秋景致?这些景物朴实、自然,并没有什么特别优美之处,但它们组合到一起,又相融相生构绘出了一幅令人痴迷陶醉的美景。这一切,无不源自内在的和谐,这是大自然书写的"天地有大美而不言"的杰作。

站在当下,回望历史的长河,常常感叹,人类是如此渺小与艰辛。先民、先贤说,盘古开天辟地,上帝创造世界,地球是宇宙的中心;一代代科学巨匠运算、推演说,太阳是宇宙的中心,银河系就是宇宙。但是,"前波未灭后波生",现代宇宙观又说宇宙来自无穷小,宇宙处于无限膨胀之中,银河系渺小得不值一提……这宇宙图景的魔术般改变,倾注了整个人类的绝卓探索的努力,代代不息,永无止境。日月经天,江河行地,那是一种永恒与伟大;"审堂下之阴,而知日月之行,阴阳之变",那是时间法则的不朽;"青山不墨千秋画,绿水无弦万古琴",那是大自然在写生;……这些莫不就是"四时有明法而不议"?

"木末芙蓉花,山中发红萼。涧户寂无人,纷纷开且落。"那芙蓉花在山间且开且落,了无声息、永无止境地运动着,似乎与世无争。但是,仔细倾听,她是在大声疾呼:人是社会的人,不被发现、认同,便等同于没有任何的价值。水滴石穿,绳锯木断,那是"厚积薄发"的演绎;逆水行舟,不进则退,那是对"一劳永逸"的否定;流水不腐,户枢不蠹,那是"绝对运动"的代言;……这一切的一切,该是"有成理而不说"吧。

一花一世界,一沙一天堂。造物主是个精通哲学的铺陈高手,它赋予了人类数不尽的"妙理"资源,却不直说,等着人类去发掘,去洞透,去享受。

发现吧,人类!

赛　车

很有一段时间了，感觉我一直处于"乐活"之中——骑着新潮的赛车上下班，往来如飞，路上的一切，每天都在耳畔欢歌……

这感觉，有点像自由飞翔的鸟儿，无拘无束。"见缝插针"中，没了堵塞之苦，省时不说，还有种"舍我其谁"的感觉。结果，往返一身汗，畅快淋漓，神清气爽，精力越发地充沛了起来。

赛车轻巧，一只手便能举过头顶，每小时三四十码的速度不在话下。踩着踏板，疾走如飞，常常形似车人合一了，有种真实的"赛"的飞驰状态。

一边体味着越发良好的精神劲头，一边看着灰蒙蒙的天空，瞅着一路上的尘土飞扬，我常常想，这个世界，可视度是在越发地下降了。这缘由，很大一部分，该是人类的贪婪与贪图享乐吧——至少，我家的冒尾气轿车是无须购买的，但最终还是买了；至少，很多时候，我家的空调是无须开的，但还是开了；……都说，这是一个信息的时代，"快"是一种必须。但是，更多时候，那只是一个伪命题——那里面，充斥的满是"面子""里子""享乐"……脱不了虚荣的泡沫！

轻抚着胯下的坐骑，我蓦然发现，这赛车，其实不仅仅是赛车，它还有很多的角色——那是不冒尾气的环保快车，那是天然的健身跑步机，那是朴素节俭的"贤内助"，那是蓝天碧水的"好卫士"……欣喜之下，我发觉，这赛车其实就是我的知音，与我心性相通，心有灵犀。

愈是相伴同行，愈是了解了我的赛车。于是，越发地喜欢它了。

我骑着赛车，每天奔波于上下班的路上，脚踏实地，心情大好。我感觉，我每一次上下班，都不虚此行、实实在在，都在一点点接近希望的目标。我的两脚，一刻不曾停过；那两点一线的行程，记录了我两脚的驱动频率，记录了赛车轮子丈量过的真实。这种真实，使得我汗流浃背、热血沸腾、日益壮实和饱满。

我骑着赛车,每天往返于单位与家之间,收放自如,充满快意。我感觉,骑着赛车,想快便快,欲慢则慢。快时,那是一种"竞赛"的状态,时不我待,气贯长虹;慢时,那是一幅悠闲的情景,且行且品,宁静致远。快慢全在一己之念,自由、惬意,又不乏意境之美。

　　我骑着赛车,每天看上下班路上的车流,瞧不太友好的空气,脚下就有了自信与力量。我感觉,我脚下踩的是一条大道、一条康庄的大道,希冀的大道——那大道上是人与自然的契合,是蓝天的呼唤,是人类可持续发展的呐喊……

蚁

相传,楚霸王命殒乌江,与蚂蚁有着直接的关联。楚汉相争,项羽节节失利,最后兵退乌江。刘邦的谋士张良早早布了局,用饴糖在乌江边写了六个大字——霸王自刎乌江!蚂蚁闻糖而聚,爬到字上,使字体赫然醒目。楚霸王见状,心惊肉跳,斗志顿失,不由得仰天长叹:"天亡我,非用兵之罪也。"于是挥剑自刎。楚霸王相信了蚂蚁写就的"天意",这实在太不应该了。

这里,蚂蚁其实是无辜的,它的嗜甜天性与群体性本能让张良给利用了。一群小小的蚂蚁,在打败了楚霸王的同时,也成就了大汉王朝,改写了历史,这实在有点不可思议。

动物界的蚁类,差不多是卑微的代名词吧。像踩死一只蚂蚁那样轻而易举——蚂蚁的生命如此之轻!但蚂蚁虽小,事情经常闹得很大,"千里之堤,溃于蚁穴",就是一个让人类不得不警醒的事实吧。

《圣经》有语:你去察看蚂蚁的动作,就可得智慧!

这是具有真知灼见的一句话。差不多在恐龙时代,就有了蚁族吧。当无数个物种都杳无踪影时,蚁族却依然兴旺发达,依然进行着生命的繁衍与演进,这本身就是一个奇迹。

察看蚁类,可以发现不息为体、勤劳勇敢,发现团结协作、永不言败,发现天象预知、未雨绸缪……用在蚁族身上的褒义词实在太多了。蚁类从来只走捷径,却不迷路。人类受其启发,数学领域就有了"蚁群算法"。这中间,智慧的光芒耀人眼目。

这个大言无声的家族,无时无刻不井然有序。工蚁、蚁父、蚁后……永远是那么各司其职,不"越位",亦不"越权";不张扬,亦不自卑;不专横,亦不软弱;蚁后从来不自恋,蚁父从来不自私……好一个和谐的家族呀!

蚁族中,亦有"懒汉"。这不免让人吃惊。只是,懒有懒的道理呀。懒蚁四处溜达,那是为了搜集信息、传递信号、探寻危机,是整个蚁群的一种"无为"管理。当蚁王国面临危机时,这些"懒汉"往往会第一时间挺身而出,带领整个家族寻找出路,渡过难关。"懒",让它们得以思考,得以生存,得以超前做出决策。这种绝妙的"懒",让管理学家都自叹弗如,以至于在管理学实践中,就有了"懒蚂蚁效应"理论。

有蚁类的粉丝看到,当蚁族在遇到烈火时,众多蚂蚁会迅速聚拢成团,然后像雪球一样飞速滚动,逃离火海。那最外一层的蚂蚁往往焦灼成灰,用生命和身躯为整个家族开拓出了求生之路。这不能不让人感动,不能不让人感到蚁类的"献身精神"已成本能。

人类是不是应该看一看脚下的蚁,放下一些"高贵"的身段?

蚁,何其伟!

司马光的破与立

公元1025年,司马光面对溺水儿童命悬游丝的险情,急中生智,用那双稚嫩的小手,高举起坚实的石块,果敢地砸向承载着垂危生命的缸器,发出雄浑的巨响。这一巨响,不只圆满画上了拯救生命的句号,更穿越千年的历史时空,向人们解说了一种智慧。

司马光砸破了什么?是一口装满水的缸?是的,又不是。这一砸,物质形态上是一口缸的破裂,而精神意识上,却是墨守成规的破除,独辟了思维天空的一片新境地,让人豁然开朗。司马光砸出的,是一种破与立的辩证思维方式。

其实,人类从钻木取火到石器的发明,从青铜器的使用到炼铁技术的飞速发展,直至蒸汽机的诞生和信息时代的来临,莫不是"破"与"立"反复交替的结果。人类从野蛮走向文明的步伐,深深打上了破与立的烙印,见证了破与立乃万事万物之恒常的道理。"不破不立""打破一个旧世界,建立一个新世界",这些与"破"字相关的语句,正是人类对客观现实世界给出的规律性的总结。

事物要向前发展,首先必须破除一些东西。这些东西,或者是物质上的障碍,或者是思想上的枷锁。一粒种子,必须破土而出,才能开花结果;一块荒地,必须掘壕夯基,才能矗立大厦……这些都是物质上的"破",不是难事。但人们的思维往往具有极大的惯性,人们骨子里那些根深蒂固的陈旧观念往往不是轻易能打破的,那些看似无形的东西一旦落实在具体行动上,总会变成冠冕堂皇的条条框框,为试图突破的行为设置人为的障碍。是故,思想上的破是破之根本。爱因斯坦之所以能取得划时代的伟大的科学成就,是因为其摆脱了牛顿经典力学理论的长期桎梏;毛泽东之所以能领导中国工农红军夺取革命的胜利,是因为他打破了"城市中心论"的思想,走出了一条前人未曾走过的"农村包围城市"的崭新路线。

事物要取得发展,光破也不行,还必须立,立是破的最终目的。从某种角度来看,立比破来得更重要更深刻,一个打破了的旧的腐朽的世界,倘若立得不好,或其综合评价度不比从前,这就背离了破的初衷,也就失去了意义,不如不破。司马光用智慧之石砸破缸器,结出了福荫溺水儿童的硕果,其立的姿态堪称完美。

纵观世间万物,但凡刚由破而立的新生事物,在初始阶段,总有其脆弱或不完善的地方,但其骨子里潜在的发展势能,在一定条件的催生之下,必然会像炽热岩浆般喷涌而出,涤荡一切陈腐阻碍之物,顺利回归其应有的富有生命力的状态。莱特兄弟发明的飞机在刚刚问世的时候,其形态及飞行时间是令世人不屑的,但"丑小鸭"在经过多方凝心聚力、艰苦卓绝的改进和改良之后,终于变成了"美天鹅",开创了人类史上伟大的航天事业。

破与立是辩证的统一,犹如人之双腿。破是立的前提和基础,立则是破的初衷与目的。在历史的长河中,司马光用这一小小的行为,拨动了物质形式和思维方式上破旧立新之弦,弹出了一个幽深的道理,堪称千古绝唱。

地 球 仪

哥伦布至死也不知道,他发现的"新大陆"其实不是所谓的印度,也不是"黄金遍地、香料盈野"的古老东方。这一历史性的错误产生的真正原因应该不在哥伦布,而在于那个时代对地缘认知的蒙昧。哥伦布假如地下有灵,看到今天的人们转动下地球仪,就准确地知道了他的迷途与"无知",不知道会做何感想。

也就在哥伦布横越大西洋的那一年,人类第一架地球仪诞生了。只是,这地球仪是个地地道道的"丑小鸭",它把美丽的地球描述得太不真切了,假想的成分过多。幸好,哥伦布是在它诞生之前起航的,否则,其间的变数真不知会有多大。

手托着地球仪,我常常定位自己驻足的经纬之地,静静地发呆。我发觉,球面上我的足迹跨度其实长不盈寸,太过渺小了。但同时我又在寻思,我似乎又有点不简单,我托起的不是一个单纯的几何球体,而是一个天体星球的信息与沧桑。

旋转着地球仪,我慨叹不已,感觉古今之别的标志,只一个地球仪足矣——从无到有、从模糊到清晰、从概略到精准……地球仪一路走来,见证的是人类对这个世界认知的变化,铭刻的是人类技术进步的速度。小小地球仪,让古今变得差不多泾渭分明起来。

仰望星空,现如今,这球体的外部空间,人类已安插了数不清的"监视眼",这个蓝色球体的边边拐拐,其实都已处于人类的准确透视之中,毫无秘密可言。横跨四大洋,巡游五大洲,洞悉这球面的一山一川……对于现代人,那是轻而易举的事儿。"坐地日行八万里,巡天遥看一千河",已不再是浪漫主义诗人的遐想。

自从人类可以把地球仪轻轻托在掌心,这个蓝色星球在人类那里,就已经骤然变小了。事实也是，人类早已用"村落"来称呼这个球体，以显示它的渺小与不够用。旋转着地球仪，看着珠穆朗玛峰对接尼罗河，太平洋纵连南北极，呼伦贝尔凝视亚马孙……我感觉，人类还是太过伟大了，伟大到可以任意地"拿捏"这个星球，让其精确地"现形"于弹丸仪球，人类似乎无所不可。

　　人类其实早已不满足于待在这个星球了，正在涉足宇宙，寻找类似地球的生存空间——这种意愿与行为，足以表达人类的强大。只是，记得一位哲人曾经说过，很多人的不幸，并非他们过于软弱，而是他们过于强大——过于强大，以至于不能注意到"上帝"。不是吗？人类在很多时候，确实忽略了"上帝"的存在。仅人类创造出的核武器，就足以让地球毁灭好多次。这种潜在的危险，如今不是在减弱，而是在吵吵嚷嚷中不断增加。地球一旦毁灭了，"上帝"自然也就没有了。到了那一刻，人类到底是强大还是渺小，也就不言自明。

　　伟大与渺小之间，往往只有一步之遥。当人类自我感觉已经伟大到可以忽略"上帝"存在的时候，其实人类正在走向渺小；当哥伦布的航船还在迟疑中谨慎探索，不知道是否已经走到了大地的边缘时，人类却恰恰正在奔向伟大……

　　旋转着地球仪，我感觉就是在旋转着人类的"两极"——一极伟大，一极渺小。这两极，起稳定器作用的"冰川"，正在快速地非正常融化着，这个星球也由此变得焦躁不安，北极不再像北极，南极不再像南极，和谐与有序已经变得越来越难得了。

树上有几只鸟

上小学的女儿喜欢玩些脑筋急转弯的游戏。这天她兴冲冲地跑到我面前,模仿《开心辞典》节目里的样子,要我回答一个老掉牙的问题:树上有十只鸟,用枪打中一只,还剩几只?

女儿脸上荡漾着诡秘的微笑。我立刻意识到,她的答案可能是那种不太常规的。为了让她有更多的话语权,能独立表达自己的想法,我先是故作沉思状,然后给出了答案:一只也没有了。

听罢,女儿脸上露出了得意的神情,一字一顿地问我:"您确认吗?""确认。""很遗憾啦,您的答案错误。应该是一只,两只,或者三只……"

"是吗?不都飞走了吗?"我故作惊讶。

"那种答案过时啦,嘿嘿……我说给您听吧。剩下一只,那是因为被打的鸟儿没掉下来,卡在了树杈上;还有一种可能呢,就是那只被打的鸟儿掉下来了,但偏偏有一只鸟儿胆小,吓晕过去了,正好又卡在了树丫上。至于两只嘛,那是一枪打了两只鸟,而两只又都卡在了树枝上,或者……"

"或者是被打的两只掉了下来,偏偏有两只胆小的吓晕了,卡在树杈上……"我接过她的话补充。

"哈哈……有进步了呀,老爸。"女儿兴高采烈,接着振振有词地详解起 N 种答案的可能。

在感到欣慰的同时,我禁不住犯起嘀咕:现在的脑筋急转弯呀,可真是不简单,这个弯,至少转了差不多 361 度了吧。小小年纪,就开始了这样的深度解读,思维似乎进行了"蹦极"式的运动。但是,我又隐隐约约感觉到,似乎是喜中有忧。

思考再三,我决定还是来个因势利导,进一步地挖掘、启发和沟通。

女儿的解说刚一结束,我就一边鼓掌,一边不吝赞赏之词,说答案太精彩了,真的很棒。受到了鼓舞的女儿,兴味盎然,意犹未尽。

接着我问她,如果这个题目作了特别说明,讲清了不存在鸟儿意外地卡在树上这种情况,答案会是怎样的呢?

她眨巴眨巴眼睛,迟疑了半天。我顺势启发:"是不是也有两种可能?你再动动脑筋想一想。"

"一只没有了。"她兴奋地答道。

"对,一只没有了,这作为答案之一,是绝对存在的。因为砰的一声,能飞的鸟儿自然全飞了。但是,你想过没有,这个答案是建立在枪有声音的基础上的。假如我使用的是把无声手枪,在射击鸟儿的时候,压根儿就没有声音,其他的鸟儿没受到惊吓,那会是一种什么样的结局?"

沉思了片刻,女儿似乎全明白了,压低了嗓门说:"是不是十减一,剩下九只呀?"

"完全正确,加十分!"

女儿欢呼雀跃,得意地打出了V形手势。

看着兴奋不已的她,我转而又说,这道题目有多种答案,在逻辑上是存在的,但那仅仅是一种发散性的思维训练。其实,合情合理的、最合乎常规的答案,还应该是"树上一只鸟儿也没有"。生活中,这种情况发生的概率是最大的,这是常识,是实践的结果。当然,我并不否定发散性思维的重要性,但这必须有一定的前提条件和限度。很多时候,常识不能丢,丢弃了常识,也就丢弃了基础,丢弃了起点……

女儿听了,点了点头,似乎已然认同。

别了,菲尔普斯

公元 2008 年,菲尔普斯站在北京的水立方里孤独求败;四年后,他在伦敦奥运水上中心,却郑重地宣告退役。

作为一名运动员,菲尔普斯把个人奥运金牌和奖牌数分别刷新到了 18 枚和 22 枚,在奥运史上矗立起一座难以企及的丰碑。世界男子泳坛的十二年,差不多全由这个"超人"雄霸了。相比较那些穷其一生追求最高境界的挑战者来说,菲尔普斯是一个难以逾越的标杆。伦敦奥运场上,国际泳联向菲尔普斯颁发了"奥运史上最伟大运动员"奖杯。

面对荣誉,菲尔普斯似乎没有膨胀,他的告别宣言很简单:我在游泳池做到了我想做到的一切,这本身是美妙的体验,这也是我退役的唯一宣言。

金牌,是一个让世人兴奋的"金字招牌"。金牌等身的菲尔普斯,自然也就成了人们羡慕且景仰的传奇人物。但是,当"菲鱼"离开泳坛后,除了一大堆金牌和标杆,我不知道还留下了什么。

"参与比取胜更重要。"这是现代奥林匹克精神之一。由此而言,"菲鱼"与所有的参赛选手并无两样。"更快、更高、更强"——我想,"菲鱼"给人的真正启示与价值,恐怕还在于此。

"菲鱼"创造奇迹的真正秘诀在哪里?这是泳坛最关心的,也是世人最想了解的。正如韩乔生老师在转播席上的惊叹:我们一定要解剖菲尔普斯,看看他的基因里到底有何神奇之处。

其实,"菲鱼"的成功,早就有人作了深入的研究与报道。成功学人士概括:菲尔普斯就是"偏执狂才能生存"的典范。"菲鱼"没有三头六臂,他是个非常刻苦的运动员,在训练和比赛中,宛若一台冷冰冰的游泳"机器"。这些研究结果,差不多都定格在了励志学的范畴,并无特别之处。

但问题是,与"菲鱼"同样用功的运动员,甚至更卖力的,大有人在,突破的高度与"菲鱼"却不可同日而语。对于他们,付出与回报并没有如"菲鱼"般呈线性关系。所以,刻苦之外,"菲鱼"的成功一定还有一些其他关键性因素。

这些因素,窃以为,无外乎以下两点:一是先天肌体的"动力学"条件优越——得天独厚的身体天赋;二是创造性思维下的"能动性"发明——方法创造,这一点对于人类,无疑更具有普遍意义。对于后者,"菲鱼"似乎并无秘诀传世,否则,菲尔普斯第二早就诞生了。看来,"菲鱼"成为"超人"最大的原因,还是其独特的身体天赋。基于无与伦比的肌体,开展坚忍不拔的后天大挖掘,最终成就了"超人"的不可思议。

"菲鱼"以其"超人"的条件与能力,为人类树立起了很多个"水立方"标杆,阐释了人类自身可能达到的极限,这是值得呵护和载入史册的。这一标杆,当然会激发后人不断地超越——或许,"菲鱼"的意义正在于此。

标杆并不意味着不可超越。站在伦敦夏季奥运赛场上,"菲鱼"已不能再说"孤独求败"了。"菲鱼"在感到"宝刀渐老"的状态下,果断地选择了离开,实在是英明之举。因为,奥运赛场上,从来就有很多"菲鱼",他们都会陆续地消失在历史的长河中,不再起波澜。

别了,菲尔普斯!

给心灵一点空间

低头族差不多成为当下第一族,蔚为大观。刷微信、抢红包、晒图片、看朋友圈里的实时传真、八卦速递、国际风云……常让人欲罢不能,感叹空间在发生着尺缩效应,引力波无处不在,距离不再是问题。

网络平台上,可以随意画圈子。圈子里,人们可以八仙过海——各显神通,尽情"创作"。信息如潮水般,一浪一浪的,冲刷着时光,涂抹着视野,也拽拉着人们不时低下"高贵"的头颅,指尖在屏幕上游移,或颦或叹,或惊或喜……情绪之变,皆在那"自嗔自叹"的一低头间。

猴年春节似乎也与时俱进,于传统中注入了不少"互联网+"的元素。央视春晚植入了微信与互联网的时尚基因,满满的正能量。且不说潘长江们网购一类的时尚故事,单说微信上的"抢",就风生水起,足够热闹了——红包满天飞,抢,抢,抢;五福一波波,攒,攒,攒;就是祝语,也如雪花般,热闹非凡,大异其趣……

只是,互动平台上,我常常只是看客。这不是排斥或不屑,而是冥冥中,似乎有一种静谧的"场",在隐隐地按捺着我的指尖,让我常常无动于衷。

但于平常静默中,我又惊叹微信的力量。

只有个把月的时间吧,二三十年不曾联系的中学、大学同学,在微信平台强大功能的号召下,陆陆续续走进了三个不同的"群"。初中、高中、大学,"恰同学少年",那些很多都已经记忆模糊的身影,重新进入了视野,一个个鲜活起来,在惊喜中有了或多或少的交流。"朋友圈"让昔日的同窗可以任意来一场"致已逝去的青春"的主题会,找回曾经的点点滴滴。

观看微信群,发现里面似乎刻写了一句话:时光改变世间万物,时光更容易改变一个人。在光阴的打磨下,很多同学的变化是剧烈的——思想、人生或形貌,已然彼君非此君。

初中同学 W 君,已是中国当代实力派国画家,作品收藏进入中南海。但学生时代的 W 君,家贫,学业平平,初中毕业后,辍学学习木工手艺,进京打工讨生计。学生年代,他对画画情有独钟,在京城,仍然一边打工一边自学画画,历久弥坚。十年磨一剑,他用坚持与天赋,终于打开了画坛大门。W 君的微信空间,晒满了作品,也晒满了活动行程,更晒满了梦想成真与意气风发。

高中同学 H 君,美国生物医学教授,主攻干细胞方向,著作等身。他来省城做学术交流,微信里说想一见。见时,彻夜长谈。H 君一如学生时代的安静与平和,只是白发开始在头顶攻城略地。学生时代,H 君是典型的学霸,聪颖,加之执着,成绩出类拔萃,其后就一直坚持做学问。我笑称 H 君把智慧都贡献给了山姆大叔,有失爱国风范。H 君却不急着辩解,只是说他很少谈论政治,"学术无国界",他说会在中美学术交流中敞开大门,毫无保留。

同窗微信群重新开启了我们不再年轻的同窗"门",带来了很多意外的信息与惊喜,亦带来了岁月的样本——一个个在时光打磨下的他与她,不再青春年少,却独一无二。

我想,W 君的画,只有在宁静与孤独中才能完成;H 君的学术,只有在实验与演算中才能突破……喧嚣语境中的信息爆炸,或许就是一种海市蜃楼,不乏"心灵鸡汤"的浅显,对人们内力的换挡与提速,终不会太给力吧。

给心灵一点空间,适时做个"抬头族",或许,会看见一种别样的人生风景。

穿　越

玩些"穿越"的把戏,在娱乐界早已不算新闻了。龙年央视春晚,穿越的元素可谓漫天飞舞,晚会的"笑"果也由此增色不少。魔术玩穿越,小品也在玩。《今天的幸福》就借着"穿越"的外衣,演绎了一出家庭版的美丽谎言与情爱;《荆轲刺秦》却是狠批了时下穿越剧的荒诞与浮躁——为了标新立异,为了吸引眼球,随意地涂改史实,不无"假作真时真亦假"之虞……

时下,穿越可算得上是个炙手可热的词儿了。魔术界、娱乐界、文艺界、科学界……似乎都乐此不疲,颇好这一口。穿越的范畴,也变得越来越宽泛了——上可去"皇天",下可入"后土",前可"捕捉"未来,后可"回归"史前……一切似乎都不在话下,比神话还神话。但凡想得出的,都会变成"现实",哪顾得上什么常识与逻辑?

只是,仔细想想,"穿越"毕竟是穿越呀,真的就可以那么简单?其实,尘世间,人们常常津津乐道的所谓"穿越",也就是幻想幻想吧,过把痴狂的瘾,哗众取宠,最后的落脚点,还不是那个"盆满钵满"的现实?

谈及穿越,最有魅力的,该是时空的穿越吧。现代科学,早已达成了一个共识:穿越时空,理论上是可能的。超越了光速,就可以回到从前,飞向未来。尺缩效应、红移现象、时空坍塌……都无声地给出了注脚,时空真的可以改写。只是,光速如何去超越?如此超级能量,目前还只是停留在理论上。但未知主导着这个世界,现代科学的那点认知,并不构成其主要条件——毕竟,光速恒常的基本常识,已处在被颠覆的边缘。所以,关公战秦琼、秦皇会汉武,也未可知。

常常想,科学界的穿越,虽貌似神奇,但多少是接了地气的,"手可摘星辰"都并非痴人说梦。科学穿越,那不仅仅是穿越,那里面填充的是货真价实的文明,聚集了人类宇宙探索与奋斗的足迹。

审美疲劳是人类的特性。"穿越"的把戏玩多了,人们自然会吝惜自己的笑容与掌声,此时再奢谈什么神奇与惊叹,也就不可能了。帝王将相、爱恨情仇在"穿越"中的种种灵异与奇诡,到了后来,都只能去哄哄三岁孩童,或逗逗外星人了。

只是,这一窝蜂的"穿越"之风,其实更凸显了当下"眼球经济"的繁荣昌盛,以及这个社会创造力的乏善可陈。

"穿越"的泛滥,"穿越"的过多复制性"拿来",却是思维惰性的佐证——那该是人类实现真正穿越的无形枷锁!

年味随感

乡下的年味,如今多了不少注脚。

大抵,村子里的年轻人多了,年关就到了;路边的私家车多了,年味就浓了;冲天炮放响了,年夜饭就开张了。这年味当中,有"五湖四海"的味道。超级人流移动,让东西南北的"稀奇"都散布到了乡下,在信息对称中注入年味。

闲聊的话题,即便是乡下大爷,也不再囿于新衣年货、风调雨顺、家长里短了,更多的,却是放眼世界,纵论当下——杭州峰会、卡塔尔危机、特朗普奇谈……网络、智能终端,让时代的点点滴滴,无时无刻不呈现在隆冬的田野上;手机红包常常让人们兴奋不已,流量大放送派生出五花八门的游戏;春晚,一道年味大餐,却不再如从前那样抓人眼球,娱乐而已;……

村子里,差不多都是楼房,"村村通"公路承载了从城里奔驰而来的各类豪车。这一刻,"中坚力量"回来了,楼房上下,不再是老与幼的独有空间,更多的却是家人共享天伦之乐的美好景象。

回家过年从来不需要理由。不管路多远、人流多浩荡,"有钱没钱,回家过年"的古训,仍在演绎着不老的传奇。数亿人的密集迁移,是用人流如潮诉说着一份浓郁的家的情结。

祭祖,仍是过年习俗中的一个重要环节。科技发达的当下,祭祀祖先的程式,似乎越发隆重了。这份坚守,是拒绝数典忘祖,不忘来路,更是激烈社会竞争下的一种美好祈祷。

"听烧爆竹童心在,看换桃符老兴偏。"贴春联、放开门炮、吃元宝、发压岁钱……细细数来,文明的当下,年味虽被注入了不少新鲜血液,但文化基因生生不息,不免让人惊心动魄,心生敬畏。

拧一拧时光里的记忆。儿时,最盼的就是过年。过年意味着穿新衣、吃元宝、放爆竹，平时的清苦，这一刻全都由奢侈替代。母亲常常在腊月忙碌异常，扫灶台、炒年货、做豆腐、炸肉圆。母亲辛劳的情景，常让远在外地的我们心生暖意，千方百计地想着回家，吃她亲手酿制的"年味"——无须 QQ，无须微信，只需空气中寒冬腊月的一丝气息的提示。

　　走在大街上，看着打着广告标签的红灯笼，在商家店门前一串串挂起来，吉庆的气氛在空气中弥漫，不觉一怔——到了该回家乡过年的时候了。只是，回望家乡的天空，心绪骤然惆怅——家乡不再有母亲忙碌的身影。无论去过多少地方，吃过多少珍馐佳肴，你最怀念的，还是妈妈做的年夜饭，没有"妈妈"的味道，家乡的年味不再。

多元的真实

央视春晚似乎成了国人心中的一个痛点。打开网络,铺天盖地的一个热门话题,便是春晚。嘈杂声中,众说纷纭,莫衷一是。从民意来看,大抵是感觉春晚一年不如一年了——年年岁岁花相似,岁岁年年人不"行"。其实,无论人们怎么指指点点,央视春晚客观上已成了国人除夕夜无法取代的一道文化大餐。

兔年春晚,人们吐槽最多的当数《同桌的你》,有人为其开出了"七宗罪",说其格调之低俗、情节之牵强、演技之老套……莫不是春晚的一个败笔。与此同时,人们为草根族走上春晚叫好,尽管旭日阳刚有点紧张,西单女孩有点一般,但从拘谨、朴实中,民众读出了一份真切与朴实,读出了"接地气"的那份养眼,故不吝赞赏之词。

其实,民众眼里春晚的江河日下,那是"相对论"的一种错觉。回眸看去,春晚轨迹的初始端,实在有点原始与"粗糙",相信今天的人们不会有太多胃口。那时春晚一边倒的火爆,是因为刚从"文革"那种肃杀压抑气氛中走出的国人,对文化解放有种强烈的渴念。央视春晚年年办,中国社会年年变,中华大地乃"苟日新,日日新,又日新"。在政治经济对外开放、社会结构发生深刻变化的大背景下,物质上丰富的人们,精神上有更多诉求。今天,国人的思想有了很大的变化,文化认知也变得多元和自信起来。这种情境下,一台春晚要满足那多元的胃口,实在不可能,众口难调的古训不是没有道理。

冷眼审察,在技术发达的当下,春晚舞台其实已被布置得富丽堂皇、美轮美奂,各类艺人的时尚演绎,也不能说不精彩。春晚所赋予的主题常常独具匠心,与时俱进的节目不在少数,阳春白雪与下里巴人兼备。并且,春晚与网络也正相约着互动,对接时代的潮流。春晚舞台上的网络热词俯拾即是,而网络又会让春晚的经典词语即刻风靡。今年的"此处略去N个字""眼睛是红的,心就黑了"等不可能不在网上蹿红。

  应该说，不是春晚的水平倒退了，而是人们的审美诉求多元了、提升了。在这个平台上，原地踏步的演绎注定会被调侃、批评。本山大叔的小品设计正好与大众胃口的变化形成了一个剪刀差。大众胃口在多元中上升，而本山大叔的演绎在二十一年连续上春晚中逐渐透支，演技的止步、创新的乏力、定位的老套，不可能让观众一成不变地喜爱。客观地说，本山大叔已经创造了奇迹，创造了让老百姓持续欢乐多年的奇迹。但是，那是一种单一。既然是单一，就不可能在丰富多彩的时代中无休止地延续。

  实际上，春晚也就是一台晚会而已，娱乐是它的天性。但同时它又承担着在最隆重的传统节日之夜，让国人有一份守候、一份陪伴、一份放松的使命。

  培根说，异议有如燃烧后的草木灰，有利于植物的生长。众口一声，乃属异常和停滞。网上对春晚的热议与争论，一方面说明当下的春晚，已成了一个文化符号，一个被国人寄予文化传承的符号，另一方面，争论也凸显了这个社会的多元——思想的多元、民意的多元、时尚的多元……这多元中，写满了这个时代的真实与和谐，使社会在真实、健康中阔步前行。因为，毕竟参差百态乃幸福之源！

年　轮

"日月光华,旦复旦兮。"站在庚寅年的门槛上,看着大街上红灯笼散发的年味,禁不住放缓了脚步,吟诵出《卿云歌》来。听着孩子们在嬉戏中扔出的鞭炮的声响,思维不自觉地在澎湃中弥散开来——树木在复旦中增了年轮,孩子在复旦中升了学级,父母在复旦中添了白发……这一个"复"字,竟生出如许的变异,怎么着也不会是"重来"那么简单。"旦复旦兮",用"复",终觉是不妥的。

对于"复"字,植物界似乎很会演化与抛却。千年古树,不需要人类秉笔记录,也无须大张旗鼓地传诵,岁月就在无言中以一圈圈的严密纹理,镌刻在了树干之上。年轮,大大小小,形态各异,圈出了春夏秋冬、严寒酷暑,圈出了成长的轨迹、生命的密码。真感叹树木的伟大,她完全没有烙上"复旦"的机械之"复",只有演进的客观之变。我们能仰望并甄别出古树的沧桑,莫不是其岁月的风尘已糅进了生命的躯体,留下了一串串图案。这千差万别的美丽图案,默默地诉说了日新日高的生命历程。

站在庚寅年的门槛上,想着自然界中的树木又增了年轮,看着身边的日子又热热闹闹地奔向了新春,我打开电脑,打开个人空间,不自觉地增加了一个文档,冠以名号:2010。于是,个人空间中便出现了十个文档。文档的名字是清一色的连续公元年份。再打开,是对应年份的一应信息,公的、私的、好的、坏的,平淡的、深刻的,机械的、创造的……差不多应有尽有。这些文档,是我春夏秋冬里的思索,是酸甜苦辣下的磨砺。其间,我看到了一路走来的身影与足迹。我蓦然觉得,这里面似乎也有着"旦复旦兮"的元素,岁月的轮回、境地的重复,显出了"机械"的特色。但沿着阿拉伯数字的递增序列,这里面的东西由简单到丰富、由火热到温和、由多梦到少梦……专业笔触走着反向抛物线的轨迹,心灵之叹却留下了正向抛物线的印痕,这一正一反,承载的是几多欢乐几多愁,几多沧桑几多梦。

这些,在重复的形式之外,大圈套着小圈,渐长的"年轮"由内而外,各不相同。但不相同中,有着一个始终不变的相同,那便是"努力"与"改变"。

贾平凹说:"在四十岁之后,你会明白人的一生其实干不了几样事情,而且所干的事情都是在寻找自己的位置。"是的,岁月风尘的催化,让人常有"我本将心向明月,奈何明月照沟渠"之叹,风华正茂的多梦岁月渐行渐远,为欢几何的现实时光越发真切,"年年岁岁花相似"的诗句正画起了无生气的同心圆。但是,在"旦复旦兮"中,有一件事情值得一直去做,那便是——改变年轮的形态,使其形态优美、气象万千,使其阈值宽大、丰硕丰盈,使其千姿百态、永不重合!

日 新 为 道

2013年,阳光会是新的,万物会在变化。

当玛雅历法转入新一个轮回时,世界"末日说"泛滥,地球村里的人们着实恐慌了一次。那一刻,时间显示出了她的矢量印迹。这是时间辩证法的伟大胜利——时光淘汰着一切。一切永恒都只是一个美丽的谎言。

过去的一年,经历了太多的人和事。一直不喜欢口若悬河地高谈阔论,却好于静默中思索。暗忖之下,蓦然惊觉,时间的坐标体系中,每个人,都只是那么渺小的一瞬。狭隘与专横,会加速一个人存在的萎缩;友善与豁达,会延长一个人足迹的存留——这是一种微妙的心灵契约。时间是公允的,但时间又常常处于差异化赋值之中,这便是其"相对论"的特质吧。"天与地卑,山与泽平。"其实,想通了这个理,世界就会变得美好,时间就会拈着花向你微笑。

"浮生恰似冰底水,日夜东流人不知。"当"2013"的时间表豁然在目,禁不住生发出"年来四十发苍苍"的感叹,与苏轼有了心弦的共振。人生,基本上没有永恒。

人事有代谢,往来成古今。一直以唯物的开放心态在想,双亲不可能与我们的生命无限叠加,早晚有那么一天,他们会在一个时间的坐标点,因跟不上时钟的步伐,离我们而去,那是自然的规律。但是,及至那个深秋,老母真的止步于时间的一个点,脉搏停止了跳动,我还是有种"念天地之悠悠,独怆然而涕下"的悲恸——那一刻,我看到了时间的残酷,张牙舞爪的!也就是从那个清秋起,时间开始记录这生离死别的长度,"诀别"与"日新"似乎那么不友好地"暗合"在了一起。

时间历久弥新,人却愈行愈远。

禁不住感叹历史的苍茫。玛雅文明,曾是那么繁荣昌盛,绚烂至极。但是,时光流淌到今天,它只能以奇特的"预言",赚取人们的眼球,让人们依稀记起它曾经的辉煌。不由得又想起了楼兰、殷墟,想起了乌尔、庞贝,想起了尼雅、雅典……这些文明也曾经盛极一时。但是,它们都没有敌过时间的拖拽,——"累"倒在历史的长河中。这些文明的消失背景,或多或少地都写有一个特征:它们的血液里,基本上都没了"苟日新,日日新,又日新"的元素,常常于故步自封中,走向"自恋","自恋"到不知道自己是谁,以至于在虚幻的"巨富"中消亡。

时间的绵长无可匹敌。想想,人生,也就是一瞬吧。但是,一句很有哲理的话讲得好:你不能决定生命的长度,但你可以控制它的宽度。至少,可以在"以日新为道"中,把持自我,以增强它的质感与厚度,不辜负攥在手中的这段不可逆光阴吧。

"如将不尽,与古为新。"所以,这一年,我仍要系统地读些历史、哲学书,精心研究从事的专业和写作,让内心充盈,让"不惑"梦想成真;这一年,仍要在"不息为体"中迈开脚步,慎思做事,友善待人,日事日毕;这一年,仍要担当起生活中的责任,在"日新为道"中创造、奋进,在变化中拥抱快乐、祥和!

2013,会是一个美好的人生"桥段"!

旦复旦兮

"卿云烂兮,纠缦缦兮。日月光华,旦复旦兮。"站在新年的门槛上,更换着新的日历,禁不住又想起《卿云歌》来。记得去年的这个时候,也同样读起了这句诗。一年走了,一年又来了。日月的光辉,似乎在更替中永远明亮地闪烁着,绵延不变。相传上古时代的先民,是在舜禹更禅时,自发地唱出这样的诗歌来。他们不仅唱出了时光的永恒,也唱出了圣人的操守。

日月有常,星辰有行。天体的这种"有常",该是旦复光华的基因所在。面对着年复一年的岁月,我常常会生发出一种感动,感动这天体律动的永恒——规律的恒常,规则的永远,毫厘不爽的精确。那周而复始的光阴里,闪耀的分明是日月经天、江河行地的崇高与伟大。

光阴难驻迹如客。光阴以绝对的尺度,在丈量着万物,公正地淘汰着伟大与猥琐。我们感叹"流光容易把人抛,红了樱桃,绿了芭蕉",却不得不同时感叹"人生易老天难老",感叹人类之于时光的渺小与无奈。光阴的公正,让世间万物都肃然起敬。

有一个童话故事,说一个流浪汉十分懊悔小时候游手好闲,虚度年华。于是,时光老人就把他变回了小孩。可流浪汉重蹈覆辙,最后依然一事无成。所以,光阴里面充满了"有",也写满了"无",它是否公平与有为,无疑取决于作用对象。

庄子说:"天地有大美而不言,四时有明法而不议,万物有成理而不说。"这大美、明法与成理,莫不是天体法则的一种必然。这种法则,在老庄那里,却有了一个经典性的称谓,那便是"道德"——自然而然的宇宙运化法则就是"道",以有形之物来彰显宇宙运化法则的却是"德"。人们常常追寻"以德养生",这在表层上是依据一定的社会伦理规范来保养精神和形体,但往深层次里看,蕴含着顺应天道以尽心知性的念想。天道里面是规则,规则里面是自由。所以歌德说,只有法则才能使我们自由。而自由却表明了人的能力大小,这种能力有多大,一个人的气场就会散发出多大的光亮来。正所谓"规则为王"呀!

一元复始,万象更新。千百年来,这句话似乎成了人类不变的良好愿望。但光阴以恒常的规律精确地流淌着,无所谓新,也无所谓旧,更无所谓新老气象的分别,它骨子里是一种永不懈怠的灰色基调,不为尧存,不为桀亡。所以,珍爱光阴,踏着时光的节律,将心想的事儿演绎完美,将心向的追求回归正轨,使得"卿云烂兮",这便是人间莫大的美好。而这一切,只可能出现于时不我待、顺势而为的奋斗之中。

"旦复旦兮",这一个"复"字,"复"的是时光的永恒,也"复"出了人类只争朝夕的万千气象!

道不远人

一

幼时习武,外祖父说,要内练一口气,外练筋骨皮,打通大小"周天",懂得内外"宇宙"互为你我的道理。练家的功力会在道法自然和避免"孤岛"中精进。

外祖父所教武艺偏向南拳一派,属老桐城东乡武术,兼有北腿印迹,一招一式都充满阳刚之气,步稳、拳刚、势烈,往往借助外力,东西南北中,拳打卧牛地,虚虚实实,攻防有道,布织出密不透风的墙。与武术相配套的,是中医跌打损伤的医术,没有文本,全是口传面授。长期走南闯北的实践,让外祖父深谙中医阴阳之道,医术精湛神奇。

现在想来,中国传统文化实在博大精深,很多思想与道理不仅深邃,而且超前,已然穿越时空,与互联网思维遥相辉映,焕发出极大生机。

二

那一年,因技术支持出差泰国,一待就是三个月。走在大街上,看花花绿绿的招牌,常常不知道上面写些啥。邮局变成了红色,医院变成了绿色,就是马路行驶规则也掉了个儿。去买东西,只能比画着打哑谜,有时急得脸红脖子粗,不由得慨叹:咫尺天涯呀!

彼时,看着郁郁葱葱的热带草木、瓦蓝瓦蓝的天空、佛性充盈的异域,常常怔怔发呆。孤独与乡愁,犹如巨蟒,愈缠愈紧,让人透不过气来。这条巨蟒,不是来自温和的泰式微笑,也不是来自绿色生态环境,而来自一种文化的隔膜,让我与当地人朝夕相处,彼此心灵却隔阂如孤岛。

三

喜欢《道德经》。道者,自然规律也;德者,人之品行也。读《道德经》,常会读出以退为进、弱者生存、大道无形的道理,读出人与自然千丝万缕的强联系、弱相关。老子貌似喜欢独处,两千五百年前,留下五千言,倒骑着青牛,气定神闲,悠悠走出函谷关,就不知所往了。但千年以降,老子的身影无处不在,他的思想不仅融入中华文明的基因血脉,更走向世界。最新一项调查显示,《道德经》已成为世界第一大发行物,无出其右。

黑格尔说,老子哲学和希腊哲学共同组成了世界哲学的源头。《道德经》是真正的哲学,它将老子"一生二、二生三、三生万物"思想阐释得淋漓尽致。其哲学也因此而逻辑合理、充满生机、论述动人。黑格尔按照正(阳)、反(阴)、合(中)三维形式创立了三段式解读法。

老子与黑格尔,一个身在先秦诸侯争霸时代,一个处于法国大革命时期,似乎风马牛不相及,但他们不是两个孤独的"岛",而是跨越时空的精神接脉者。

你若安好，月壤自来

月壤巡展，观者如织。想来，一睹月球的真容，是远古以来人类的梦想，更是现代地球人的期盼。物以稀为贵。月壤的贵，可能不仅仅是因为物稀，更是稀有背后隐藏的月地奇迹与承载的人类梦想。当"嫦五"携带人类的温度与文明，造访三十八万公里之外的最近天体，再一次揭开月球的神秘面纱时，那上面的荒凉、清冷与死寂，击破了人类历史深处的"遥想"。面对茫茫月壤，"嫦五"只取"一瓢饮"，携带1731克土壤，以"天外来客"身份，降落在中华大地，续写了中华民族的飞天凯歌。

"嫦五"取回的月壤，已然不是"月壤"，而是一种"宣言"。每每回想火箭凌空而起，探测器冲向霄汉，天地间奇妙互动，"嫦五""走访"月球携带"土特产"返回的历程，就似乎看到千百年来人们幻想的嫦娥，正活脱脱复生于这个盛世，起舞弄清影，感叹人间奇。

"嫦娥奔月"，那是中国人的一缕魂。小时候，每每夏夜，凉风习习，月光如水，村人们就早早搬移竹床，到村口塘埂上纳凉，全村老老小小天南地北、海阔天空地聊。对着月亮，年长者往往要给小字辈讲起嫦娥奔月、吴刚砍树的故事，他们会指着月亮若有其事地说，看，那阴影地方就是桂花树，吴刚在受罚，一直砍呢，玉兔和嫦娥都在广寒宫……这些故事，我明明知道纯属无稽之谈，却潜移默化地被刻入我的骨子深处，幻化成一种文化基因。就算后来看过一些书，了解阿波罗登月情境，知道老辈们讲的传说是一种美好臆想，也不想消除内心那份神秘与美好。德国哲学家恩斯特·卡西尔曾说："一个民族的神话不是由它的历史确定的；相反，它的历史是由它的神话决定的。"神话是一个民族的童年记忆。面对不可知的自然，以民族特有思维诠释不可知现象，迭代出特有文化历史观，成为发展原动力，内化成中华民族探月的驱动力。

"嫦五"在地月间画出优美的弧线,取壤于月球,以第二宇宙速度开创性返地,精彩演绎了"绕、落、回"三部曲,惊艳整个世界,何其壮观!其实,这举重若轻的背后,是嫦娥系列的实践积累,是太多"不驰于空想,不骛于虚声"的创新积淀,是新时代厚积薄发和历史辩证法的伟大胜利!"嫦五",飘逸潇洒的轨迹上,写满突破、大数据、人工智能、网络信息……

四十年前,人类九登月球取壤,那是西方文明的独大语境;四十年后,"嫦五"一枝独秀,超越标杆,在月地间绽放华章,这是中华文明的盛世宣言。一个梦想比回忆多的社会,一个超越敌意、爱好和平的社会,一个守正创新、走向伟大复兴的社会,足迹跨越月球、行走火星,迈向茫茫宇宙,中华文明再一次走到世界舞台中央!

仰望星空,俯瞰大地,有一种声音在呼唤——你若安好,月壤自来!

新 年 序 章

时序更迭,日月嬗变。庚子年渐行渐远,成为一种回望。这一年,"极不寻常"的气息,弥漫于世界的每个角落。

罗曼·罗兰说,真正的光明绝不是永没有黑暗的时间,只是永不被黑暗所掩蔽罢了。人民至上、爱的洪流、犯其至难的字眼,不时在神州大地唱响一曲曲战天斗地的凯歌。"九章"量子、月球"土特产"、唯一正增长、决战脱贫的一个个里程碑式坐标,淬砺出中华文明的千古光泽,无远弗届。看似寻常最奇崛,成如容易却艰辛。

量子纠缠理论告诉我们一个奇特的现象,两个相互作用的粒子可以通过它们的量子态保持连接,无论它们相距多远,都可以瞬间共享它们的物理状态,尽管它们违反局部实在论概念和狭义相对论许多元素。或许,这就是冥冥中的宇宙统一律吧,放之四海而皆准,推之百世而不悖。犹如人与人之间,既然共存于同一个星球,其一言一行、一事一念都不可能是一座座孤岛;面对磨难、攻讦,抑或种种的霾,没有人可以独善其身,可以逃离"量子化"关联。生命至上、双循环、逆行者……一个个散发着人间烟火味的网络热词,再一次验证,世界是平的,这个星球是"山川异域、风月同天"的熵减,不是鸵鸟式的自闭。

情不重,不生娑婆;念不一,不生净土。作家白落梅说,在这个光怪陆离的世界,没有谁可以将日子过得行云流水。但我们相信,走过平湖烟雨,岁月山河,那些历尽劫数、尝遍百味的人,会更加生动而干净。时间永远是旁观者,以绝对的尺度丈量着万物,所有的过程和结果,都需要我们自己承担。常常想起一个童话故事,说一个流浪汉十分懊悔小时候游手好闲、虚度年华,以致一事无成、穷困潦倒。于是,他向时间老人忏悔,希望施以"逆生长",重启人生的春夏秋冬。鉴于其情也真、意也切,时光老人一时悯心大起,就把他变回小孩。可流浪汉复归儿时后,又变得无忧无虑,惰性再起,淡忘了曾经的初心,竟"不知有汉,无论魏晋",最后依然一事无成。

但凡过去,皆为序曲。过去不是虚无的存在,而是未来的序章。新年门槛前的地平线上,旭日朝辉赫然在目。远离流浪汉式忏悔,拥抱白落梅式向前,任目游万仞,让思想远行,"如将不尽,与古为新",这才是智慧的人生。抓住今天,面向未来,在有限的生命中不为曾经的失去或辉煌而喋喋不休,浪费宝贵的光阴,才会沐浴到金色的曙光,时代的光泽,即使风雨骤至,也依然可以轻裘绶带,玉树临风。

站在新年的门槛上,当大笔如椽,填写好序章的脉络。在"国之大者"体系中奋桨击楫,投身滚滚的时代洪流中,剑气箫心,奋力迈步向前走。脚踏着九百六十万平方千米的神州大地,抬头看天,那是不一样的气象。那是开天辟地,那是改天换地,那是翻天覆地,那更是生机盎然新时代!红色,将成为辛丑的底色。

这一年,个人的理想,当融入中华民族伟大的复兴梦中;这一年,作为企业的一分子,当感恩企业,拥抱当下,以不息为体,以日新为道,让创新不停歇,让奋斗不变色;这一年,当在慎思中做事,友善中待人,在日事日毕中前行;这一年,要担起生活中的责任,在与时偕行中拥抱快乐、祥和与收获。

犇

牛,在文学家鲁迅那里叫"孺子牛",在军人王杰那里称"老黄牛",在历史学家郭沫若那里叫"国兽"。奋力耕田,舍力拉车,吃草挤奶,以肉育人,敦厚朴实——差不多,牛把身体全给了人类,却又索取极少,任劳任怨,犟劲十足。诚如王安石所吟:"朝耕及露下,暮耕连月出。自无一毛利,主有千箱实。"自古,"牛"气冲天在百姓眼中、在文化殿堂,莫不是一种宏大叙事,那是精神的图腾,劳动者之"犇"!

那一年,去深圳,在街头邂逅一座青铜雕塑,名曰"拓荒牛"。我眼睛为之一亮。此牛勾头蹬腿,筋肉暴起,奋力前倾,拉起身后一个盘根错节、深扎土壤的巨大树根,给人一种摧枯拉朽之势,活力奔涌,似要突破一切桎梏藩篱。铭文有载,拓荒牛者,深圳特区开疆拓土、创新创业、无私奉献者精神之载托也。环顾四野,昔日渔村,短短三十载,已迅速发展成为如此繁华盖世、引时代潮流之国际化大都市,不能不惊叹拓荒建设者们的伟大创造与创举。"人世间的美好梦想,只有通过诚实劳动才能实现。"劳动创造一切。

征途漫漫,唯有奋斗。劳动最光荣!

曾经,"铁人"王进喜跳进泥浆池,以双臂搅拌灰浆压住井喷,筚路蓝缕,夙兴夜寐,献身国家石油事业,表现出的"老黄牛"精神让国人荡气回肠,让世人景仰;曾经,焦裕禄"生也沙丘,死也沙丘,父老生死系",孜孜追求"但得众生皆得饱,不辞羸病卧残阳",书写共产党人"孺子牛"品质,感召日月,精神永流传……不用扬鞭自奋蹄,秉持"勤劳、奉献、奋进、敬业"之力,为国家、为民族、为企业奏出不朽华章之劳动者,铸造出一个共同的闪亮名字——劳动模范,永放光彩!

凡益之道,与时偕行。

这个时代,正面临百年未有之大变局,信息化、智能化、大数据及逆全球化浪潮深刻改变世界,高端竞争越发激烈。习近平总书记年初深情寄语:要发扬"为民服务孺子牛、创新发展拓荒牛、艰苦奋斗老黄牛"精神,永远保持慎终如始、戒骄戒躁的清醒头脑,永远保持不畏艰险、锐意进取的奋斗韧劲。三牛成"犇"。"三牛"精神,三维立体,成风化人,指向深刻,高瞻远瞩,不驰于空想,不骛于虚声,赋予新时代劳动者奔跑新内涵、新进阶。今天的劳动者,或许,除了体力劳动,还需要创造性劳动,除了"老黄牛""孺子牛"精神,还需要"拓荒牛"精神。为民服务、勤劳奉献与高质量创新品质融为一体,投入时代的发展洪流中,方得始终。

一事专注,便是动人;一生坚守,便是功成。创造性劳动,是一切价值的源泉。一如袁隆平、钟南山、屠呦呦等共和国勋章获得者,以"拓荒牛"的创新执着精神,以"孺子牛"的奉献为民精神,以"老黄牛"的实干坚守精神,以"三位一体"极致劳动者姿态,创造出无愧于时代、无愧于民族的卓越价值,福荫中华和人类。

五月,行走在江东大地、姑溪河畔,眼前豁然一亮。工友们都忙碌在各自岗位,俯身描绘"十四五"规划蓝图,绿色发展、智慧制造的图景徐徐展开,那里倾注了"拓荒牛"精神,印记了不少"孺子牛""老黄牛"足迹,跑赢大盘、超越自我、追求卓越的气息在空气中弥漫。

每个人都了不起!乘着五月的春风,在劳动者的节日里,宝武人雁行共进,向着伟大企业的彼岸破浪前行。

书香静气

SHUXIANG JINGQI

尘眼看读书

当代读书人,似乎有三种读书心态:一种是浮躁的心态,由于物欲横流,心不着地,故弃之如敝屣,遑论读书,或为着某种必要,看似正襟危坐,其实"蜻蜓点水";一种是为怡情而怡情的心态,或为了打发闲暇时光,纯粹借着读书找乐子,或不堪尘世的重荷和"创伤",在愤世嫉俗中"躲进小楼成一统,管他冬夏与春秋",努力做一个纯粹的读书人;还有一种是致用的心态,为着某种实际的用途适时读书。

技术发达的今天,地球已变成村落,信息瞬间共享,现代文明的高度发达,注定了人不可能成为纯粹意义上的自然人。所谓"涧户寂无人,纷纷开且落"的境界是不可能存在的。所以,借读书"躲进小楼成一统",为怡情而怡情的那种纯粹读书,是行而不远的,要么怡不了情,渐渐演变成一般的"俗事",要么借着"出世"之名,为着某种"入世"的目的读书,最终还是脱不了回归"尘世"。陶渊明就曾抱着归隐的心态"采菊东篱下",先是"久在樊笼里","好读书,不求甚解,每有会意,便欣然忘食",独独怡情于读书,相忘于尘世,但读着读着,他在潜意识中就有了"蓝图",禁不住"常著文章自娱,颇示己志",在"户庭无尘杂""复得返自然"的氛围中,独辟了一块清新"田园",开启一代文风,独树起一座人文的丰碑,泽被后世。就其终极意义而言,陶渊明终是没有逃脱"尘世"的干扰。

回眸往昔峥嵘岁月,我常常感到触动心扉的总还是学生时代,但那时久久不能释怀的是读书总要赤裸裸地冲着分数而去,功利性极强。至今思来,那段时光留下来的深刻印迹,倒不是先前所学的书本知识,而是一门门功课的分数。书读了不少,但终因"杂念"丛生而夹生不熟,与书本只能算是打了个照面,就匆匆而去,不能融会贯通,不会"经世致用"。比较而言,倒是参加工作之后,在自然的"致用"和除却功利性的读书之中,对专业理论的要义驾轻就熟、理解深透,才品呷出了读书的"崇高"韵味来。所以,读书终究是要"致用"的,但在读书时带着满脑子"尘世"和功利性,终究是读不出书的精华的。

　　与之相反,一味不屑"致用",在决绝于"尘世"中读书,又会使读书走向虚无,失去价值的境地,这似乎是个矛盾的对立命题。解决这一命题的最好办法,窃以为,莫过于以"出世读书、入世干事"的法则,将读书的"投入"与干事的"功利"割裂开来,互不干扰,但又互为支撑。读书的目标取向在"尘世"中构筑,读书的内容获取则在"出世"中完成,即"读书读书,入世入世"。这犹如气功的习练,目标的取向及功法的选取全在尘世中完成,但功法的习练则在"物我两忘"的"气功状态"中进行,"只管耕耘,不问收获",终将在无形中提升"功力"的层次。所以,"绝尘世而读书、入尘世而定位"似乎是经世致用的绝佳法则,它调和着"接轨现实"和"独语心灵"的不睦,完美演绎了"致中和,天地位焉,万物育焉"的大道。

　　是故,书不可不读,世亦不可不入。只读书不入世,那将成为孤芳自赏、不能自拔的"孔乙己",必将被时代的浪潮淘尽;只入世不读书,那似乎要在浮躁中变成"胸中无块垒"的"黑旋风",在随波逐流中无声地走向"疲软"。

　　"出世"读书,"入世"致用,兼收并蓄,收放自如,这似乎是一种绝好的读书境界。

书 香 静 气

循着导航的指向兜了几个圈,总找不到先锋书店的位置。下车步行,走不多远便是一片密林,这里树木掩映,绿叶葱茏。一瞥间,山脚地平线显露出浅浅一方凹地,"先锋书店"四个字在一片绿荫下不紧不慢地探出头来,淡雅、宁静、低调,不附带一丝人间烟火的喧嚣气息。

这是一个废弃的防空洞,或地下车库的再利用。

门庭简易,没有广告。

步入店内,别有洞天,震撼在移步换景间铺陈开来。

书籍,以海洋的姿态,聚集汇合,气势磅礴,极尽铺张。或时尚或古典的元素在轻音乐下缓缓流淌,幻化成一种唯美的意境。一排排书架似兵马俑般肃立,等待检阅;一张张明信片,携带着读者手感体温的话语,挂在集中展示区墙上,不失现代人的潮流;名家哲语、茶座咖啡、读书沙龙、电影推送;……让人目不暇接。文化的浪潮,以强烈的视觉冲击,冲刷着人们的灵魂。偌大的厅内,读者一簇簇、一片片,没有话语声响,只有沙沙翻书声此起彼伏,人们都在低头翻阅自己的"猎物"。

"书中横卧着整个过去的灵魂。"那天,站在那里,举目望去,我突然生发出一种感动,感动天地间还有这样一种大美的境地。陋室不陋,书香飘逸,简约而不简单。在这里,可以在知识的海洋里任意遨游,在精神的原野上不倦跋涉,没有掣肘,不见约束;在这里,不是一个人的行走,而是很多素不相识的人的结伴同行;精神的丰赡、物质的渺小、心房的宁静,让一切烦恼被丢弃在了茫茫的荒原之上。

妻女徜徉于书海,少有的聚精会神,将一摞摞图书,悄然收入囊中。女儿拍下标牌上的一段话,送来给我看。那是张爱玲的一句名言:"回忆这东西若是有气味的话,那就是樟脑的香,甜而稳妥,像记得分明的快乐;甜而怅惘,像忘却了的忧愁。"读罢,我不住点头赞许。

只是,睹物思物,刹那间,禁不住想起前几天搬家时的情景。

因为变换居住环境的需要,我们暂时租住了一套简易的两居室,没有了独立的书房。搬家那段日子,最吃力烦心的,不是家什大件,不是日用衣物,也不是锅碗瓢盆,而是诸多的图书。数千册的书,一本不落地悉数搬运,让人劳顿不堪。装运之后,空间逼仄,摆放成了大问题。颇费了一番苦心之后,我们让书靠墙叠放,成为"书墙",让书环桌而立,成为"书桌",一排排书占据了客厅大部分空间。坐在客厅,就有种坐拥"书城"的感觉。这种感觉,让我内心生出一种微妙的安宁和愉悦,书香静气成为生活的主角,简陋不再有生存空间,犹如这特有的书海"防空洞",让我感觉如此踏实美好。

这是一个信息化、数据化时代,仅凭一部手机差不多可知天下事。只是,自从坐拥"书城"后,感觉纸质书香里的很多东西,是发达的网络所无法替代的——这里充满了静谧、忠诚与温暖的手感,充盈了庄重、安全和脉脉的温情;这里可以让心灵慢下来,可以让浮躁走向沉稳,让琐碎走向系统,让肤浅走向深刻,让品尝走向"品味"……

善行者无迹

——读《天生就会跑》有感

> 人类天生就具有奔跑的欲望，需要做的只是将它释放出来。
> ——题记

野羚羊懂得，它必须跑得比最快的狮子快，才能活命；狮子也知道，它必须跑得比最慢的羚羊快，才不挨饿。不管是狮子还是羚羊，当太阳升起时，都得去奔跑。

跑，差不多成了所有动物的天性吧。只是，对于人类，似乎已不是那么回事了——愈是发展，人类愈不怎么跑了，发达与繁荣，让"跑步"走向了退化。

美国作家克里斯托弗曾冒着生命的危险，追寻了史上最强的长跑族群塔拉乌马拉人，揭示了人类奔跑的一些密码。神秘的部落、神奇的跑者、惊险加恐怖，引出一连串现代知名"超马"好手和超越的故事。人类无与伦比的奔跑潜质，在现代传奇故事中赫然闪现，拷问了现代文明的自大。

有人曾经对快跑冠军猎豹的奔跑做过研究。通过对高速摄影进行分析，清晰地看到，猎豹奔跑时一步一呼吸，四条腿的叠加与伸展交替进行，如同引擎带动的曲轴连杆运动，创造了奔跑速度的奇迹。但是，短暂的快速，终究不能使它成为胜者。当持续奔跑一段时间后，猎豹就会进入无氧运动，体内聚积的大量热量无法释放，如果不止步，就意味着崩溃。事实上，看似强悍的猎豹，其耐跑力其实是脆弱的。

与之对应的，是另外一个故事。一个南非人与几个的土著黑人，曾经在非洲一起追逐羚羊。三人在前，一人殿后。结果是，两小时后，羚羊四脚朝天，栽倒在地，而人呢，在精神抖擞地分享着胜利的喜悦。看来，人类不仅会跑，而且是自然界的跑步高手。人类的直立行走特性,让其呼吸与奔跑频率无关,无氧运动的阈值门槛变高;人类发达的毛孔成为天然的热量释放器,动物界的奔跑高手难以望其项背。

克里斯托弗给了我们一个惊人的发现。从十九岁开始,人类的长跑能力开始上升,二十七岁达到顶峰,其后逐年下降,六十四岁才跌至十九岁的水平。因此,长跑是人一生中可从事的寿命极长的一项运动。

人类没有特殊的身体利器,没有强悍的肢体,却拥有不可限量的奔跑潜力。只是,发达的现代文明让人类养尊处优的同时,也慢慢丧失了很多原始的能力。

互联网时代,面对自然界的"庖丁解牛",人们往往熟视无睹。人类科技让人们自以为是的情结有时变得严重,忽略了自然的规律。20世纪70年代,竞技界的高科技产品减震跑鞋横空出世。在人们看来,这似乎是革命性的人类"利器",它让人类的奔跑速度得以跨越式提高。人们为此扬扬得意。但与此同时,跑步场上的腿脚伤害变本加厉地增多,并且,愈是伤害,人们愈是寻求减震鞋的保护。

当克里斯托弗走近塔拉乌马拉人时,惊奇地发现,这里没有减震鞋,也没有保护器,人们喜欢穿着简易的薄底拖鞋在山区奔跑,速度奇快,耐力极好,看不到伤害。而且,这个族群的奔跑成绩,是现代科技武装下的运动员无法企及的。不知道是受此启发,还是跑步界冥冥中的省悟,市面上,一种薄底、无弹性的五趾鞋已悄然出现——这是人类祖先赤足之奔的回归吧!

简单最美,自然最靓!人类,天生就会跑——即便是在文明发达的当下,当心有所郁、情有所结时,人们往往不约而同地选择奔跑来释放。"也许,只要我们停止奔跑,停止当个'天生跑者',那么,一切我们无法克服的烦恼,包括暴力、过胖、疾病、忧郁、贪婪,都会陆续出现。压抑本性,你的本能就会以更丑陋的其他方式宣泄出来。"或许,这就是自然的一种真理吧。

善行者无迹。当奔跑回归自然,简单回归生活时,世界会变得更加美好!

在 路 上
——读蕾秋·乔伊斯《一个人的朝圣》

一位酿酒厂的退休职工，四十年的销售生涯，平凡如斯——没有升迁，没有荣誉，没有朋友，也没有敌人，甚或，连退休时的欢送会也没有。退休后的生活姿态，差不多成了"静坐时日"的写照。

人生，宛如一杯白开水。

这个生活"味同嚼蜡"的人，便是英国作家蕾秋·乔伊斯笔下的主人公——哈罗德·弗莱。以世俗的眼光看，哈罗德失败呀，在人生已然走进深秋时，全无华彩可言。对于这个世界，至多，他只能说——我呀，来这里散过步。

在庸常中讨着生活，但哈罗德少有怨怼。直到有一天，接到二十年不曾见过面的老友奎妮的信，"一沙一世界"的偈语在哈罗德那里放射出特有的光芒。

那是一封告别信——身患绝症的老友与这个世界的辞别信！

哈罗德的内心痛苦地战栗。他写好回信，走出家门准备投递。在第一个邮筒前，哈罗德犹豫不决——投入后，是不是意味着奎妮就要辞世呀！信终是没投。走到第二个邮筒前，同样的想法支配了他……"只要继续走，老友就会活下去！"这个想法让哈罗德经过了一个又一个邮筒，越走越远。最后，他横跨英格兰，从最西南走到了最东北——87天，627英里，一双帆船鞋，最简单的物质生活……

这是一个朝圣般的奇迹！

哈罗德不是宗教信徒，没有朝圣的情结，但是，他完成了事实上的朝圣历程。以风烛残年之躯，克服了难以忍受的长途跋涉之苦，把看似不可能的事情变成现实。

虽然，这种"苦行僧"的经历，最终没有挽留住老友的生命，但是，哈罗德的生命，在人生的秋天里，奇葩般绚烂起来。

走在路上,哈罗德索然无味的生活被激活,由外而内,变得丰富多彩。从加油站女孩那里,他得到了"如果有信念,你就一定能把事情做成"的原动力。哈罗德遇到了形形色色的人、千奇百怪的事,他感受到了不一样的人生和世界。

潜意识中,是坚持不懈的踽踽独行,打开了他多年来一直努力回避的记忆,任由这些回忆一路上絮絮叨叨,鲜活而跳跃,充满了能量。形式上,他在用英里丈量着自己走过的路;实质上,却是用回忆、思索和省悟铺满行程,解放了曾经无法解放的内心世界。面对着疏离已久的老妻,他老泪纵横:"一路上,我记起了很多东西,很多我都没有意识到自己忘了的回忆,有戴维的,还有你和我的,我甚至记起了我母亲……"

艰难而持久的行走,驱逐了一直笼罩着哈罗德内心世界的那片阴霾。

哈罗德用自己的脚步穿越时光隧道,让世人明白:只要你上路了,人生可能就会因此而不同;人生的修炼,需要的永远不是道理,而是付诸行动的脚步。

不是吗?这个世界,其实没有"平凡"的人生,只有未被激活的"不平凡"。"一树一菩提,一花一世界。"每一个个体,都有着不平凡的"自我"。

只是,这种"自我"的回归,需要我们一直在路上,永不懈怠。

走在路上,禁不住想起桀骜不驯的悟空。天性叛逆的孙大圣,似乎也是在"踏平坎坷成大道"中成为"斗战胜佛"的。不靠腾云驾雾,必须靠脚丈量。悟空修炼成佛的一个标志性转折点,应当是"真假美猴王"故事的出现吧。假悟空子虚乌有,从来没有六耳猕猴,两个美猴王其实是修炼过程中悟空人格的分裂——一个冥顽不化,一个初具佛性。

在跋山涉水的过程中,悟空骨子里的佛性越来越浓,劣性却越来越少。以至于,佛性的猴(真悟空)战胜了顽劣的"妖"(假悟空)。真假美猴王故事之后,唐僧眼里,似乎再没有让他不满意的孙大圣了。

人,甚至"神",修炼都应当是在路上吧!

向善而生

李开复在与病魔做斗争期间,曾去拜见星云大师。星云大师说:面对疾病,正能量是最有效的药,病痛最怕的就是平和、自信,以及对它的视若无睹。而对李开复引以为豪的"最大化影响力""世界因我不同"的人生价值观,大师则反应平淡。

李开复想起自己一贯热衷于关注社会上的"恶",经常针砭时弊、一呼百应,让万众瞩目。他就问大师:要用什么样的态度去面对社会上的"恶"呢?大师仍以一贯的平和语气回应:一个人倘若一心除恶,表示他看到的都是恶;如果一心行善,尤其是发自本心地行善,而不是想要借着行善来博取名声,才能引导社会,产生正面效应……

这番细言慢语,让一直"沉溺于各种浮躁的快感中"的李开复感悟颇多,感觉真正有益于世界的做法不是除恶,而是行善,不是打击负能量,而是弘扬正能量。李开复痛苦的心由此静了下来,开始反思直面病魔的态度,并对先前秉持的人生观进行重塑性思考。

李开复成功战胜了死神。他把经历与感受结集成文字,以"向死而生"的文本向世人表达了一种通脱、淡定的纠偏人生观——向善而生。

把注意力放在正面事物上,以阳光的心态欣赏这个世界,或许,我们就会沐浴到更多、更灿烂的阳光,会发现花更香、月更圆,会步入一个美好的世界。

马克·吐温说:"我能靠赞赏的话活两个月。"心理学家斯金纳说:"历史全是由这些夸赞的真正魅力来做令人心动的注脚的。"斯金纳以动物和人的实验证明了,当批评减少而鼓励和夸奖增多时,人们所做的好事会增加,前进步伐会加快,而不好的事物会因受忽视而萎缩。现代教育学也有个金科玉律,就是"优点不说不得了,缺点少说逐渐少"。多捕捉孩子身上的闪光点,不断激励,使其有一种被发现、被认可、被重视的感觉,成功往往就在不远处。

　　世界是个对立的统一体,大多时候,阳光与阴暗同栖息,彩虹与风雨齐纷飞。视觉不同,感受亦不同。同样是孔雀开屏,有人看到的是华贵绚丽的屏扇,认为这是世间绝美之物,因而心情舒畅,神清气爽;而有些人却有"新发现",惊诧于孔雀开屏后,屁股如此丑陋不堪,因而颦眉摇头,心中失落。正所谓"境由心生"吧!

　　雨果曾言:"必须永远朝着黎明、青春和生命那方面看。"关注事物的正面,这是一种境界、一种品质,这是信念的基点、力量的源泉。生活有如书,打开扉页,多半是以艰辛为序的。多聚焦已经拥有的阳光,我们就会好好吃饭、好好睡觉,气定神闲地朝着花团锦簇的前方走去,于万花筒中追逐我们的生命之光。

泥上偶然留指爪
——读余秋雨《泥步修行》

拿到余秋雨先生的《泥步修行》,急急翻遍全书,想找到将"泥步"一词作为书名的缘由,只可惜,没有找到直接的答案。

于是静读。从"破惑",到"问道",再到"安顿",循着文本的脉络,一路读过去。在感叹作者文笔、章法和思想的精彩之外,却对"泥步"一词有了一种共鸣。

但凡终极问题,总让人心生敬畏,心灵的狂澜常在不觉间掀起。

站在宇宙和时空的角度看,人类的渺小,即便用"微如草芥"来形容,也太过夸张了。"泥上偶然留指爪,鸿飞那复计东西",瞬息之间,人类的一切都可能归于洪荒——恰恰,这便是人类的生存基点吧。"泥步",就是在这种观照下,作为一种背景在书中隐现的,显得普遍而局促。

冥冥中感觉,古今的文化大家,很多思想观念会遥相呼应。九百多年前,苏轼以一首信手拈来的"泥步"诗篇,表达了他对人生无常、人生苦短的感叹。但是,苏轼毕竟是苏轼,作为乐观主义者,他在感叹人生不可知的同时,却并不认为人生是盲目的,在感慨过去东西已然消逝的同时,却并不认为曾经是虚无的,在呼叹人生跌宕起伏、苦难重重的同时,却并不认为"往事不堪回首",反而视之为值得珍爱的人生历练抑或修为。

人生几何,譬如朝露;人生未知,雪泥鸿爪。但是,站在渺小的基点上,"泥步"的人生,修行是必需的——这便是余秋雨先生著书的初衷吧,也是与遥远的苏子的默契,互诉"因空而大"的一种彻悟吧。

较之苏子,余秋雨站在现代文明的基础上,眼界更显宽宏。他把人类放在宇宙和"光年"的背景下进行考察,承认"人类的生存底线不会照顾我们的期盼",承认"人类的生存期限不会安慰我们的祈愿"。但是,在"渺小"的底色下,他却又乐观地看到,脆弱的人类具备其他物种所没有的独特优势,他们有着善良的、自塑的和审美的天性,是宇宙间的精灵,值得自爱、自重、自卫和自保,可以修行。

由此,以"破惑"开篇,余秋雨先生现身说法,让名、位、财、仇诸"惑",一一破解。只是,人生之惑,层出不穷,不是圣贤,不可能破解彻底。更为重要的是,不能破而不立,不能不寻找精神领域的喜马拉雅山。于是,作者向中国传统文化的圣贤和智者"问道",以期最终"安顿"好人生。

我们可以问道于魏晋的"精神光辉"、道家的"自然自由",问道于佛门的"缘起性空",问道于朱熹的"天理良知"、王阳明的"知行合一"……山峰很多,但问道之后大抵殊途同归,回到了人类共同的栖息地——心灵!

人类在时间和体积上太过"纤芥",但人类的心灵,可以通过修行,包蕴日月,无限扩大。心念的起落,足以搅动大千世界。一个人,不必向外东张西望,只要细细探挖自己心底的宝藏,就会面貌一新。所以,王阳明说:心外无物,心外无事,心外无理,心外无善;心的本体是良知,我们"不能昏蔽于物欲,故须学习去其蔽"。我们的心胸,本应开阔流通,本应无滞无碍,这就要适时"清空"——在内,是本性之空;在外,则是羁绊之空。

很赞赏作者把人生"安顿"的最后落脚点,放在了"日常心态"上。因为,经过终极思考,在有所"断灭"、有所"断见"之后,作为物质上微不足道的人,终究还是要回到日常生活中去。真正"安顿"的人生,应当"留心茶炊",应当"脚下无界",应当"不问拳脚",应当"一路好奇"。人类"本为一体",我们的心中一旦存有这样的人文关切,我们投向世界的目光就会变得柔和,迎向世人的表情就会变得亲切。

人间有味是清欢

听作家范小青讲当下的社会与文学,禁不住有些感动。

她引用狄更斯的一句名言开头,说:"这是最好的时代,这是最坏的时代;这是智慧的时代,这是愚蠢的时代……"在她看来,当下社会的很多特点,与西方工业革命时期何其相似乃尔。我们正生活在一个多维的空间,享受时代,却又困惑无限。

对于文学,这无疑是件幸事。

作为社会敏感型作家,三十余年的创作生涯,在积攒一千余万字的同时,她一直触摸着时代的脉搏在思考。对于当下,她的眼里闪烁着三个关键词——多!快!物质化!

确实,环顾四野,我们似乎应有尽有,不再缺少什么,但身处其中,又分明感到少了什么:这里面有秩序、规则的身影,我们前进的步履不断加速,其程度与速度让上帝也不得不惊叹,但步伐中又分明带有沉重的杂音,这攸关灵魂与自然的安放吧;我们推崇财富榜上的精英,惊羡富豪生活的光亮,却在价值标准上摇摆迷失……

收回眼光,品味范小青女士的新作,常让人焦虑不安。时代浪潮冲刷下的很多东西,让主人公的幸福指数"跌跌"不休,常在出其不意间陷入迷惘。我们貌似拥有很多,却与诗意的栖居、快乐的光阴渐行渐远。显然,这个时代,物质的沃野上,并没有更好地绽放精神的雪莲花。

不由得想起大宋的一个人。

那个春天,乍暖还寒。他被贬谪黄州四年后,再迁汝州,继续远离庙堂的生活。一路颠簸,行至泗州时,想起一个老友,便逗留拜访。真正的友情,大多心有灵犀。友人没有盛宴招待,而是与他携手郊外,游历春山。早间细雨斜风,淡烟疏柳；午间阳光明媚，万物萌发，豁然开朗。他们走进山庄农家，面对着青山旷野、草长鸟飞，喝起浮着雪沫乳花的小酒，配着山间的新笋、茼蒿、野蓼小菜，清雅把盏，在平静、疏淡和简朴间，谈笑风生，相聚甚欢。

面对坦荡从容的自然，他欢畅无比，豪情满怀，于是即兴赋诗：

> 细雨斜风作晓寒，
> 淡烟疏柳媚晴滩。
> 入淮清洛渐漫漫，
> 雪沫乳花浮午盏。
> 蓼茸蒿笋试春盘，
> 人间有味是清欢。

分明，这眼前的山野菜根已胜过山珍海味，这林间的山鸟歌喉已胜过庙堂歌舞，这自然简约的通透已胜过官场险恶……这首诗，遂成千古绝唱；这个人，就此将乐观的基因化成一个词——"清欢"，植入中华文明。

这个人，自然就是苏轼了。

"清欢"一词，也由此流传千古，成为一种别样的"幸福"。

极喜欢"清欢"，因为它"清"字当头，"欢"字托底，简单明快，只一个"清"字，就可以甘之如饴、幸福满满，让灵魂轻盈地走在路上。

叔本华说："想要幸福，你就必须知道三个终极真相——人是什么，人有什么，人在他人眼中怎么样。"其实，这是一个对自身人格、财富和"为谁而活"命题的反思吧。叔本华认为，人们常常不在自身的本质中寻求幸福，而在别人看待"他是什么"中寻找快乐，恰恰，"人是什么"比另外两个命题重要得多。

叔本华说："得于我们自身的幸福，要比我们从外界获取的更伟大。"细细想来，这与苏轼的"人间有味是清欢"不乏异曲同工之妙。苏轼是个乐观主义派大文豪，叔本华是个悲观主义派大哲人，作为两个人类顶级的文化人物，却不谋而合地描绘"清欢"的意境，这中间，似乎暗合了某种无可辩驳的至理吧。

时代的"多"与"快"，社会的"物质化"，其实无关"人是什么"。我们大可在"清欢"中欢然谈笑，我们可以把灵魂安放在"人是什么"的栖息地上，汲取那里的健康、力量、气质、道德、理智、教养……少些攀比，多些自修；少些算计，多些豁达；少些贪婪，多些放下；少些张望，多些内视……

　　清欢易得，不妨清欢。

阅 读 力
——读聂震宁先生《阅读力》

这是一个崇尚"力"的时代,竞争力、组织力、文化力、综合力、心力……不一而足,"力"无处不在。户外运动正以级数增长,"力"道爆棚。1917 年,毛泽东曾在《新青年》上发表文章《体育之研究》,提出了著名的主张:"欲文明其精神,先自野蛮其体魄。"经受野蛮之"力"的挑战,体魄定会活力奔涌;经受文明之"力"的挑战,精神定会光芒四射。

野蛮之"力"来自运动,文明之"力"来自哪里?读聂震宁先生的《阅读力》,颇受启发——感觉文明之"力"应该来自"阅读力"吧。作为全民阅读的倡导者,聂震宁先生数年来一直致力于全民阅读的推动,多年的阅读学研究与实践,厚积薄发,他创造性地提出了"阅读力"概念,通过不断挖掘、积累,结集成书。

很喜欢《阅读力》的文本表达,系统、朴实,却又不乏新颖和生动,很多读书的老话题在这里破解出了新境地,重新活过来。它以抽丝剥茧的方式,推演了阅读力强则文明强的逻辑必然,演绎了阅读力之于人类文明的意义。

文本从人类阅读史入手,通过翔实的史料与生动的故事,结合新时代特点对阅读进行了系统性梳理和立体化论述,闪烁着创新的光环。为什么读、读什么、怎么读,这些老生常谈的话题,一旦与"阅读力"挂上钩,其内涵就焕然一新。

阅读力的培养其实就是对人们思维能力的培养。"力"是有功能的。众所周知,但凡"力",莫不具备三要素——方向、大小和着力点。一个人阅读,是不是有方位取向?是不是有强度大小?是不是有科学的方法和合适的对象?这些命题,以"力"的方式追问起来,无疑就直抵阅读的本质,让人们感到阅读是动态的,阅读力是一种能力,更是教育力、文化力、思想力的一部分。一个人如此,一个社会更如此,全民阅读活动历经十年摸索开拓,初步实现了国家层面的顶层设计和宏观布局。

"怎么读""读什么"属于方法论问题,"为什么读"则属于心智性问题。这是一个创新的时代,平台与载体日益丰富,读书方法也创意无限。网络信息化下的快节奏挤压了人们的阅读时间,但"时间就像海绵里的水,只要愿挤总还是有的",我们可以"忙时刷屏,闲时读书",可以让阅读与家庭、校园、社区的读书会体系融合,这是个人的方法问题,也是国家的行动路径。

与方法论相比,读书的心智性问题来得更深刻、更能动、更持久,具有执一驭万的特质。为什么读?聂震宁先生的观念是致知、致用、致乐和修为。哪一类成为自己读书的主流自觉,就决定了一个人的阅读力层次。

很难想象,一个骨子里有强烈读书意愿的人,其读书能力会不强;同样,很难想象,一个具有优良阅读传统的民族,其文明程度会不高。读书,终是要回归"心"的。"动心",是阅读力强大的特有标志——动心里面是心智,是秉性,是兴趣,更是毅力。强烈的求知欲望、敏锐的心理感受、强大的感悟能力会让阅读力在动心中升华。

联合国教科文组织宣言:"希望散居在世界每个角落的人,无论你是年老还是年轻,无论你是贫穷还是富裕,无论你是患病还是健康,都能享受阅读的乐趣……"人生一世,草木一秋,很多东西都不持久,最后沉淀下来的很久远、很平等的,唯有精神。阅读在与时俱进中"力"化之后,会让人觉得其乐无穷,会让文明在精神的天空中竞相绽放,谱写出生命的华美乐章。

历史没有局外人
——读张宏杰先生《历史的局外人》

知道张宏杰先生，是几年前的事，他在《百家讲坛》大侃《成败论乾隆》，硬是把印象里高高在上的帝王讲得颇接地气。他是很有才气的一位"70后"作家、历史学人，作为同龄人，我对他不免多了几分关注。《历史的局外人》，我是因为作者才开始读的。

翻开书，一股熟悉的质朴文风扑面而来，流畅生动的文笔、通俗自然的表达，一贯的张氏风格在书中弥漫。历史人物在这里"活"了过来，有血有肉，立体而有温度。观书名而读文本，似乎感觉"此地无银三百两"——历史其实没有局外人。作者的笔下，每一个个体都鲜活地在历史的天空下，以独特的方式装扮着岁月的河。

书从三位"大家"讲起。世人眼里形象高大的"大家"们，都有那么可爱而不为人知的一面。像鲁迅最初是做官的，俸禄无虞，只是欠薪后才转战文坛，他是怎样挣钱与花钱的，怎样基于"钱和生活"而开始"投匕首"的，怎样因书商的趋利而增添文学创作不竭动力的……所以，即便是民族脊梁，也有离不开人间烟火这一面。天才巴尔扎克，创造了文学奇迹，但在法兰西那片土地上，他这个人并不如作品般崇高，他很年轻时便以叛逆的决绝逃离安逸的家庭，当起文学青年，只是，他并不是冲着文学梦想而去的，他把"初心"交给了"名"和"利"，拴在了出人头地的航帆之上。他挥霍无度，追求贵夫人，无数次欠下巨额的债务，不得不挖掘"天才"的头颅，不断创作，最后竟为人类的精神殿堂创造出一件件精美的贡品。伟大的作品，不见得孕育于伟大的理想，《人间喜剧》的背后，其实是落魄和债务。历史学家黄仁宇，在写完《万历十五年》后已近六旬，作品投出后，出版界应者寥寥，屡屡碰壁。祸不单行的是，那个关口，他却被执教于斯、赖以生存十余年的大学裁员，失去了生活的来源，可谓"山重水复疑无路"。绝境中，作品由美国着陆中国,不经意间开启了他的辉煌时代,困难迎刃而解。回望一路的风尘,黄仁宇的成功,其实得益于他在动荡年代从军,一路行进的积淀,得益于他负笈大洋彼岸,半路转行的果敢,得益于他走出狭小天地,让程式化历史走向大众化,浇灌人们心灵的华丽转身。传奇的背后,往往是传奇的苦难与曲折。

在张宏杰看来,文学如酒,历史如茶,都是生命中不可缺少的。从文学讲到历史,张宏杰可谓"酒罢又烹茶""酒阑更喜团茶苦"。

讲完"大家",回到当下,文本便开始讲述作者的文学青年生涯和历史的写作状态。这似乎有些逻辑结构的突兀,风马牛不相及。但细读文本,又分明感受到某种与"大家"们息息相关的东西贯穿全书,散结成整体。作者的足迹曲曲折折、深深浅浅,印刻了"大家"们的某些行走姿态,立体而生动。他从"稳定中产"到"文学青年",从"作家达人"到"历史中年",在堂吉诃德似的文学逐梦之旅中出人意料地偏离了既定的人生轨道。

在作者看来,文学之樽中是源自生命本能的冲动和热情,历史之杯中是更多的理智和清醒。但不管哪一樽,我想,被茶香或酒味熏着的人们,都在以独特的方式,书写着历史,成为局中人。

美 的 巡 礼
——再读李泽厚《美的历程》

秋高气爽,万山红遍。观看七十周年国庆庆典,有一种文化的感动。国之重器、民之情怀、英武之师、时代文明……在盛世的狂欢中竞相亮相。那一刻,"这盛世,如您所愿"的声响,在中华儿女的心扉中激荡,爱国情愫溢满神州,中国的表情亮了!这中间,分明有一种"美"在辐射,这种美,释放于新时代,却源自五千年文明的积淀。

面对这盛世的庆典,最好的表达,或许是回望中华文明,读几本应景的书,循着文明的足迹,绿化一下精神的生态。

一直珍爱《西方哲学史话》《文化苦旅》和《美的历程》。不仅仅是因为它们的文字颇具穿透力的"美",更为关键的是它们的思想具有时代性的"美",不失开创性。只是,这一刻,读余秋雨太过沉重,读西方哲学有点跑题,重读李泽厚,似乎才恰到好处——以美的视角对中华文明作一次文化巡礼,让心灵在"美"的意境中行走。

历史并不轻松。二十五史不乏血腥与野蛮,充斥了冷峻的沧桑与写实,有时不忍卒读。"情不重,不生娑婆;念不一,不生净土。"读《美的历程》,却是另一番境地。李泽厚站在文化的角度考察中华历史,提炼出不同时代的"美",即便是青铜饕餮,也能读出它背后的"狞厉"之美,淬砺出中华文明的千古光泽。远古"龙飞凤舞"、先秦理性精神、楚汉浪漫主义、魏晋士人风度、大唐诗性雍容、宋元山水意境……一篇篇翻过,不同特质的"美",在历史舞台上循着时间的脉络迎面走来,气度不凡,让人有种关于历史"盛大阅兵"的感觉。"美",正在书中进行着数万年的巡礼。那是历史,更是文化,积淀深厚的中华文化塑造着中华大地的气质灵魂,滋润着生活于其间的芸芸众生。

很喜欢魏晋的思辨、玄学之"美"。其实,那是一个乱世,礼崩乐坏、伦常失序、生灵涂炭……但是，与之伴生的是"人"的觉醒与思想的自由，士人在怀疑论哲学思潮下表现出对人生的执着探寻，表现出一种特有的潇洒之"美"。"人生不满百，常怀千岁忧""人生处一世，去若朝露晞"，貌似颓废消极，背后却恰恰隐藏了对生命的强烈留恋、对美好的热烈追求，旷达而奔放。在李泽厚看来，这一时期的审美心理更为敏感、直接和清晰。魏晋士人的集体性格，看似不羁，骨子里却洵美且仁、美美与共。

"一片土地的历史，就是在她之上的人民的历史。"美不自美，因人而彰。历史的美，真正的创造者，其实是"人"，准确讲是这片土地上的"劳动人民"。离开了"以人民为中心"的考量，儒家不可能温柔敦厚、载道言志，道家不可能逍遥自由、超脱万物，佛家不可能拈花一笑、妙语真如……

易中天说，文明是需要方式的，价值和精神只有体现为方式，才是鲜活的、现实的、有生命的东西。《美的历程》里，基于"人"的创造与"美"的发现，精练地呈现了楚汉的浪漫、魏晋的风度，唐诗宋词、宋元山水的襟怀意绪，明清小说、戏曲的世俗人情和近代市井生活……独特的"美"通过一定的方式深刻地表达了出来。只是，这种表达，常常需要一双能够发现"美"的慧眼，并能以"美"的文字与逻辑呈现出来，让你不自觉愉悦地散步其间——这便是李泽厚的独特睿智和魅力所在吧。

带着地球去流浪

己亥新春档最有文化意义的一件事,窃以为非《流浪地球》的上映莫属了。其反响之大、谈资之多,超出了很多人的预想,可谓口碑与票房齐飞,文化与科技竞翔。

我一直不太热衷科幻片,《星际穿越》《疯狂外星人》之类的大片,在我的印象中,差不多可与"荒诞"画上等号,那是一堆冰冷的逻辑,经不住"烟火味"的推敲。直至这个正月,女儿拉着我一起去观看《流浪地球》,冥冥中被一种软软的东西打动,科幻的"真性情"拨动心底深处的琴弦,便有了"土壤"层面的思考。

《流浪地球》的影评如潮,不乏精彩之论,但最主流的观念还是"里程碑"之说,认为它开创了中国式科幻片的"元年",刘慈欣成为中国当代科幻文学"第一人"。

一部影片获评如此,已然创造了奇迹。

作家刘慈欣设定的故事背景是,人类赖以生存的太阳急速衰老膨胀,"吞没"成为关键词,地球母亲危在旦夕。人类利用自身创造的文明,为地球装上发动机逃离太阳系,预计用时两千五百年,奔向另一个栖息地。离开太阳的地球,面目变得狰狞,山河一片凝噎,绿植荡然无存,人类只能苟藏于地下,让积淀的文明支撑生命的延续,托起人类太空行走的步伐。

看完影片,我心中是满满的震撼。虽然地球无处不"冰",心中却泛起丝丝的暖意。一句"道路千万条,安全第一条;行车不规范,亲人两行泪"的反复出现,让我隐隐感受到这部影片生存土壤的肥沃。那里面,不仅仅是科幻的创意、特技的创造,更多的是中华文明的盛装写意。中国式善良与爱、中国式文化在影片中蓬勃蔓延,一种精神的纽带聚合起人类强大的力量,使影片的人文底蕴充盈厚实——那是对亲人、家园之爱,那是和衷共济的精神图腾,那更是"中国方案"

的未来呼唤。科幻的世界,从未如此温情脉脉。

带着地球去流浪,带的是什么?是朝夕相处的"母亲",是蓝色美丽的家园,是中华民族几千年来的安土重迁和生生不息文化的传承。推动地球远行两千五百载,规避木星类风险的,是道家的愚公移山精神,是亘古不变的人类之爱。当宇航员刘培强在国际空间站进入休眠状态,仍然心系地球上的儿女时,当韩子昂为让孩子能够在恶劣的环境中感受到家的温暖,付出自己的全部时,当韩朵朵喊出自己还在上学感到害怕,拨动全人类感情天平时……爱,已然在太空发酵,一切宇宙的险恶,即便是木星的超级引力都显得渺小不堪。或许,这便是影片的硬核所在吧。

让历史告诉未来
——读《苦难辉煌》后

历史教科书里的人物，总是那么冷峻和线条化，枯槁如斯，立体不了。只是，历史其实是人史，是应该鲜活生动的，应该有着人间的烟火味。一部波澜壮阔的革命史，也不例外。那里面的人物不是"神"，而是"人"：有铁一般的意志，也有水一般的柔情；有坚定的信念，也有摇摆的选择；有英雄，也有小人；有必然，也有偶然……

拂去历史的尘埃，还原琐碎的真实图景，让人们在重峦叠嶂中看到一缕透过云层的光芒，这对于当下，显得尤为可贵和重要。而金一南将军的《苦难辉煌》，正是如此。它站在了历史的制高点，通过一个个鲜活生动的镜头，一组组有血有肉的人物，触摸历史，揭开面纱，发现真实。这是一篇历史大散文。读这样的历史集子，我们总会隐隐约约听到历史的呐喊，听到历史在诉说着未来……

信念比黄金更重要。幼小时期的共产党，相信没有多少人会认为，这支在崇山峻岭、江河草地中长征的疲弱不堪的队伍，会背负起民族的希望。而读了这本书，给我印象最深刻的是，在最困难、最黑暗的情况下，共产党人坚守信念的那股子泰山不移的劲头。书中无数的史实与细节，都说明了中国革命的胜利，不是天赐良机，而是千千万万人为信念而前仆后继、英勇献身换来的。当红军二十师师长胡天陶被俘，让国民党大吃一惊的是，一位红军师长在冰天雪地中，身上只有几件打满补丁的衣服，而在国民党的威逼利诱下，胡天陶始终只有一个字："不！"——这就是信念的力量，这就是我们民族的脊梁。

"你可以忘记工农红军纵横十一省区，征程两万五千里，一路硝烟，一路战火，可以忘记不尽的高山大河、狭道天险，国民党数十万大军左跟右随，围追堵截，可以忘记革命内部争论与妥协，弥合与分裂，但有一点你将永难忘怀，那就是长征所展现的足以照射千秋万代的不死精神和非凡气概。"

而这，正是历史对未来的呼唤！对于这个和平时代、这个有着9000多万人的大党来说，其实，没有什么比信念和精神更重要。有了坚定的信念，我们就会有担当，有勇气，有合力，有操守；有了不朽的精神，我们就会以警醒的姿态，面对这个世界太多的迷茫、陷阱和困惑。

历史传递了"信念"的强音，也强调了一个唯物主义的真理——鞋子合不合脚，只有穿了才知道！

"十月革命一声炮响，给我们送来了马列主义。"这是一个历史的真相，但是，只有马列主义思想，中国革命依然成功不了，这也是一个历史的真相。革命时期的中国，首先最需要的，不是"主义"，而是生存！而这一切，十月革命没送来，马克思主义指引不了。那应该从哪里来？从实践中来！这便是实践了的武装割据，实践了的农村包围城市，实践了的枪杆子里面出政权的落地生根！

毛泽东不是先知先觉，不可能也不会句句是真理。历史的真相是，他也打过败仗，说过错话，也有抉择时的摇摆、困难时的迷惑。所谓的四渡赤水出奇兵，其实是没有办法的办法。四处撞墙的结果，最终撞出了一个口子。可贵的是，每次撞了墙都知道回头，这就是所谓的"不二错"。金一南将军说得好，遵义会议请回来的不是一尊万无一失的神，而是一位随时准备坚持真理、随时准备修正错误的实事求是的人。伟人的与众不同，不在于可以发出神一般的预言，而在于能否随时修正自己的错误，采纳别人的正确意见。

以史为鉴，可以知兴替。改革开放的发展，使当下的中国也走到了一个关键的十字路口，机遇与挑战都不轻松。"中国梦"的前进征程中，无疑会处处荆棘密布，时时暗流涌动。历史告诉我们，必须在实践中探索，在探索中改变，在改变中创造。中国革命的胜利是因为走了自己的路，改革开放的巨大成功也因为走了自己的路，实现中华民族的伟大复兴，还得靠走自己的路。

未来，我们依然需要无数个随时准备修正错误的实事求是的人——这个，正是历史发出的最强音！

钢 铁 精 神

——读高满堂《钢铁年代》

破坏一个旧世界,是为了更好地建设一个新世界。

但高满堂笔下《钢铁年代》里,从枪林弹雨中一路走来的"革命者"尚铁龙与杨寿山,没有破坏一个"旧世界"(老鞍钢),而是把毕生精力都献给了一个"新世界"(新鞍钢)。护厂有功,建厂有力,这便是他们的人生脉络。从宏大的叙事线条来看,这些标签再简单不过了。

麦草,一个女人,两个男人的纽带,单薄而不脆弱。战火纷飞的革命年代中,她与另外两个男人阴差阳错地走进了"剪不断、理还乱"的婚姻怪圈。离奇的故事,烘托出了那个时代"纯爷们儿"的真实形象。故事由此跌宕起伏。这不是肥皂剧式的情感大戏,而是那个特殊年代的"必然"。

弗洛伊德说:"任何一个社会和制度的运作,都需要一个心理和性格的基础。"

小说男女主人翁身上不乏儿女情长,但更不乏一种特有的时代性格——奉献!大炼钢铁中,充满了"盲动"与激情,折射出了宏大的"战天斗地"气概——那是一个时代的写照。这些普通人,在物质生活极其简单的条件下,人穷志不穷、报效国家的生活态度,永远不变。他们把自身命运与国家需要结合起来,满怀希望地投身到建设新中国的时代洪流中!

高满堂笔下,差不多都是鲜活的日常叙述,充满了人间烟火味。这里,"高大上"的英雄主义杳无踪影,一个时代的集体性格跃然纸上。把普通人的爱恨情仇与国家民族的命运紧紧维系在一起,就有了浓厚的人文关怀和人性光辉,奉献和大爱组成了生存的原动力。

崭新的共和国,一穷二白,百废待兴;崭新的共和国,需要钢铁,共克时艰。由此,"钢铁年代"也自然成了那个时代的代名词。

"重要的不是故事讲述的年代,而是讲述故事的年代。"高满堂以生活化的笔触,还原了那个时代的真实图景,这在一定程度上,也观照出当下的一些思索,反思了当前精神的缺失。

21世纪的今天,已步入信息化时代,再也不能冠名为"钢铁年代"了。当下,在远离那个时代特有的物质匮乏时,也常常远离了那个时代特有的精神坚守。钢铁的寒流仍在浸淫着中华大地,昔日的钢铁行业"火红"不再,举步维艰。常常想,即便尚铁龙们在世,集"快速炼钢法"的攻关能量于一体,也不可能让"钢铁年代"重现,这是又一个时代发展的必然。但是,至少,尚铁龙们身上散发出的特有东西,会改变我们现有的某些东西。

方法可以过时,思维可以落后,但钢铁年代留下的"钢铁精神",永远不可能过时。面对困境,我们需要的,是尚铁龙们的无私奉献和不服输的钻研精神,是杨寿山们的理性思考和智慧挑战的拼搏精神,是麦草们的一切向前看和隐忍服务的牺牲精神……火红的年代,留下的不是火红的钢铁物质,而是一种无处不在的"钢铁精神"!

物质不灭,宇宙不灭,唯一能与苍穹比阔的,是精神。也只有精神,才可能改变一切,永远存在!

皮 囊 之 读

春天里,万物萌动。万物的机体,在自然界的四季中循环生息。但是,这无关于灵魂。自然界步入春天,灵魂可能仍蛰伏在寒冬中,与形体上的皮囊相隔千里。

立夏已然过去。案头堆积了一大摞的书,一直没有潜心去读。原本要在春天里读完,终因心绪,搁置了下来。

夜里,无眠,披衣起床。抽出一本来,竟然是《皮囊》。在这样一个初夏的深夜里,面对"皮囊",心里禁不住有了几分颤悠。人生,或许就是一具皮囊打包携带着一颗心的羁旅吧。

蔡崇达以新闻人的视野,用一种流畅、冷静的文学方式,把对故乡和亲人的深情感悟叙说出来,讲述了一个个生命的故事。作者阿太用九十九年的生命历程,留下了一句豁达的名言:"肉体是拿来用的,不是拿来伺候的。"我们的生命,原本轻盈,却被这肉体和各种欲望的污浊给拖住了,变得笨拙。

《皮囊》是在"看见"自己,"看见"更多的人,"看见"灵魂的轻盈和皮囊的沉重。在母亲的房子里,作者"看见"的永远是让自己不会成为孤魂野鬼一类的东西……很多时候,需要我们回答的终极问题,往往藏在皮囊的后面。

"皮囊"可以不相信灵魂,可以把心忘掉,但远离了灵魂的皮囊,定然是不安宁的,定然会让人挣扎、痛苦、愤怒,甚或心虚。

一位科学家,请了一批搬运工往山上搬运仪器。工人们挥汗如雨,气喘如牛。但走着走着,他们都停了下来,怎么也不愿走了。工头告诉困惑中的科学家,他们之所以停下来,是因为他们一直在奔波,一直只顾爬山和流汗,以至于把自己的灵魂都落在了后面,他们要等待灵魂回归,才能走……

科学家颇觉诧异,想不到研究了一辈子的物质规律,却对这个命题一片空白。怔怔地,他站在那里,若有所思,继而默然颔首。

这是一个物质发达的社会。以伺候好皮囊为人生主旨的,并不鲜见,差不多成了一种普遍的"文明"现象吧。只是,被物役了的皮囊,作为载体,终会变得沉重如蜗牛背上的壳,看不清方向,达不到生命本来的高度。

叔本华说,人活一世,日复操劳于欲望需求之中,终日奔走于忧虑烦恼之途,诚惶诚恐地为生存殚精竭虑。人们迈着小心翼翼的步伐,左顾右盼……这描述的,正是人类处心积虑地在伺候着好皮囊的情景吧。

但如阿太所言,如果你过于在意地伺候你的皮囊,你的心灵可能跟不上趟,会变得颇不宁静。普通如阿太者,在冥冥中让灵魂携带着皮囊,在人生的跑道上共舞,竟变得如此不普通,她让生命的长度洋洋洒洒地绵延了九十九个春夏秋冬。

看《皮囊》,再看看案头的书,不觉长叹,我的皮囊在这个春天里已然远行,却丢下一颗跟不上皮囊步伐的心——那是一摞"尘封"了的书吧。

明天,我该用心携着皮囊去漫步……

中庸之道下的底线
——读王蒙《守住中国人的底线》

拿到书,心中充满了期待,急切想知道王蒙笔下中国人的底线是什么。页未开启,封面上赫然写着:"不读王蒙,你就不懂国民性,不懂中国人""大师的角度,百姓的视角,知识分子的情怀"。文本未读,阅此评价,心中禁不住有了点添堵的感觉。这让人想起了"标题党"的手法,这算不算是一种底线的丧失呢?

带着疑问,还是翻开了扉页,开始了阅读之旅,循着王蒙的思维,探寻国人的底线。

"几十年来,我也屡屡看到高调论者的尴尬,他们说个什么事,表个什么态,都把话说狠、说绝、说大,说到百分之八百,他或她可能当时赢得了一些掌声……如果你的调门适当地悠着点,留有余地,不是会越走越宽吗?"看来,以书中的观念,王蒙是不苟同"标题党"的,是反对高调与媚俗的,封面上的"绝语",似乎不是王蒙的初衷。

青灯黄卷,宁静慢读,深感王蒙笔下的国人底线,确实不乏百姓的视角,不乏对中国传统价值观的现代审视,不乏人类普遍价值观的回归。王蒙一面讲不要对中国传统道德观念、国家观念轻率判断与干预,一面又为个人利益受到漠视而呐喊,给"毫不利己,专门利人"下了不可持续、不可取的评断。中国传统讲一元,西方讲多元;中国夫妻讲志同道合,西方讲"琐碎"实在;中国喜欢讲"大道",西方喜欢讲"概念"……中西方的差异,体现了人类文明的多元化。在王蒙看来,"理想的实现,靠的是实践,而不是理想自身的不断重复宣讲"。中国必然走向现代化,必然实现中国传统文化的价值观与人类的普遍价值观的整合,偏废与偏颇,都会导致底线的丧失。

个体是不应被忽视的,但也不应"有了屁大一点成绩或者芝麻大一点职位,就疯狂张扬,发烧到极点"。人们做事,应遵循"三分之一"律,即付出"6.18"的黄金分割比例，才可以理所当然地收获"3.82"的回报。要按照黄金分割的原则来处理问题，处理个体与集体、付出与获取之间的关系。否则，底线的坚守就可能成了空谈。

王蒙开出了自己处世哲学的十一个药方。这些药方，差不多都是以"不要"为前置条件，以"宽容"为底色，以"不要以为自己就是尺度"的中庸准则为底线的。"一个人的一生，应该从正面要求自己达到这个，做到那个，得到这个，感到那个，等等。同时，也许更重要的是树立反面的界限，即不可这样，不得那个，摆脱这样，脱离那样。"这种底线原则，似乎有点模糊绕口，但不乏方向性的指引。

合卷沉思，感觉全书"中庸"的气息无处不在！很多观念，一方面切中了时代的脉搏，一方面又基于作者真实的人生底座，不丢弃传统，劲吹了一股时尚与和谐的清新之风。

中庸之道的本质，不是世俗观念中所说的折中、妥协和无原则。中庸哲学要求做事为人，也不应当采取一成不变的姿态，不拘泥于某一僵化的形式，应当坚持"义"的原则，根据情况采取适宜的对策。

一如书中所言，"中庸之道的说法本来很有点意思，很有点学问，既易于普及又切中要害"。之所以不讲"中庸"一词，是因为中国的教育出了问题，容易望文生义，发生误解。于是，理虽是这个理，却不便使用这个词，甚而拿"黄金分割"顶替了中庸的说理。

或许，是冥冥中的一种安排吧，黄金分割原则与中庸之道，不仅在本质上有一种相通耦合、异曲同工之处，更重要的是，它们都出现在公元前人类那个轴心时代，有着开源性的文明意义。

只是，在今天看来，国人对中庸之道的发扬，已失之于底线了。

王蒙对中国人底线的探寻，从思维方法上看，是起于"中庸"哲学的，实事求是地扬弃了现代与传统、普遍与特殊之间的不协调。凡事都应该有个度，有个合理的黄金分割点。书中的王蒙，一改早期的"叛逆"风格，不再把话讲满、讲越位，这或许正是他八十年跌宕人生中的感悟吧。

一位长辈在微博上说，封面上那句"标题党"的话，讲的是"读王蒙"，而不是"读《守住中国人的底线》"，所以，似乎能够接受。确实，八旬的王蒙，从曾经的"右派"到政府官员的人生阅历，从反映中国人民在前进道路上的坎坷历程的近

曲水流觞

百部小说,到他特立独行的个人思想,读他,多多少少是可以读懂当下的国民性的。

但是,这只是一种选择,而不是唯一。这个底线,似乎也要守,否则,就有悖于王蒙中庸之道下的底线原则了!

奇迹，从仰望星空中走来
——再读《时间简史》

宇宙从哪里来？未来又会是什么样子？……这些是人类从蛮荒年代起就一直开始的"天问"。人类一代代仰望着星空，一代代探寻着宇宙的真实图景，但探得的总是那么神秘，似乎有着"不可知"的神性。史蒂芬·霍金坐在他的轮椅上，用思维翻开了《时间简史》，向人们述说了奇妙的、波澜壮阔的宇宙图景。他不自卑于病残之躯，自信地与先贤对话，与深邃的星空密语……一切都是那么神奇。

从地心说到日心说，人类用了两千多年；从牛顿的经典力学到爱因斯坦的相对论，人类只花了不过两百余年的时间；而从红移定律的发现到宇宙大爆炸学说的诞生，也就二十余年……走到当代，人类对宇宙的认知，是以加速度出现的。从亚里士多德到哥白尼，从伽利略到牛顿，从爱因斯坦到霍金……宇宙的朦胧面纱，在诸多仰望星空的先知的艰苦努力下，日渐掀揭。

现代物理学可以划归为两种理论，即相对论与量子力学。能把它们结合起来，就几乎可以解释一切。但遗憾的是，爱因斯坦并没有把量子力学结合到他的理论中，因此，广义相对论是不完整的。结合这一不完整工程的，必须是"巨人"。而这个"巨人"，恰恰与霍金对号入座了——是霍金促进了量子力学与广义相对论的完美结合，这使得现代物理学走向了深刻，使得现代宇宙学走向了加速。这该是一种不朽！

20世纪20年代，哈勃仰望着天宇，观测那些仅以光亮示人的恒星，发现越远的恒星，其光谱越向红端移动。这预示着，越远的恒星，正以越快的速度离我们而去。这一红移规律的发现，宣告了现代宇宙学的诞生，也宣告了宇宙正处于快速膨胀之中。

宇宙何以膨胀？宇宙从哪里来，到哪里去？霍金站在相对论的台阶上，基于伽莫夫等人的宇宙大爆炸学说,演绎推算:宇宙诞生于大爆炸奇点;宇宙又会坍缩,终成奇点,宣告世界的结束。奇点为何物?奇点无穷小,奇点的密度与时空曲率却无限大,数学在这里失去了作用,人类基于时空建立起来的所有科学定律,在这里统统失效。但凡时空,但凡任何存在,在奇点处都会弯曲着围绕它们,以极快的速度被吸拉过去,消失殆尽。奇点大爆炸时,宇宙的体积是零,温度却无限地高,紧接着,宇宙无限膨胀,温度在辐射中渐渐降低。但是,整个宇宙不可能无限膨胀下去,它必有坍缩的那一刻,这会是时间的终点,也是宇宙的末日。

已是第二次读《时间简史》了,温故知新中,狂热不减。与多年以前相比,感觉血液在澎湃,生活在抽象,沧桑在升华。愈是深入地解读,愈是感觉霍金与宇宙一样,充满了神秘与奇迹——而这些,都是仰望星空而起的。

一个二十一岁时就因卢伽雷氏症固定在了轮椅上的人,一方面与疾病做斗争,创造了医学界的神话,一方面,却以惊天动地的学说彻底改变了人类的宇宙观。而最堪称奇迹的,却是这两者的结合——以羸弱之躯,撑起了常人难以企及的科学巅峰之重;以巅峰之重,为羸弱之躯镀上了不朽的光环。世界为之颤动!

译者是这样描述初见霍金时的情景的:门打开后,脑后响起了一种非常微弱的电器的声音,回头一看,只见一个骨瘦如柴的人斜躺在电动轮椅上,自己驱动着电开关。他要用很大的努力才能抬起头来……他不能写字,看书必须依赖于一种翻书页的机器,读文献时必须让人将每一页摊平在一张大办公桌上,然后他驱动轮椅如吞桑叶般地逐页阅读。

上帝对待世俗中的霍金太不人性了,但被上帝剥夺了"人之为人"大部分行动能力的霍金,却在仰望星空中,走进了抽象的生活,走到了"上帝"之上。他忘却了世俗的无聊,基于自己先知般的学说,全面探讨了宇宙的未来,以诸如《时间简史》类的大手笔昭示人类,矗立起了人类科学史上的丰碑。

时间都去哪儿了

——读《万古江河：中国历史文化的转折与开展》有感

一直想读许倬云先生的《万古江河》，只是不知道"时间都去哪儿了"，以至拖延了很长一段日子，才算如愿。一边感叹时间的易逝，一边听许老讲"中国历史文化的转折与开展"，是件让人眼前敞亮、精神愉悦的事儿。阅读中人类光阴的图景越发诱人，历史长河的跫音越发清脆。

中华的时间都去哪儿了？许老说，中华的足迹亘远，从旧石器时代深处迤逦而来，五十多万年前的"山顶洞人"，六十多万年前的"元谋人"，七十多万年前的"蓝田人"，莫不花去了它大把的光阴。以今人的视野，想穷尽中华时光的滥觞点，是几乎办不到的事儿。那里面的沧海桑田，让我们"所看到的十分有限，正如渚岸望江，有时看到波涛汹涌，有时看到平川缓流，终究只是一时一地的片段"。

也正因为此，许老才另辟蹊径，以河流为喻，让万古江河承载起千秋文明的表达。但凡历史，莫不因人而生；但凡文明，又莫不因河而衍。所以，人类的文化，在一定意义上说，就是江河的文化。尼罗河流域的古埃及、底格里斯河和幼发拉底河流域的古巴比伦、印度河流域的古印度……都是水韵悠长而文明生辉的。

黄河、长江，奇特般都发轫于巴颜喀拉山，一个北去，一个南流，在历经流转延展、聚流纳川之后，殊途同归，双双汇入了大海，遂与天下众流融合。两个水系分别在中国的北部和中南部，界定了两个地理环境，架构起了中华文明的摇篮，孕育出了中华的特有文化。

文化如水。中华文明，从岁月的蛮荒处走来，绵延至今，犹如长江、黄河，先是涓涓细流，发端于高山，再是不断地碰撞融合，纳百溪而成洪流，渐成气象，再接着奔腾不息，浩浩荡荡，在千回百转中，以开放的胸襟奔向大海，与世界的潮流融为一体。一部华夏史,就是一部黄河、长江的演绎史。

许老讲华夏史,举重若轻,大体是以"展开"为经、"铺陈"为纬的,既着眼于华夏史的流变,又不忽略几大古老文明的系统观照。中国,在这里依次呈现了"中原的中国、中国的中国、东亚的中国、亚洲的中国,以及世界的中国"。"中国"从"中原"开始,中原变成了中国。"中原的中国慢慢扩张变成中国之中国,然后超越中国之外,慢慢将四邻吸收进来,通过文化上的交往以及势力范围的扩大,变成了东亚的中国",直至今日,融入了世界,成为世界之中国。在全球化浪潮席卷的今天,许老的这种情怀可谓幽深玄远,是在着力剔除对中国文化中自恋的盲点,力陈要在不卑不亢中增强固有身份的认同和心态的调适。

对于中华文明的认知,书中颇多精辟之论。许老认为,华夏文明在周朝逗留的那段时光,出现了抽穗拔节现象。周人提出了"天命"观念,指出政权的合法性,是基于道德性的价值判断,上天有裁判权,这种观点摆脱了宗神与族神的局限,转化为具有普适意义的超越力量。也正是这种高远的理想,使人间秩序的境界得以提升,这是中国文化史上划时代的大事,不再像其他文化圈以神意喜怒为标准的文化,其体系有了质的不同。

综观全书,叙述的重心已脱离了中国史书"以政为纲"的传统写法,不只是朝代的更迭、国家的兴亡,不再是典章制度、嘉言懿行,取而代之的是"疆域伸缩、族群互动、经济形态",在宏观构象的同时,又不忘历史"地气"的对接,把各个时期的日常文化、人群心态、社会思想,甚而一般小民百姓的生活起居及心灵关怀,都作为重点对象加以着墨。这种写法,正应了他的史学思想:"自然是长程,文化是中程,而政治只是短程。"

从哪里来,到哪里去
——读曹文轩《羽毛》

翻开曹文轩先生的《羽毛》一书,一股清新的气息扑面而来,文字不是写在书上的,而是飘浮于图画之上的。

薄薄的读本,纸页五颜六色,满是巴西插画家米罗抽象化了的鸟儿,形态各异,生动优雅。她们或飞翔,或弄姿,或展翅,一个纯洁而多彩的童话世界呈现于眼前,美轮美奂。

文字,或隐或现地浮动于"羽毛"追寻着的鸟的世界中。画中的文,行云流水;文上的画,飘逸流彩。轻松翻阅,"羽毛"的"悲欢离合"之旅,已然让人心有戚戚焉。

"羽毛"从哪里来,到哪里去?"羽毛"是谁?

"羽毛"将疑问抛向了很多的鸟儿,答案却只有一个——不知道!

"羽毛"在找寻的过程中,感受到了鸟儿生活的不易,弱肉强食,世态炎凉,甚或腥风血雨。这种随风飘扬的历程,充满了不能自主的无奈,写满了艰辛。

终了,她结束了"天马行空"的生活,踏上了坚实的大地。当她看到母鸡一家温馨缠绵的场景时,"羽毛"的心灵在战栗——心灵的航向由此不再迷失,那里,才是可以最终落脚的地方呀!

故事如此简单,却又如此不简单。

记得女儿的童话书上,亦不乏《小蝌蚪找妈妈》《小壁虎借尾巴》之类的故事,似乎不失寻找一类的词儿吧,从中也可以找到类似"羽毛"的经历和影子。不同的是,那些故事中没有"羽毛"终了的顿悟与感叹——那关乎人类的终极哲学命题。

童话故事里的世界大多纯洁而美好,故事结局差不多都是圆满和皆大欢喜的。但是,童话中的很多命题,又在童话故事之外了吧。

常常想，成人的世界里，哪里又逃脱了"羽毛"的天问与探寻呢？

人类从一出生，就开始了寻找之旅——寻找成长，寻找未来，寻找归属，寻找自身的价值和位置……这些寻找，终逃脱不了归于尘土的结局，但在寻找的过程中，人类创造出了无比丰富的文明，物质的或精神的，世界由此而变得绚丽多彩起来，人类文明在源远流长中不断走向未来。

只是，在热闹的寻找过程中，我们不应忘了脚踏大地。只有在大地那里，才能找到"我是谁"的答案，才能让我们懂得应当少一些功利，多一些奉献，少一些浮躁，多一些淡定，少一些膨胀，多一些理性……

"好的图画书，是离哲学最近的。"此言不虚！

吃些"五谷杂粮"

近来读一本叫《智慧的探险——西方哲学史话》的书,在阅读着先贤圣哲心灵的故事,让灵魂得到净化的同时,我强烈地感受到,但凡大家,在专、精的同时,无不犹如太阳黑洞一般,超批量地吞噬着一应知识,一路"涅槃"着,终成美丽的"凤凰"。这些哲人,或察于渐变之微、敏于事之未发,或透过繁复芜杂、光怪陆离的社会表象,直抵深潜的本质。这一份份大智慧、大觉悟,莫不基于广博的学养,基于"五谷杂粮"的摄入,上至头顶的"星空",下至社会的"道德"。

泰勒斯,古希腊第一位真正意义上的哲学家,当他说出"万物的本原是水"这一基本哲理时,他已遍览了天文、自然、政治、宗教等领域的几乎全部典籍;亚里士多德,一位哲学大家,他涉足逻辑、天文、物理、心理、诗学等人类几乎所有的领域;康德,批判哲学的开创者,在长达四十一年的教学生涯中,数学、物理学、人类学、伦理学、教育学等无不在他的研究之中;黑格尔,人类有史以来最伟大的形而上学哲学家,他几乎把当时人类理性所涉及的全部领域都纳入了他的哲学体系之中,其哲学的任何一个环节或片段都犹如"全息元"一般……

解读着一位位哲学大家,我惊觉,按照今天的标准,这些哲人都是名副其实的交叉学科实践者,他们的涉猎不单一、不苟于一隅。换句话说,这些"集大成者",倘若知识的涉猎不广博丰赡,也就不可能成为"大家"。回望着漫漫的历史风尘,盘点着今天名目繁多的学科,我禁不住慨叹,人类本不存在这么多的"裂变专业",只是在行进过程中,为了分工,为了合作,为了精细,为了社会化大生产,才人为分裂出许许多多的"子项",这是一种文明的进步,但同时,这也带来了一些思维创造上的掣肘。执着的人们有时只专注于事业的"主流",往往忽视了一些看似与"主流"无关的"旁逸斜枝"。今天,人们读书往往习惯于讲求"术业有专攻",讲究读书内容的"专业化",这中间,以人文与科技领域尤甚,似乎读好了一个领域的"分支"的"分支",就可以成就这一事业——研究人文,可以不细究物理学和数学;研究技术,可以不知道《论语》和《二十四史》……细细想来,其实,这些都是失之偏颇的。

英国著名学者培根有句耳熟能详的话:"读史使人明智,读诗使人灵秀,数学使人周密,物理使人深刻,伦理学使人庄重,逻辑修辞使人善辩:凡有所学,皆成性格。"由是观之,各学科之间其实存在着或多或少的内在互补性,或方法,或形式,或思维,不一而足。任何一个学科,都必须有相关学科的支撑——精妙的技术创造,倘若不能用精确的语言文字表述出来,在很多时候,不能升华成尖端的科技成果。《红楼梦》之所以伟大,不仅仅是因为其思想深刻、艺术高拔,还有一些其他的精妙之处——它融汇了大量的建筑学、烹饪学、中医学等相关学科知识,整个作品前烘后托,缜密严谨,犹如一个完美的数学公式,无懈可击。人们不得不深信,曹雪芹的自然学科造诣肯定是不同寻常的。数学大师丘成桐曾发感慨:数学之美跟文学之美,实在是有相通之处。

当然,世间没有也不可能有通才,但在"吃着主食"的同时,我们不妨择些"五谷杂粮"吃一吃,调节一下口味,均衡一下养分,以补主食的精细,以增强体质。"五谷杂粮"对于我们无异于一枚开启心智、激发灵感的雪中莲。

行走的阅读

今天，我常常诧异于新生代们的博学多知——天南地北、时尚经典、政经风云……似乎都不在话下，很多东西早已超出了象牙塔里界定的知识范畴，更是我们那个年代无法企及的。面对着侃侃而谈的面孔，我常在折服的同时，也隐隐约约感觉到，其实，这种广博，无关于传统阅读，无关于墨迹书香，攸关的却是信息载体的泛化，譬如网络，譬如电视——这种泛化，让人们在忙碌的行走中，就能"无所不知"。

网络之于纸书，似乎有着针尖对麦芒的两种声音——或曰，网络让人躁动、让人浅薄、让人迷茫……纸书里沉淀的，才是一种专业与深刻；或曰，网络媒介将革去纸质阅读的命，纸质阅读终将走向消亡，人类将全盘网络化……这些，窃以为，都自得其理，但又失之极端。网络让人广博，纸书让人沉稳，这些都是无可置喙的。读书，是为知识的获取——纸书里面是知识，网络里面也是知识；专业的是知识，广博的也是知识。不同的只是获取知识的途径而已，没有"非此即彼"的不可调和。

环顾这个世界，快节奏、高效率、竞争性成为主旋律，我们不得不处于"行走"之中。"行走"着的人们，缺少的是整片的悠闲时间，整片的读书时间，整片的自我支配的时间……而置身时代的丛林法则中，若缺少阅读，将影响"行走"的质量。这种环境，使得我们不得不在"行走"中阅读，不拘于阅读的形式、境地，关注的是知识的获得、真理的明辨、时间的巧取。信息载体的泛化，似乎切合了这一应的要求。面对着网络，我时常生发出一种感动，感动于它的快捷、热情、丰赡与前沿，感动于它的高效、包容、丰富与互动。应该说，网络网结了这个世界的点点滴滴，使很多东西在瞬间变得不再陌生与遥远。这种特质，是纸书望洋兴叹的。

曲水流觞
QUSHUI LIUSHANG

但是,"书中横卧着整个过去的灵魂",不读书,那是对灵魂的一种亵渎!"穷理之要,务在读书。"这种阅读,需要我们放慢脚步,沉潜心灵,需要我们除却浮躁,净化灵魂。没有了这份淡定、沉稳,我们的路也许会在浅薄中隐没,行而不远。新生代们的广博,很多时候只是一种外在的表象。路愈宽,行愈远,我们就要愈多地关注书卷,愈多地缓慢阅读,青灯黄卷,拥衾夜读——这种阅读,是与网络荧屏浮躁的一种决裂,是人生势能的一种积淀,是人类精神光芒的一种接续。

"行走"中,我们需要阅读——快捷的阅读,缓慢的阅读,中庸的阅读!

选几本故书做至交

"故书不厌百回读,熟读深思子自知。"苏子瞻所言的"故书",我深信是其喜极之书,或经典艰涩之册,为数稀少,精之又精。是故,视为知己,百般地玩味,千遍地赏阅,以至于熟读咏诵,了然于胸。这犹如情深意醇的挚友,互相频频地深度交流,交流智慧,沟通思想,互相心有灵犀,历久弥新。

在信息社会的今天,书籍之繁多,几乎成灾。即便是一个领域,其数量亦浩如烟海,令人眼花缭乱,想穷尽,是万万不可能的事。宋人朱熹曾说:"读书之法,莫贵于循序而致精。"但致精不等于杂乱无章中,选几本所好之书无原则地细读,其间,该是有章法可循的。苏子瞻的"故书"论,我深以为然。作为当代读书人,在博览的同时,最该做的事就是"致精",就是按照各自的准则,遴选一些有价值且心仪的卷帙作为"至交"。这种"至交"的定位,取决于不同秉性、喜好的取向,取决于文化人知识架构的取舍。"至交"既定,一个人知识大厦的框架也便形成。

"书卷多情似故人,晨昏忧乐每相亲。"没事的日子,我常常面对着书房内整面墙的书橱,默然不语,静静地凝视着。看着济济一堂、琳琅满目的书籍,心中顿生快慰欣悦之情。这些书,高高矮矮,花花绿绿,芜杂繁多,但在我看来,是有类有族,有纲有目,有名有分,章法分明。书橱之内,于错落有致之中,泾渭分明地演化成了四个"家族"——专业族、史哲族、文苑族和经管族。一个家族,按照现在时尚的话说,就是一个"功能区",它圈定了一个功能性的阅读取向。这些家族中,有频繁密语的至交,有知晓熟识的友人,有一面之交的过路客。族群中成员颇多,大可不必皆成至交,一种书,倘若被推上了"至交"的交椅,也就进入了书主人的灵魂。其实,一个家族,抓几个核心的领路至交足矣。这至交,必当是那些执一驭万的经典,观之悦心,赏之洗脑,可以由厚读薄,亦可以由薄读厚。既然是至交,就当长期在手捧读,精研细琢,反复揣悟,熟稔于心。

我常常伫立于书橱的"史哲族"前,眼光搜寻着,最后落定的,往往是《世界史纲》《中国史》,它们组成的是一个气贯长虹、深邃无边、丰赡恢宏的百科全书与史诗,每读一遍,皆热血沸腾,在沧桑顿悟中有种脱胎换骨般的升华感。其他书,则只能是一种补漏与延伸。"四书五经"、《道德经》《古文观止》《红楼梦》《文化苦旅》《西方经济学》《管理学原理》等,则成了"文苑族""经管族"的至交代表。这些书常看常新,每每合卷,都有种清风扑面的感觉,在"原来如此"的慨叹中,内心越发充盈而淡定……徘徊于专业"功能区",我以为,"至交"书莫过于课本。只是当下,很多人对此嗤之不屑,将课本束之高阁,无意复读。事实上,课本的系统性、基础性与方向性,是其他书不能取代的,它是根本,是纽带,是象征。至少之于我,它已根植于我的灵魂深处,通过它,我知晓如何去读物理学与数学,如何去搜寻最前沿的学科动态,如何去更新陈腐了、落后了的思维。

选几本故书做至交,我深以为然——至交使得我的书橱有了筋与骨,有了栋与梁,有了灵与魂;至交反复地影响着我的思维与灵魂,使得我的精神天空平添了美丽的云彩与灿烂的阳光!

谈读书的体系性

读研时,教我们化学的是位白发苍苍的老教授,著作等身。他的英语水平是一流的,可谓炉火纯青。我们一直诧异,不曾留过学的他,还曾生活于那个特殊的年代,英语水平怎么如此之高?一次课间,他聊起了阅读,说起了他学习英语的传奇故事。他说,先前,他的英语也是很蹩脚的。下乡改造的那段岁月里,身边没有书,唯有一本《英汉大词典》。他在失落、无聊中,只得翻阅身边那本仅有的词典,日复一日地研读。后来,竟生生地把一本词典翻了个透烂,以至于可以从头到尾熟背,说出词典中的每个单词与例句。那段研读经历,不承想成就了他的未来。

平反后,他的英文水准是超一流的,在那个人才匮乏的年代,简直绝无仅有。凭借这一巨大的优势,他自如地阅读了大量的外文资料,专业知识和理论水平一日千里,视野开阔、超前,成果也在悄无声息中一个个诞生。他说,正是那个年代的英文研读,弥补了他知识体系的短板,使他的基础知识大厦严谨构建,让他受益无穷。最后,他语重心长地说,研读对一个人的成长是至关重要的,尤其是在研读中构建基本知识体系。多年以后的今天,教授的话言犹在耳,时时敲击着我的心灵,让我不能忘却。

那翻烂词典的故事,常让我震撼,同时,也影响了我的阅读——研读、构建基本知识体系。现在思来,这确实是互为基础的两个东西。体系是有功能的,知识体系亦然。通过阅读,在大脑中构建这个时代的基本知识体系,会使人们在不惑中自如地适应环境。对于当代人,阅读无非是三种取向——消遣怡情,提升素养,抑或适应竞争。第一种纯粹是为了找乐子,打发闲暇时光,无可置喙。后两种则目的明确,其中体系的构建似乎非常必要。

多年来,我在潜移默化中已养成了一个习惯,即每每时序更替的日子,必审视自己的读物,盘点计划。所谓计划,也就是按照自己的主观意愿和体系原则,遴选必须研读的书目,泛读则不在其列。书目不算多,但是是按照构建知识体系的原则确定的。很多都是故书,读了几遍,但感觉仍有未知的地方,仍有熟稔于心的必要。我追求的正是"故书不厌百回读,熟读深思子自知"的境界。既然是"故书",必定是语言优美、思想深刻,并且符合自己的口味,愈读愈醇,愈难舍。否则,也不可能走进"故"的行列。譬如,体系中科普类的《物种起源》《相对论》以及《科技哲学》等,是百读不弃的,哲学类的《西方哲学史话》《中国哲学史》等,应在反复阅读中细嚼慢咽……不求多,但"岁月既积,卷帙自富"。

吴晗曾说:要读好书,必须先打好基础,读好了基础书,才能在这基础上作个别问题的研究,基本要求广,钻研则要求深,广和深也是统一的,只有广了才能深,也只有深了才要求广。吴晗所说的"广",其实就是一个人的知识体系,知识体系会帮助一个人去"深"。信息社会的今天,人们常常大谈"秒读"与"知识爆炸",大谈"博"与"快"。于是,在眼花缭乱、气喘吁吁中,跟跑着去追五花八门的新书,读一本,丢一本,丢一本,再读一本……到了最后,连自己也不知汲取了什么。记得爱默生曾给自己的阅读定了三个"不读"原则,即不读问世不到一年的书,不读没有名气的书,不读自己不喜欢的书。三个"不读",给出了阅读的价值取向,也使自己不在跟风中浪费时光。

博览群书是必要的,但该有"博"的原则取向,有"群"的价值导入。翻烂词典,韦编三绝,那是一种研读的操守,更是以一种"苏世独立,横而不流"的精神在构建着自我的人生体系。

书房变迁曲

20世纪末,我大学毕业,挥别三湘四水,只身一人背着三千元的债务,进入马鞍山市。那个夜晚,酷热难耐,四人一间的单身宿舍,狭小燥热。蚊虫与高温的侵扰,让我无法入眠。在以书为扇、拿书作枕的不眠之夜,想起一个"大问题"——千里迢迢伴我而来的大量图书,似乎没有安身之地。放床底?不妥——潮湿,取拿不便,似乎还亵渎书籍。放床上?人又栖身何处?正当一筹莫展之时,忽然计上心头:何不置些木板,垒于床头?翌日一试,确实是个好主意。在随后三年的单身日子里,我床头那堵墙,竟成为一道奇特的书墙景观。

一个绿染枝头的季节,我告别一人吃饱全家饱的日子,走向一个家。所谓的家,很小,一间16平方米的房子而已。这种境况,书的安置又成了问题。几经折腾,只得用圆钢焊接一个大书架,置于墙角。不久,女儿出生,房子就显得更加拥挤不堪了。

一直忘不了那个让我心酸的日子。那段时间,妻带着女儿回娘家小住。我下班回家,刚一进屋,两只老鼠与我照面而过,逃之夭夭。书柜帘子晃晃悠悠。我急急奔向书柜,掀开帘子,一股异味扑鼻而来。检查书籍,竟有惊人一幕:里排的书籍,碎片成堆;软软的细纸堆里正躺着三只刚刚出生的幼鼠——闭目、抱腕,憨态可掬,好一个"温馨"之所!我傻眼了,不知所措。盛怒之下,也不能把鼠辈怎样,只得一本本清点书籍,采取补救措施。但那时,我突然萌生出一个强烈的愿望——要有一套属于自己的房子该有多好呀!不奢求多大,两居室即可,关键是要有一个书房,让我上千册的书能有容身之所。试想,在一个书籍环绕的房子里,坐下来,静静地品茗,悠闲地阅读,没有鼠辈的干扰,没有外界的喧嚣,那该是怎样一个幸福时光!

只是,彼时那样想,我自知不自量力。我来自穷乡僻壤,参加工作没几年,刚刚还完学生时代的债。福利分房没份儿,买房更没戏,每月仅有的千元收入,抛去日常开销、养家糊口,已所剩无几。

在那样的日子里,我常常在昏暗的书柜前发呆,在孩子的哭闹声中烦意乱,不知道还要与鼠辈为邻多长时间,感觉到无生气的日子没有尽头……

世纪之交,新千年第一缕曙光普照江东大地时,马钢推行住房改革。

货币化分房政策全面铺开,公司政策的天平向青年技术人员倾斜。作为照顾对象,我居然分到一套三居室的新房。幸福来得太突然!幸福的泪花瞬间在眼前绽放。只是,欣喜之情只维持了几个小时,就迅速褪去。醒醒吧,货币化分房虽然房价只有市场上一半,但即便如此,整个房子也需二十余万元!那可是二十余万!之于彼时的我,不亚于天文数字。

经过几天的冷静思考和咨询,我终于找到了一个理直气壮的解决途径——住房公积金贷款!我可以一次性贷款十余万。算了算,利率不仅大大低于商贷,每月公积金可以直接还贷,生活没什么压力。这是何等地好!

装潢新房时,我的第一要求,就是在书房内整一个超级大书橱。我将书橱设计在一面长长宽宽的墙上,从天花板到地板,从前墙到后壁,统统变成了可以放书的空间。那面墙,至今看来,仍让我得意万分。

那些书,平安地栖身于书橱之中,宁静、安详、优雅,宛如一位位贵夫人。我常常沉迷其中,静静地与她们对坐,书看着我,我看着书,浑然一体,在心满意足中从容厮守,共辟一个个乐境。

这种幸福时光一晃就是十余载。我读了很多书,写了不少文字,工作也取得一定成绩,提了干,加了薪,经济逐渐变得优裕。

当时光进入新时代,回望公积金改变生活的足迹,我盘算了一下当下的房价、公积金贷款利率以及当下的生活,毅然决定再次享受公积金带来的幸福——第二次公积金贷款,更换面积更大、环境更舒适的房子。

在公积金贷款的支撑下,我在城南顺利订购了一套四居室花园洋房,梯落院房,现代元素与中式元素相辉映。这一刻,我正在规划未来,正在设计更加美好的居住环境。首当其冲,当然就是要实现书房智能化,把传统与现代、电子与纸质、中式与西式充分融合,形成独特的风格,营造越发催人向上的高雅环境,以在持续奋斗中创造更加美好的明天!

烟雨桃核山
YANYU TAOHESHAN

桥

一

二烧结厂早已不存在了,但二烧桥仍然在。

这段日子,每每经过桥头,总要逗留一下,看看河里的水、两岸的景,或碰碰运气,看看能不能见到熟悉的工友,赚一点意外的惊喜。只是,大多时候是喜忧参半,桥下的水面日渐清澈照人,梧桐雅苑的倒影越发俊俏靓丽,工友,却是一个也看不到了。

这里,已然寂静一片。蔚蓝的天空下,只有鸟儿在树上放歌,参天大树在风中摇曳。

轰鸣五十年之久的烧结机,戛然停止于一个普通的日子——2018年4月25日。倒完最后一个台面的烧结矿,烧结机完成了它的历史使命,工友们也拍拍身上的灰尘,完成了他们的操作使命。那个时刻,他们知道,这是在画一个永久的句号,在国家去产能刚性政策下,这里的落后工序正永久退出生产序列,他们也即将奔赴新的岗位。那天,工友们全都来了,黑压压一片,他们站在烧结机旁、冷盘边、配料室外、水封前,一个个表情严肃,神情怅然,合影,凝望,流泪,相拥,不一而足。他们明白,大家一起奋战的日日夜夜,将随着今天的"句号",步入历史的尘封,只留下无尽的回望和恋恋不舍……

"你站在桥上看风景,看风景的人在楼上看你。"二烧桥,已记不清走过多少次了,记得在桥上看到过很多风景,看到老区和着时代的节拍渐行渐远的身影。

二十年前,我走出象牙塔,背上行囊,跨越三湘四水,奔赴二烧结厂,开启人生的工作之旅。我在雨山河边一片棚户区里迷失了方向,沿着九曲回肠的小径兜圈。几经周折,终于走出"村子",见到了厂区。我第一眼见到的便是二烧桥,登上桥头,很快就找到了厂部大楼。

二烧桥横跨雨山河,架接厂部机关与生产区,是为主道。举目望去,桥下水流不惊,杂草丛生,浊暗的水面上热气升腾,氤氲一片。火热的生产,便在这种环境中开展。老师傅们说,早先,这河里是可以游泳的,不少人来这里戏水、垂钓,水草丰美,鱼欢鸟鸣,在桥上看到的尽是风景。烧结机投产后不久,水质就在渐变中驱赶着植被和鱼鸟,变成今天的样子。

彼时,三台烧结机同时为两个铁厂高炉供料,在公司是个十足的烧结大户。烧结技改从来没有歇脚,产量逐年攀升,质量和能耗在同行业处于领先水平。我们几个年轻技术员全程参与技术改造,不久,在厂领导的支持下,创新成果新鲜出炉,原创性"系统优化烧结技术"通过省级鉴定,在省部级技术进步评选中获奖。我们犹如抽穗的麦苗,不断灌浆成长;我们一直畅想着未来,不曾想过我们的工艺装备会有平台的等级风险,会有技术的成长瓶颈,会有高质量发展标准的切割与淘汰。

江南三月,草长莺飞。2004年的那个春天,我们正在为生产上的事火急火燎地准备去现场,经过二烧桥时,却骤然听到整合的消息。老区铁烧一体化序幕已然拉开,代之以"一铁总厂"。至此,"二烧"的名号不复存在,但"二烧桥"的名字,依然留在桥廊上。

"二烧桥"三个字,不漫漶,不掉色,承载起很多工友的记忆。

二

从二烧桥上远眺,沿着水流的方向,隐隐约约可以看见另一座桥,这便是一铁桥了。

犹记得,那些年,每每上完小夜班,总要和工友们去吃夜宵。吃夜宵最好的去处,便是一铁桥桥头了。这里成排的梧桐树遮天蔽日,树下一家家小吃店灯火通明,人气极旺,店家给足了周到的服务。几碟炒菜、几瓶啤酒,伴着工友们的海侃和划拳声,夜班的辛劳往往一扫而光。一铁桥桥头的早点是出了名的,发端于此,有些早点店开了不少连锁店,在钢城创出响当当的品牌。来吃夜宵和早点的,往往都是厂区的职工,他们下夜班,跨过幸福路1号门,穿过一铁桥,就很方便地来这里享用。

一铁桥连着厂区和幸福路,那是毛主席曾经走过的路桥。"马钢从这里诞生,城市从这里崛起。"伟人的两次视察,指明了这片土地的发展方向,赋予了厂子发展的动力,架起一座通向未来的希望高架桥。接着,便是"红旗高炉""江南一枝花"圈粉无数,八方来客竞相踏着一铁桥,来桃核山脚下取经。彼时,高炉群是"先进"的代名词。

又是一个春暖花开的日子。2016年的那个四月天,在改革发展和薪火相传的因子激荡下,公司最"年轻"的高炉和最"年长"的高炉握手言欢,互诉衷肠,合为一体,新的"二铁总厂"闪亮登场。

"新"与"老",在高质量发展的时代潮流中,演绎着"进"与"退"的时代命题,开启了特别的传承对话。踏着火种传递仪式的节拍,一座精神血脉的桥梁正在架设。

当火种从9号炉铁水沟中引出,点亮火种灯时,我分明看到它点燃的不仅仅是火焰,更是一种精神,一种内蕴着马钢"奔腾不止、共享无限"的精神,一种与时俱进、走向高质量发展的时代精神。党员工友们在毛主席像前重温入党誓词,庄重的气氛在9号炉上空弥漫。参加火炬传递的工友们,步履铿锵,老中青三代用双脚一步步丈量薪火相传的历程——发端于9号炉,行进于4号炉、3号炉、2号炉……

这一路,并不遥远,却很漫长。

这种薪火,已经燃烧了60个春秋——一个甲子。

三

2018年4月23日,是个特别的日子。

那个上午,天空低垂,风急雨斜。仪式列队中,一片寂静。工友们全都自觉地收起雨具,任凭雨水打湿面容,淋潮工装。

当公司领导宣布"因国家淘汰落后钢铁产能,9号高炉正式退出生产序列"时,掌声淹没于风雨当中,鞭炮低鸣于天籁之中,随着最后一炉铁水放完,一个历史性时刻,就此定格在了马钢的年轮上。

六十年的时光,已融入了历史的长河。

"一铁"不再,一铁桥桥头的夜宵场景也不再,但一铁桥仍然伫立在风中,它在传承马钢基因信息的同时,也承载着一种文化的风骨,让"艰苦创业、求实创新"的精神源流奔腾不息。

烟雨桃核山

这个春天,喜欢临窗而立,在办公桌前看远处的山,观脚下的河,仰望苍茫的天空。

春风和煦,万物复苏。鸟儿在空中飞翔,掠过山山水水,尽情放歌,似在蓝天白云下诉说"山有故事水有魂"。远方天宇下,山绿天蓝,桃核山默然伫立,与9号炉呼应,一幅写意在天地间铺陈。鸟儿似曾相识,大约还是去年那些吧。它们没有搬家。

分流,回归,冥冥中转了个圈,重新踏进这片热土。搬回那天,打开随机配置的办公橱柜,里面静静地躺着两份报纸,上面居然有自己的旧作《春天里》。那一刻,心灵震撼,不由得生出"我见青山多妩媚,料青山见我应如是"的豪迈。远去,回归,似乎是人生不可或缺的桥段,时代的声音在这里回响。

亦是春天。一年前,"去产能"的潮流在这片山水间涌动。与共和国差不多同龄的工序,一个个戛然而止,步入尘封的历史。犹记得,那个日子,细雨霏霏,桃核山上空烟雾迷蒙,春寒低吟,工友们驻足于毛主席像前,默然不语,任凭雨水打湿工装,久久不愿离开——9号炉,完成它一甲子的历史使命,慢慢熄灭炉火,无声伫立于桃核山脚下。那一刻,朝夕相处数十载的工友们,即将换下工装,奔赴新的征程。

那段日子,我常常独自流连于楼前小河畔,站在桥上看天宇下的寂寥与苍茫,怔怔地发呆。鸟儿不应景地欢歌,树儿不合拍地挺拔。我仰望远方,桃核山静静地立在那儿,以独特的姿态怀抱着退了休的四座高炉,沧桑而邈远。我想,桃核山定是在感叹历史的风云变幻。六十年前,它怀抱着高炉群,开时代之先,走在新中国的前列。那一年,伟人踏上桃核山,登上9号炉,从此,江东人筚路蓝缕,艰苦创业,夙兴夜寐,踔厉风发,江东大地面貌焕然一新。伟人伟岸的身影,定格了马钢的原动力,这座城市从此就有了原点。这个原点,来自幸福路1号,来自高炉9号,来自桃核山托起的精神底蕴。"艰苦创业,求实创新",化育出很多个"红旗炉",孕育出企业的时代秉性,那是先进的代名词。发源于兹,铁水奔腾,量数升级,现代高炉群散布在江东大地,托起马钢发展的风向标。

眼界高处无物碍,心源开时有波清。桃核山下的人们,仍在这片山水间耕耘,面对落后与生存,用尽最后的"乳汁",孕育属于马钢人的荣光。优胜劣汰,自然的法则,时代的准则,不可抗拒。当高质量发展的号角在中华大地吹响时,桃核山下的高炉群艰苦涅槃。他们,抖一抖身上的荣誉之荷,卸一卸肩上的优越之重,毅然地,决绝地,让位于供给侧结构调整。他们走了,走得干净利落。他们挥一挥手,井然有序、恋恋不舍地各奔东西。那段日子,看着一座座高炉在桃核山下轰然倒塌,夷为平地,一种悲壮的情感在我心房回旋,只是感觉,这悲壮中分明蕴含着重生的华彩。人文化成,精神不灭!9号炉,幸运地被永久保存下来,丰姿依旧,依然挺立在桃核山脚下,成为一座丰碑!这是源头活水的蓄积,这是不忘初心的宣言,这是指引精神的灯塔!作为工业遗址,它承载了马钢人太多的情怀,"根""魂"俱备,源远流长!

春风又绿桃核山。山上,树木葱翠,花草茂盛。伫立于兹,我分明看到9号炉的火焰仍在燃烧,灿烂于现代化高炉的炉膛。它积聚合力,筑牢炼铁基石,光芒四射,越发耀眼;它与马鞍山凝睇,与雨山河潺潺,与"老市里"对话!

回望历史的风尘——你看,或者不看它,它都在那儿!桃核山氤氲一片,见证了共和国七十周年岁月的河,幻化成一座精神上的珠穆朗玛!

找　　寻

　　香港回归的日子,我挥一挥手,作别了三湘四水,带着岳麓山上的梦想,"御风"而行,踏上了江东这片热土——这儿有"马",有"钢",有山,有水,有奔腾不息的浩浩长江。这片热土,于我,是一见钟情式的爱恋。那年,带着火热的情怀,我上过马鞍山,登过翠螺山,我在山之巅,长拜着滔滔长江,静静地,肃穆地。我将未来设想得平淡而雄健,宛如一江春水,向前,在平平淡淡、千回百折中向前……

　　当我第一次全副武装伫立于火热的机器旁,看着物料由浑黄变成青亮时,我有点兴奋,书本上的东西终于在这里物化成了动态的世界。我静观着台车悠然自得地款款前行,在内心深处,不自觉地梳理起其内在的物化蜕变过程。我在想,这种过程,其实就是凤凰涅槃的一种演绎,就是一种大曲折、大磨难、大气概、大历练后的升华,但凡美好的东西,都不是无缘无故产生的,但凡气势磅礴的结晶,都不是信手拈来的,这犹如人生之路、技术之路、发展之路,均臆想不得,臆断不得。

　　在工作中,我的角色在转换,我的思维在流转,我于夜阑人静时陪伴过机器,我于设备故障时"灰黑"过头脸,我于演算中叹过、喜过、愠过……这种历练,使我对所在工序在感官上有了敏感,在思维上有了统筹,在认识上有了演进。日子一天天地过着,一切似乎波澜不惊,平淡而平常,没有"挑战"的困惑。但这种日复一日机械式的生产和生活,在我的灵魂深处烙出了一个困惑,这便是"经验的普遍性",这似乎使一切理论退后,很多现实行为不是基于原理,而是源于"经验"。成熟的工艺青睐"经验",于是我的思维就止步于"历史"的轨迹上。

　　在"经验"的观望中,我走进了书本,寻找着经验的"孪兄"——理论。这一找,我犹如进了大观园,惊叹园中风景之多。所谓的经验,都逃不了理论的网罗,站在理论的角度,我惊呼,先前在象牙塔里模糊的理论认识,这一刻,竟是如此清澈透明,让人豁然开朗。这一惊觉,使我此后的行为有了改变,这便是用理论来考量经验,用经验来观照书本,理论与实践在碰撞中拓展了我的视野和思路。这种认识,使我有了"作文"的欲望,于是不久,我便有了第一篇论文的出炉,紧接着是发表,然后又有了第二篇、第三篇……不期然已陆陆续续发出了二十余篇。这些篇章,使我将思维规范在了理论的轨迹上,使我将认知释放在了实践的骨子里。我的一腔热情尽皆融于无声的、实践了的文字中,这让我常常不热闹地静凝着"人世"与当下。

十五年,一个读书人回归江东;十五年,我的灵魂深处早已将这片热土看成了家乡。走出象牙塔,回望着一串串的足迹,我没有离开过这片田野,在这片田野上,我收获几何……很多东西,借助于文字,似乎是无以表述的,因为它蛰伏在思想的潜流深处,攸关找寻,攸关生命的纹理。

再过十五年,未了的情结是否可以作个了结?未耕的沃野是否已然收获?无论如何,一江春水总是向东流着,奔流不息,永不停滞,没有终了……

最难的永远不是技术

凉风飒飒,黄叶竞飘,深秋的空气中溢满了轮回的气息。

工厂里的机器在轰鸣。机器烙下了光阴,却泯灭了季节的印记。这一刻,身在工厂,倾听流水线上产品的笑声与哭声,感知到一组组情绪的音符在流淌,那是文化的诉说,诉说着喜或忧。

很喜欢有文化的工厂。地球那边,莱茵河畔,也有一个"橘子洲头",那上面,矗立着同样历史悠久的一座工厂——巴登钢厂。只是,那碧波荡漾的河水,蓝天绿草的渚洲,效用惊世的奇迹,让它以时代弄潮儿的身份,折服了很多一流装备的厂子。以"小米加步枪"的装备,在信息时代里,创造出独特工艺和管理体系,让文化汩汩输出。这本身就是一个"形而上"的传奇吧。

世人观巴登钢厂,常常感叹它的很多字眼——现场、多能、环保、扁平、活力、细节、协作、平等、微笑……另外,还有高薪,还有"以人为本的激励机制、标准化的作业管理、实用技术的持续改进"吧。暗暗思忖,这些字眼,对于我们并不陌生,有些常常是挂在嘴上,只是,有所不同的是,巴登人所说的与所干的,基本上没有偏差,他们让"平常"回归了"常识",见素抱朴,穷极工巧——其实,这就是真正的"知行合一"吧。

世界是平的。五百年前,王阳明龙场悟道,抽剥出"知行合一"。20世纪,王阳明的思想离开本土,悄然出国,东学西渐,并且落地生根了。回眸看去,自发地将阳明学说演绎得风生水起的,无疑是巴登人了。而与之交相辉映,在自觉状态中将阳明思想表达得最有气象的,可能要数稻盛和夫了。稻盛和夫之于阳明,是有标杆意义的。自读懂阳明之日起,稻盛和夫就不再局促地醉心于陶瓷技术本身的攻城略地了。他知道,技术是"术",那只在一时,他更需要的,应当是阳明之"道"吧。于是,稻氏投向"无为",在"无为"中构建起一种冲和自然的京瓷道场,让"阿米巴组织"孕育出一个个匠魂充盈的群体。这些群体,让企业的生命无限拉长。

关于"术道",厉以宁先生有个管理层次说。工厂里,基层的人应当笃信"人之初,性本恶",要按照先秦时期法家的思想去办事,一切唯制度马首是瞻,中规中矩,抓铁有痕,分毫不走样;中层则应当胸怀"人之初,性本善"的律条,要有儒家的风范,宅心仁厚,以身作则,着力于感化、启发与教育;高层则应"无为清静",要有道家的境界,事事遵循客观规律,做到形式上"无为",本质上"有为",广施恩泽,让自己的组织万马奔腾。

这便是文化吧。之于企业,文化可以导入道德调节,可以回归"术道"本位,可以让效率成倍提高。效率化成于技术,更化成于道德。技术可以产生常规的效率,道德则可能产生超常规的效率。

巴登人成功秘籍的箩筐里,其实没有让人惊羡的技术,亦没有领先的装备,那里面,其实是文化,是知行合一,是管理的层次化,是"术道"有专攻。

常常想,很多时候,最难的,可能永远不是技术,而是技术背后那软软的、暖暖的一类东西。这类东西,就是帝王推行休养生息后田里自然会长出庄稼的那个软动力,就是"技术不是问题,问题是技术后面的那个支点,那个人文化成的氛围"。柯达公司就曾因为此,怀抱着1000多项核心专利技术,悲壮地走向破产。那是一种文化的悲哀!

秋日静好,这是一个收获的季节。世人收获果实,更要探骊得珠,收获果源——天行有常,不为尧存,不为桀亡。

别了，圆通大师

读寓言故事《差不多先生》，大家都会被胡适那夸张、幽默又不失经典的文字所吸引，凡事"差不多"衍生出的白糖就是红糖、山西就是陕西，甚至活人就是死人的结论，不乏荒谬可笑。最让人喷饭的其实是差不多先生不治身亡后居然得了个"圆通大师"的法号，因不少人敬其"样样事情看得破""不肯认真，不肯算账，不肯计较""真是一位有德行的人"，是个榜样。

这篇文章历百年之久仍在传诵，可见其生命力之强，它的警喻着实意义深远。一个差不多先生并不可怕，可怕的是有无数个这样的先生，并造出个"圆通大师"，将"圆通"奉为圭臬，成为很多人的为人处世法则，传承不息。是故，"圆通大师"这面旗帜一日不除，"差不多先生"就一日有市场！

作为一个秉持"文明生产、精益制造、创新超越"精神的现代化企业集团，马钢正迈入新时代，踏上新征程，阔步行走在高质量发展之路上。在这一关键时刻，马钢人摒弃"差不多"思维，将"圆通大师"赶下神坛，与其诀别，何其重要乃尔！

诀别"圆通大师"，首先要化认真为马钢人的"元气"，凡事精研覃思，扶犁深耕。毛主席说，世界上怕就怕"认真"二字，共产党人最讲认真。马钢历来就不乏认真的人，也正是在很多认真人的合力奋斗下，才滚动发展，创造出今天的辉煌。但马钢也不乏"差不多先生"，产品质量不稳定、成本指标不先进、精益管理不到位、创新创造不强势……很多粗放现象，暴露出不认真者大有人在。推进精益运营，进军品牌一百强，把工作做到极致，打造精益文化……这一系列决策部署和理念导向，宣告了马钢"认真时代"的来临，认真正成为一种气质规范着马钢人的行为。

诀别"圆通大师"，还要化创新为马钢人的"中气"，凡事革故鼎新，敢于计较。习近平总书记说,创新是第一动力,创新才能驱动新旧动能转换。没有创新,就没有"中气",就会如"差不多先生",凡事不求突破,只讲"圆通",了无进步。马钢的母体中不乏创新的基因,创新给钢铁第一股带来诸多红利,但百舸争流,时不我待,放眼世界,各路大鳄都站在"云端"上进行着创新对决。必须提升创新竞争力,必须打造竞争文化,必须革掉那些"圆通"的人与事,算算账,较较真儿……这些,已是箭在弦上,公司职工代表大会描绘了射向"圆通大师"的变革之箭。当下,关键在执行,更在担当。

　　诀别"圆通大师",更要化年轻为马钢人的"真气",凡事坚守梦想,朝气蓬勃。七十年前,美国人塞缪尔·厄尔曼写过一篇题为《年轻》的文章,把"年轻"从肉体中剥离出来,指出"年轻"是心灵的一种状态,是理性思维中的创造潜力,是超越羞涩、怯懦和欲望的胆识与气质。胡适没有提及笔下"差不多先生"的年龄,但观其行事风格,可以断定是个了无生气、暮气沉沉的"老人",凡事提不起精神,更遑论干事创业、坚守理想、创新创造。已至耳顺之年的马钢,不算年轻,但我们奔向伟大梦想、实现远大目标的序幕已然拉开,活力在"奔腾不息、共享无限"的品牌打造中奔涌。作为马钢人,当下我们最应该做的,就是坚守信念,永葆青春的激情,超越生理上的"叹息",不驰于空想,不骛于虚声,激昂奋斗,力拔头筹,博取我们的美好幸福!

烟囱不冒烟了

每每回眸,看那两根不冒烟的烟囱耸立云天,风清气朗,不再发挥原本的功用,就禁不住感慨万千,生出很多复杂的心绪来。

曾几何时,看那烟囱,总会心生豪情。百余米的红砖顶端,冒着股股浓烟,在苍穹间飘荡,雄伟壮观。经验丰富的烧结人,常常根据烟气的颜色变化,来判断烧结过程的优劣,调整生产操作。那一年,走出象牙塔,步入工厂,在厂调实习。老厂长常常从办公室踱着方步走过来,告诉我们烧结机水分偏大了或偏小了,要调整。我们颇觉诧异。电话确认后,果真如此。每每此时,老厂长就会指指烟囱,语重心长地叮嘱我们要多看看烟气,提高指挥判断力。我们心悦诚服。

原来,烟囱里面飘出的不仅是烟气,还有工艺变化风向标。烟囱冒烟,那么重要,那么自然,那么天经地义。烟囱设计出来,就是冒烟的;烟囱忠实地履行着它的职责,已过半个世纪了。

作为专业人士,我早已习惯了烟囱冒烟的事实,习惯了烧结机上空灰尘迷茫的景象,并且视其为一道亮丽的风景线——那是生产,是技术,是必然。我知道,烟囱很高,高有高的道理。烟囱的高度里面包含"工艺负压"的要求,那是技术参数。我更知道,烟囱高度里面也设有将烟气污染送向远方的隐含义,这是环保的"处理"。专业教科书里的"原理",是无不妥的。

时代的风云,开始向某种存在宣战。不时有人指责烟囱冒烟的"行径"。

当"绿色发展"的理念在中华大地生根发芽,成为一种时代呼唤时,我看到了一片"绿色"的云霞,开始在马钢的上空飘荡,并且愈来愈浓,愈来愈急。那时,钢铁寒冬的淫威仍在大江南北横行,家园生存保卫战的号角还在每个马钢人的耳畔响彻。

"史上最严"环保风暴,劲吹于我们可爱的家园上空。必须让冒了半个世纪的烟囱不再冒烟！必须让烟气变成清洁气体，"低调"排放！一个斥巨资型的环保工程拉开帷幕。这里面，有马钢人壮士断腕的决心与气魄，更有战略层面的眼光与决断！

我深觉，将烟气净化与烧结工艺对接起来，这是一个时代的命题，更是一个可持续的工业改造！尽管，这样做，我们并不是首发者。

那是冬天，一个晴朗的午后，作为改造参与者，点动切断阀后，我的目光就一刻没有离开过烟囱——烟气愈来愈小，颜色越来越淡，气势越发弱小，直至某个时刻，"气息"就突地消失了！

那一刻，我呆呆地站在工地上，看着烟囱，看着那一直冒烟的烟囱不再冒烟了，心底犹如一碗五味杂陈的炸酱面，说不上味儿。

我惊觉——我所见证的时刻，对于老工序，可能是在改写某种可持续的历史，那里面诉说着时代的变迁！我的内心深处充满了怀念，更充盈着无限憧憬。我只是在震撼中冥冥感觉，相对于机器轰鸣的生产，这一刻，对于烧结人，可能更具有某种意义！

那天的暖阳，闲适、慵懒；那天的天空，蔚蓝、澄澈。世界似乎一下子变得寂静而安宁，花儿更艳，树儿更绿，鸟儿更欢……

从此，烟囱不再冒烟了。行走在老区，时刻可见两根高耸入云的建筑直指苍穹，似与马鞍山的青峰相约，一同诉说着某种历史的印迹！

三 遇 小 孟

暴雨如注,已连续下了几天,仍不见停止的迹象。

工地上繁忙异常,人们见缝插针,正在与天气抢工期赶进度。作为公司一字号工程——2号炉大修,不仅任务重,而且工期紧,早完工公司就可以早收益。自从董事长再发动员令后,如火如荼的大修持续进行着。

晚餐,几十份盒饭,送到大修指挥部。我们正欲出门,一个年轻的身影映入眼帘,他正艰难地从雨中冲进屋内,挽着裤脚,浑身上下差不多全都湿透了。仔细辨认,原来是小孟,总厂设备管理室一位年轻工程师,不过三十岁,负责大修工程动力系统相关项目。

"咋到这个时候还来大修现场?"我问。

"天气太坏,球团生产系统出了点问题,刚去处理完,这边的几件事还没安排好,就过来了。"小孟摘下安全帽,抖了抖身上的水,憨憨一笑,轻松作答。

转身,他进了里屋,开始技术交底。看着他忙碌的身影,我不由得想起两小时前,我们曾在党员活动室照过面,作为党小组长的他,正在那里召开"讲政治、重规矩、做表率"党小组会,一丝不苟,神情专注,谈吐有物。听了一下党小组会内容,我便离开活动室,去了现场。

在返回办公室的路上,禁不住想,这个小孟呀,可真够忙的,既要负责分管的设备管理工作,还要参与大修建设,更值得佩服的是,党小组活动也开展得井井有条、有声有色,把"融入、嵌入"做得恰到好处。

雨仍在下着。已是下班时间过了半个小时。

没开车,想等风雨小一点再走,于是便处理起手头上的事。

一晃,已是十八点整,天开始昏暗下来。

走出办公室,准备下班。

到二楼楼梯口时,借着昏黄的光线,发现有人在拖地,很有节奏的姿势,很投入、很起劲。谁呀？这个时候还在打扫卫生,可真够敬业。

带着疑惑,走到近前一看,不觉一惊——又是小孟！

我喊他时,他才缓过神。

"忙了一天,这个时候还拖地？"

"轮到我值日呢,明早要去工地,没时间搞卫生,只好提前完成了……"小孟摸了摸脑袋,一脸灿笑。

说完,他又俯身去拖地。

看着他活力焕发的劳动姿态,我忽然生出诸多感动,一种温暖的情愫涌上心头。

在钢铁行业遭遇寒冬的日子里,清扫办公楼的劳务工被全部辞退,办公室人员亲自上阵,轮流清扫公共卫生。小孟,分明已把这里当作自己的家了,家园要美,职责更要担当,一个都不能少！

我在回家的路上禁不住心生感慨,"胸有朝阳、感恩在心"的家园情怀,其实正被无数个小孟这样的马钢人托举起来,更为重要的是,这种托举,托举起了马钢的希望与明天！

橘子洲头感怀

> 怅寥廓,问苍茫大地,谁主沉浮?
>
> ——题记

一

国庆时节,站在橘子洲头,秋雨绵绵,秋风飒飒。

橘子洲,湘江中的绿色明珠。站在那里,高吟"层林尽染,漫江碧透……",那是心境的自然流露,也是豪情的尽情释放。但是,解读那片天地,哪里就仅仅如此呢?

站在伟人的视角,细看那渚清沙白、水天风情,内心深处充盈的是激荡与遐想。那山,那水,那天,仿佛烙有某种高远的信念的纹理,飘逸、伟岸,让人们在解读中血脉偾张,在沉重中有膜拜、激烈中是虔诚。陡然间,骨子里就倾注了永不懈怠的革命情愫。

这里,山有故事水有魂。愈是细品,愈是能感知出这绿洲的时空中,有一种惊天地、泣鬼神的元素在漫天飞舞,那执着、凛然与大无畏的气概凌空长啸,已然矗立起了一座红色的丰碑,高耸云霄,雄伟壮观!

二

岳麓山上挥斥方遒,湘江流中浪遏飞舟。那是新世界的种子在发芽,那是鹰击长空的理想在抽穗。但是,这种子的成长空间与境遇,竟是此等残酷与苦痛,荆棘丛生,在历史的天宇中回荡长存。

湘水,悠悠北去。站在橘子洲头,凝视着这波澜不惊的水面,我不寒而栗。我似乎看到了1934年的那一幕。那也是个秋风萧瑟的日子,凄雨绵长,日月昏暗。不知从何时起,自上而下的清波就突然不清了,那碧波荡漾的水域啊,竟然殷红一片——"漫江碧透"已不适宜,"漫江红透"正合其境!那片红,是风华正茂的革命者的鲜血——数以万计的革命者为突破那"第四道"反动防线而流的鲜血。那数不清的年轻生命喋血湘江,无数个家庭面临生死诀别。那湘江畔上飘浮的忠魂啊,哪一具是我的亲人……

站在橘子洲头,面对这片水域,不忍透过雄浑的诗篇去探视其不堪回首的历史碎片。倏地,回眸仰视,那是湘水的东向,那片天宇与城楼,湿漉漉一片——

不承想,回首的一刹那,竟又生发出了另一种苍凉的感慨——识字岭啊,识字岭上的风骨!那里,长眠着一位弱女子,为着革命,为着信念,为着夫君的"换了人间",她在行刑的那日,那么大义凛然,在秋气肃杀中视死如归。她不曾想到,五年前,她的夫君独立寒秋,在不远处的橘子洲写下了"问苍茫大地"的篇章,那是豪迈的情怀与乐观的信念;她也不曾想到,那气势恢宏的理想,此刻她正在用生命义无反顾地追寻着。她已顾不上年幼的孩子,顾不上他们此刻乃至今后会流落何方,行乞,受欺,饥寒交迫,或贫病交加?她就那么决绝地去了……

"我失骄杨君失柳,杨柳轻飏直上重霄九。"遐想间,禁不住眼中潮湿一片——那浪漫诗篇的背后,其实满是沉重与苦痛,满是执着信念下的鲜血,满是坚贞不屈下的牺牲!

共和国的旗帜,何以那么红艳?那是因为,她的质地如此,她的纹理如此,永远的!

三

站在橘子洲头,面对着"谁主沉浮"的天问,我感觉,那是大气磅礴中的势不可挡,那是"敢教日月换新天"的坚定信念!

十一年后,站在北国的冰封雪地里,诗人遥相呼应地给出了答案——"数风流人物,还看今朝!"那答案,水到渠成;那答案,果敢坚定!

站在橘子洲头,体味着"万类霜天竞自由",不由得想起"战地黄花分外香""狂飙为我从天落",想起"风展红旗如画""五岭逶迤腾细浪"……从南疆,到北国,其间横亘的是千山万水,是数不尽的艰难险阻,但是,在前仆后继的顽强跋涉中,英雄的劲旅为胜利画上了一个硕大的句号,踏出了一条从无到有的康庄大道!

这条大道上,密集着"橘子洲头"的十余个后续篇章,一样地"指点江山",一样地乐观坚守,一路征程一路歌——那是长征路上的信念宣言,那是秦晋高原中的果敢绝唱!

四

站在橘子洲头,我于那片空旷邈远的圣洁山水中读懂了——

读懂了九十年前的南湖游船何以一如天际升起的朝阳;读懂了共和国的旗帜何以那样红、那样艳;读懂了共产党人的身姿何以那样蓬勃、那样伟岸;读懂了神州大地的明天何以会那样灿烂、那样可持续……

因为,那里已向人们展露了共产党与生俱来的基因——自强不息,奉献,乐观,执着!

桃 核 山

你见,或者不见,她就在那里。

——题记

办公室后面有座山。因形如桃核,故名之曰桃核山。

山不高,无须用"仰止"来表达;地不广,不必以"迤逦"来形容。山间,植被如盖,郁郁葱葱;林间,杂草舒展,野花竞妍。

山之阴,有条小河,自东而西,襟江带湖,一路欢歌而去,由此,山就有了灵动的色彩。抬望眼,不远处,有山峨峨,默然矗立于北侧,形如马鞍,这座城市因山而得名;两山凝睇,勾肩呼应,见证了桃核山的波澜与光辉。

立于桃核山之巅,环顾四野,群山猎猎,水域惊鸿,映衬出了她的宁静与谦和——"不显山,不露水。"古人有云:山不在高,有仙则名;水不在深,有龙则灵!

桃核山在那里,你见,或者不见,她不喜不悲,不增不减,不舍不弃。一如往昔,她在岁月的长河中,续写着峥嵘与苍茫,划拨着江东大地绵延不绝的长风弧线。

"马钢从这里诞生,城市从这里崛起!"这句话,一直在桃核山上空回荡,带着历史深处的雨露与强音,带着现代根底的渊薮与呐喊,力重万钧。

这沉甸甸一语,能承载得起的,在江东大地,也只有桃核山了吧!

岁月如歌。那个荒芜的年代,那个秋天里,江东大地万木萧萧,野草摇枯,共和国的缔造者来了! 共和国的缔造者站到了桃核山上,指点江山!

人力聚合,筚路蓝缕。江东大地的历史,就此翻开了新的一页!

艰难困苦,玉汝于成。桃核山下的钢铁奇迹,由此开创;桃核山下的"大钢",由此,一路如胚胎般快速孕育与分娩。桃核山的怀抱已容不下体格魁梧的"大钢",它们,一个个走出了山的怀抱,走向了世界。

桃核山在凝视,有欣慰,亦有惊羡!桃核山在聚力,终让村落渐变成了都市!

桃核山上的桃核已然发芽、结果,通体散发出了浓郁的醇香!

时光荏苒,岁月如流。蓦然回首,信息时代的今天,桃核山下的"流程"已不再年轻!但是,桃核山下的"母性钢铁",仍以不朽的体格,创造着不平凡的"乳汁"与效用!

白云苍狗,风云变幻。钢铁行业的隆冬来了,打破了江东大地的那份安宁。但是,六十余载的沧桑与栉风沐雨,已铸就了桃核山人披荆斩棘的那份坚强、坚忍。面对着新的"家庭"难题,桃核山人壮心不已,以他们特有的合力、经验、文化与奉献精神,编织了一幕幕抗击风寒的正能量图景。这里,思想的藩篱正在拆除,求解的大堤正在筑就……桃核山人,以新常态的思维,续写着不老的传奇!

桃核山一如既往,仍萦绕着静气,卑处一隅,像一位不喜炫耀、毫无索求的乡间母亲,只知奉献,不知索取。

桃核山在那里,海拔不高,却能承万钧之荷;沉默寡言,却"桃李不言,下自成蹊";饱经沧桑,却仍以奶牛的奉献精神,续写着曾经的华章!

我想,在精神的天空里,桃核山的高度,无疑是笑傲江东大地的吧!

在皖南宣誓

那一年,我们走进皖南,在那片天宇下宣誓入党。

青山吐绿,松柏凝翠。烈士陵园里,庄严、肃穆。面对着雄伟的纪念碑,二十余个紧握着的拳头,在铿锵的誓言中,显得那么齐整、有力。抑扬高亢的宣誓声回荡在那块英雄的土地上,与英烈忠魂相映照,与飘飘红旗相约定——"对党忠诚,积极工作……"

陵园,七千平方米的建筑面积,映射了七千名烈士的忠魂。六十年前,七千个鲜活的生命,为了一个共同的理想,义无反顾地、壮烈地过早凋谢了,凋谢于这片青山绿水间。生命只有一次,但是,"为人民而死,虽死犹荣"——领袖如是说。

陵园的碑后,是无名烈士墓园。青山有幸埋忠骨。忠骨无名,忠骨又有名。无名是一种写实,一种无奈,一种无私;无名之下,却有着光彩盛名——共产主义战士。那里面,燃烧着常年不熄的火焰,那是先烈们的精神在升华,烛照后世。

循着英雄们的足迹,我们触摸着那里的草草木木,虔诚而充满景仰之情——成千上万个意气风发的志士,视死如归,将坚忍、奉献与信念糅进了生命的最后一息,长留在了皖南的山水之间,永驻在中华天翻地覆的巨变之中!

我们告别陵园时,心存感念与几多激昂。又有几拨人,与我们擦肩而过,陆陆续续走进了陵园。他们……不,同志们,齐整整地列队于纪念碑前,表情严肃、凝重地敬献花圈,举起拳头宣读着一样的誓言,声律铿锵……

我们的车子启动了,那陵园里的誓言声响,渐行渐远渐依稀。那一刻,我的目光开始回视,回视着我们一行二十八人——誓言已发,是不是就此海枯石烂,此心不移?誓言已誓,是不是就此不会懈怠,不会辜负无数英烈冥冥中的殷切目光?……

十八年,弹指一挥间。蓦然回首,时光已将党的生命推到了九十七华诞。

风雨沧桑九十七载。那年的皖南誓言,在我的耳畔又不经意地响起。倏地,忆起了一同宣誓的那拨工友。回眸间,禁不住欣欣然、没有愧色地仰视着母亲——敬爱的党,说,我们无悔——

宣誓的 A 君,多年来,在岗位上为工友们站立成了一棵常青的树。他是班组长,他们组获得荣誉无数。他的妻子,身体残疾,家庭经济捉襟见肘。但是,每一次抗震救灾,每一次友爱捐款,第一个伸出援助之手的,总是他,并且,捐款数额足足是工友们的两倍。宣誓的 B 君,以永不言败的姿态,进取着,创新着,以厂为家,硕果累累。他从一线的一丝不苟起步,慢慢走上了领导岗位,又从一名普通的党员进步成了一名省级优秀党员。宣誓的 C 君,至今仍是一名基层职工,但是,他永远没有怨言,有的只是默默无闻、脚踏实地的工作身影,满满都是正能量,他以标准、完美的劳作姿态践行着曾经的誓言……

这群工友,常让我感动不已,感动他们用朴实大爱的情怀,为企业树立起了一面面鲜红的党旗!

这是一个信息的时代,这是一个多元的社会。这个世界,很多人在迷惘中逡巡……但是,新时期,那拨曾经于皖南大山深处宣誓的工友,如此不惑,如此坚定地在党的怀抱里昂首前行,树牢"四个意识",忠实地随着党和时代的风向标,演绎精彩!

我想,我们都应该常去那片革命的热土,去那里大声诵读党章,让党性大放光彩!

谁与祖国同呼吸

是谁震撼了世界,惊艳了灵魂,润泽了生命?是祖国。

又是谁与祖国同呼吸,共命运?是化笔为枪的文坛巨擘。

看客熙熙,三山重重,黎民声声断,家书难寄碎柔肠。鲁迅,你一出生,仿佛就是为了完成那个呐喊的使命,你没有风花雪月的呻吟,没有被历史的滚滚洪流湮没。你的骨头是硬的,你的笔不是枪炮却胜似枪炮,你与敌人生死搏斗,为中华民族走向觉醒做出了不可磨灭的贡献。也许你不会想到,正是你不朽的战斗檄文和刚正不阿的品格,让你当之无愧地成为中国文化史上不朽的伟人,激励着国人不断前行。

谁与祖国同呼吸,共命运?是大义凛然的科学巨子。

大洋茫茫,关口重重,落日衔海天,故乡疮痍步履疾。钱学森,你本可以在大洋彼岸享受难得的荣华富贵,在异国学府接受西方学界的万人景仰,但胸怀正义的你,深明是非,知道自己的决定关系着共和国的安全。因此,你甘愿舍弃眼前的一切,回到一穷二白的故土,书写生命的华章。当你接受新生共和国的重大使命,踏上漫漫戈壁沙滩时,你个人的命运也彻底改变。你也困难过,悲过,愁过,徘徊过,但一想到新生的祖国从此可以走向平安,不惧怕任何势力的觊觎,你那双时不时被困苦磨砺的双眼又变得明亮果敢。你感动了共和国,也书写了历史。

谁与祖国同呼吸,共命运?是励精图治、奋发有为的无数个可亲可爱的龙的传人。

洛杉矶赛场,许海峰凝神静气,那精彩的一射,射出了国人的扬眉吐气,射出了一代又一代体育健儿的信心,射出了一个民族的铮铮骨气,更射出了"2008北京欢迎您"的伟大盛会。听,是谁从祖国第一颗卫星上发回了"东方红,太阳升"的曲调?又是谁让"天宫二号"成功升天,"神州十一号"即将启航,震撼寰宇?

是谁弹唱了祖国诺贝尔奖突破第一曲,唱响了人文、科技双突破之歌?是莫言、屠呦呦。是谁书写了杂交水稻新辉煌,创造历史,泽被世界,造福人类?是袁隆平。是谁让高铁改写当代人的物理空间概念,让互联网颠覆世人的庸常生活逻辑?是龙的传人……

谁与祖国同呼吸,共命运?江山代有才人出,各领风骚薪火传。

与祖国同呼吸,共命运,是中华民族屹立于世界民族之林的底气与基石。百年中国,战争、天灾、人祸、演变、危机……轮番来袭,可祖国,你终究没有倒下,你依然以既古老又年轻的身姿,在曲折中迈着铿锵的步履,勇敢前行。新中国诞生,你续写着不老的传说,带着五千年的文化基因,以不息为体,以日新为道,让中国声音响彻世界,你让"杭州峰会"传递中国智慧,让国际会议传递中国声音,让中国方案唱响寰球。今天的你,中国梦与核心价值观并存,"调结构"与"一带一路"共振,"五大理念"与"十三五"共生……

我们的热土,天更蓝,水更清,家更美,人更靓,物产更丰赡,繁荣与笑靥不再是奢望。

亲爱的祖国,与你同呼吸、共命运的征程上,同行者已然越来越多,气象已经越来越热烈,不管是你踯躅于曲折复杂的险途中,还是行进在经济腾飞的康庄大道上——因为,血,浓于水,亦热于水。

幸福路 1 号

> 物质不灭，宇宙不灭，唯一能与苍穹比阔的是精神。
>
> ——题记

一

那天去公司智园，感受数字化制造魅力，学习先进经验。细雨绵绵，春寒料峭。跃进桥下的园区，散发着春的气息。植被与建筑，以会说话的造型与创意，释放时代活力。接待我们的是昔日同事，我视为兄长。参观完集控"岛"，穿过大厅，映入眼帘的是毛主席视察马钢所戴柳条帽的经典照片。那一刻，我有了某种感动——将往昔渊源与今日发展浓缩于一个时空，视觉冲击在瞬间激荡，一种熟悉的特有情愫在心间漫延。

临走时，与同事伫立于园口，说些半年前还在一起共事的话，心底有些不舍。这片园，去年的今日，还分布着成片的中转房与旧建筑，这一刻，已没留下一丝印迹，只有很多往事在心间浮动。一位早年工友，正从"岛"内出来，准备下班。那年，他是操作工；这一刻，他还是操作工。只是，这一刻，他在操控大厅里登"岛"，上班再无现场"3D"（Dangerous，Dustg，Difficult）之害，虽华发早生，但精神颇好。算一下年头，已逾十载了。太多的回忆一下子涌现出来。

回首间，马鞍山赫然在目，正在不远方凝视着我们。幸福路从园区前蜿蜒而过。一切却似曾相识，却又有某种颠覆性陌生。我们都已步入天命之年，曾经的岁月渐行渐远，好在幸福路依然故我，标系仍存。这条路，因伟人走过而得名。

我在想，路既在，幸福路1号自然就在。从智园到幸福路1号不过两公里，但从历史来看，起步桃核山，走过幸福路1号，步入智园，几代马钢人足足用了六十三个春秋。

二

半年前我离开工作二十余载的单位。临走那天，想起一位作家朋友多次提及，想来参观9号炉，瞻仰毛主席像，便即刻联系她，说在幸福路1号等她。她匆匆赶来，幸福路1号大门却紧闭。我只好开车绕道去接她。朋友是位编辑，情感丰富，热爱文化。不两天，一篇名为《幸福路1号》的文章就推出，反响颇好，几经转载。细细读来，这是篇以9号炉为背景怀念父亲的美文，钩沉年轻的工厂的发展，回视父辈奋斗的足迹，情真意切。"马钢从这里诞生，城市从这里崛起。"幸福路1号，唤醒了不少马钢人对峥嵘岁月和往事的记忆，共鸣者众。据说，因为文章"千古事"，幸福路1号地标赫然刻在了"9·20"广场。

喜欢站在幸福路1号，静静远观。看那天宇下桃核山默然伫立，天蓝山绿，9号炉犹如一座丰碑，辉映苍穹，在天地间流淌出一幅写意画。常常想，参加工作后，差不多没有离开这片热土。二十余载光阴将这里的山与河、炉与机、人与事，深深嵌入我的灵魂，幻化为一种特有的渊源与内蕴。

那天，蓦然听说，桃核山正在开挖移除，无人机拍下不少照片，着实吓了一跳。我的记忆里，炉与山是一体的，是历史铸就的不朽，那是初心和"原点"。那天，去看山。一派热火朝天的土石搬运场面。山不再伟岸，"宽广"代替了"高拔"，作为工业遗址留下来的9号炉，在一片黄色背景下格外孤独。知道这是战略发展的需要，我把思绪的频道调到回望。

我站在雨山河桥上，观脚下河水静流，感四野凉风习习，沐天空春雨淅沥，一种"念天地之悠悠"的感觉在心房回旋。梧桐树开始抽芽，新绿在枝头摇曳，鸟儿在天空滑翔，留下若即若离的声响。这种轮回，差不多已逾一甲子。

三

幸福路1号是桥头。跨过桥,便是宽阔的幸福路。柏油路面,两边绿树成荫,遮天蔽日。昔日的众多小吃店面已然不在。

记得刚刚入厂时,在工段"三班倒"上班,吃饭常来这里。上夜班,不能离岗,只好"靠山吃山",带着米与菜,上烧结机。晚饭时,淘好米,用铝盒装好,拿着特制铲锹,走上移动的烧结机台面。有经验的师傅,抢抓时机,瞅准火旺、抽风好、刚出点火炉的区域,铲泥块似的迅速下手,铲下方方正正的表层烧结矿。端出来,置于烧结机旁,火面朝上。铝盒摆放于烧结面。不出几分钟,香喷喷的饭气便飘散出来。烧结块烧出的饭,我们称为烧结饭。烧结饭,香软可口,最大的特点是有黄脆的锅巴,嚼起来满口生香。彼时,在烧结机旁一边操作设备,紧盯参数变化,一边就地取材,解决晚餐。工段三十余号工友,往往一个手势、一个暗号,就知道要配合干啥,大家犹如打理一个共同的家,默契、卖力,其乐融融。

烧结饭没有油水,下夜班时,往往很饿。洗完澡,工友们常去吃夜宵。吃夜宵最好的去处,当然是幸福路桥头。梧桐树下,一家家小吃店灯火通明,特色美食比比皆是,人气颇旺。因为常来,店家基本都认识,给足了服务。几碟炒菜,几瓶啤酒,伴着工友们海侃和划拳声,夜班的辛劳往往一扫而光。桥头早点是出了名的。下夜班工友多,撑起火爆的市场。有些小吃发端于此,后来发展成品牌连锁店。

四

2018年4月23日,是个特别的日子。那天,风急雨斜,桃核山下一片寂静。因淘汰落后产能和供给侧结构调整,9号炉正式永久退出生产序列。最后一炉铁水被铸造成纪念碑,一甲子历史,就此定格在马钢的年轮上。那时,工友们自觉收起雨具,任雨水打湿面容,淋潮工装。他们久久流连于9号炉前、雨山河畔。此后,大家被分配到公司各条生产线,奔赴新的工作岗位。

2019年9月19日,是另一个特别的日子。那天起,我们共同拥有一个新身份——中国宝武人。"绿色发展·智慧制造"的大幕,在江东大地拉开;"优特钢长材平台化公司"横空出世,以领时代之先的狂飙开启新的征程。似乎注定这是一片英雄的土地。幸福路1号,又变得热闹起来。桃核山步9号炉后尘,以博大、决绝的献身精神,"粉身碎骨""深谷弥合,高山夷平,歧路化坦途,曲径成通衢"——它挥一挥手,作别江东大地,不留下一寸海拔;它用决然行动,支撑起建成世界伟大企业之梦想!

新故相推,日生不滞。桃核山不再,但精神永存。桃核山的消失,或许,是为了更好地存在!幸福路上,此刻,智园内春色正浓,芳香四溢!

一江春水向东流

> 世界上所有的美，都需要高度专注和漫长时间的淬炼。
>
> ——题记

一

这个秋天，每每清晨上班，总有一种感动。车在山水间穿行，奔驰于广阔的江东大地，纵横廿里，去宝武旗下的马钢长江钢铁公司。路边植被绚烂多彩，美不胜收。远方，湛蓝澄明的天宇下，一片片红黄涂抹出秋野的丰收成熟。鹊儿在前方滑翔，不经意间留下清脆的歌声。

车到刻有"太白"大字的石碑前，往往会压低车速，不再疾驰。这一刻，内心总会生出一种虔诚。这片土地，凝聚了太多的积淀、传承与荣耀。诗仙李白长眠于兹，姑溪河潺潺蜿蜒，采石矶呼应江流，姑山矿激荡风云……马钢长江钢铁公司依山傍江，与自然和谐共生，书写着新时代"两于一人"、绿色发展的传奇。

千古情怀，系于一江。

余秋雨说：采石矶是万里长江的结穴处；长江到此，完成了文化使命，再往前就是商业使命了。每每读到这句话，心房的琴弦总会被拨动，作为中国宝武的一分子，冥冥中，由来已久的渊源闸门会在顷刻间打开，"钢铁荣耀、铸梦百年"的洪流奔涌而出……

二

20世纪末,背着求学的行囊,由宜城溯江而上,经武汉而至岳麓山,开启大学的生涯——学习钢铁冶炼,学习烧结造块。

生产实习时,我们选择去武钢。一入厂区,映入眼帘的便是毛主席挥手的塑像,刹那间,红色基因在心中蔓延。此后一段日子,在学习武钢烧结工艺的同时,我们不断向工人师傅了解武钢技术和发展史。记得现场一位孙师傅,已是两鬓斑白,被问及武钢历史时,眼睛一亮,自豪之情溢于言表,他给我们讲毛主席登上1号炉的情景,滔滔不绝,沉浸于满满的幸福回忆中。1958年9月13日,是武钢人的高光时刻——毛主席亲自见证了第一桶铁水的出炉。彼时,我们感慨不已,不仅感叹武钢的规模之大,更惊呼作为新中国兴建的第一个钢铁基地,红色荣耀何等耀眼,犹如长江之水,波澜壮阔。

心心在一艺,其艺必工;心心在一职,其职必举。

不出一年,到了毕业实习季。彼时,我们再一次顺江而下,由汉江而至黄浦江,去了宝钢。百闻不如一见。尽管我们已有"一流"的心理预期,但置身其中,面对先进的工艺装备、一流的技术指标、如画的厂区环境,还是吃了一惊,感到一种无与伦比的美。那时,每每与现场师傅交流时,发现他们总能对复杂技术和我们的疑惑给出一种精练的解答,轻声细语中,是某种特有文化的气场,让人豁然开朗。

我们寻找宝钢一流的渊薮,钩玄提要。那里面,充满了宝钢人以钢铁报国的初心和使命,印记着改革开放的宏大背景,续写着对标国际一流、站在刀尖上拼刺刀的果敢……

心中有阳光,脚下有力量。由沪上返校,"去宝钢"成为我们所有人的梦想。

三

香港回归的日子,我作别三湘四水,带着岳麓山上的梦想,自武汉坐轮船顺江而下,踏上江东这片热土——这儿有"马",有"钢",有山,有水,有奔腾不息的浩浩长江。这片热土,于我,是一见钟情式的爱恋。当我第一次全副武装伫立于火热的烧结机旁,看着物料由浑黄变得清亮时,我在想,这种过程,其实是一种"凤凰涅槃"的演绎,是一种经历大磨难、大积淀和披沙拣金后的升华。但凡美好的东西,都不是信手拈来的,这犹如企业和技术的发展之路,必然要经过千锤百炼。

一晃,已然二十余载,我的灵魂早已融入这片热土,很多东西已镌刻在思想深处,攸关生命的纹理。

喜欢思考马钢人的那个高光时刻——1958年9月20日。那个秋天里,江东大地万木萧萧,野草枯摇,共和国的领袖来了。毛主席健步登上9号炉,作出指示:"马鞍山条件很好,可以发展成为中型钢铁联合企业。因为发展中型的钢铁联合企业比较快。"

这是毛主席对江东大地的判断。洞悉资源、位置及整个时代情况的领袖,吹响了马钢建设提速的号角。至此,人力聚合,筚路蓝缕,江东大地翻开了新的一页。天道酬勤,力耕不欺。马钢的奇迹,一路绽放,一如胚胎般快速孕育与分娩,创造出很多个"第一",习近平总书记考察中国宝武马钢集团时,给出了大大的赞。

风起云天,潮涌长江。2019年9月19日,注定会载入钢铁史册。这一天,中国宝武与马钢集团签订重组协议,开启一个新时代——优特长材平台化公司、"亿万千百十"的战略,不再是梦想。

四

眼界高处无物碍。身在长江钢铁,复登翠螺山,想起余秋雨《三台阁题记》中一句话:"我需要站在山巅提醒登临者的只有一句话:长江流到这里,已足可证明自己具有世间一流的文化品相。"确实,这是诗意的文化品相,更是钢铁的文明品相。

六十二年前,毛主席顺江而下,考察完武钢,再亲临马钢,似有某种无远弗届的安排——这一路,是中国宝武的钢铁荣耀;这中间,是长江百年的梦想,"拉弓搭箭",成风化人。

志合者，不以山海为远。重钢，自嘉陵江携带着"汉阳铁厂"一百三十年的基因起航，在金泉长流中见大而行远，似曲水流觞，赓续文脉，每到结穴处，便有人化智成诗，汇诗成流。大江东去，汉水、慈湖河、秦淮河、黄浦江……一个个出场，精彩演绎，创造出五彩缤纷的金泉，汇入奔腾不息的大江，浩浩荡荡。

终了，这江流涌入东海，汇出世间一流的品相——中国宝武。全球的视野，宽广的胸怀，聚山纳川，雁行共进。新时代的宝武人，循着"三高两化"的路径，"一中心、多基地"，共建高质量钢铁生态圈，激荡起一江春水，朝着希望的东方奋力奔跑，正成为全球钢铁业引领者！

后　　记

　　香港回归的日子，我大学毕业。不久投身到企业生产一线，倒夜班、抢产量、搞技改、谈管理……火热的烧结熔炉，让我胸中有了一种表达的欲望。

　　那段岁月中，我常常以烧结实践者的身份，寻求创新突破，对照现实工艺与改造，把技术论文写在现场。每每查阅文献，回归理论，并提炼为文本，在专业期刊发表，便欣喜不已。立论、驳论、结论一气呵成，丰富了我机器下的单调生活。

　　岁月不居，时节如流。经过时光的打磨，文字、逻辑与章法在心中渐成语境。只是，常常在查阅专题文献时，发现很多信息与表达温暖而敦厚，散发着幽幽的人文光泽。由是惊觉，术业有专攻，但也要关注一些看似与主流无关的旁逸斜枝，搞理工的，应当读些《论语》与柏拉图，懂点历史与哲学。技术工作要有流程和数据，同时也要有心灵的滋养、精神的观照和文字的滋润，如此，生活才会绚烂多彩，人生之路才会走得更好更远。于是，我开始系统地阅读，让视野行走在精神的高原，让写作成为一种常态。这仅仅是热爱，无关于文学创作与梦想。

　　业余时间，喜欢静坐，栖居于"内心"，让阅读与写作总有一个在路上。书橱里数千册书，差不多承载了我所有的业余时光，宁静而充实。深以为，一个人，没有了阅读，就可能变得孤芳自赏。冰心说得好，"当你孤芳自赏时，天地便小了"。阅读中，思想视野不断拓展，人文元素不断集聚，常会有灵感来袭，让文字涓涓不息。我喜欢随性而写，评当下、观历史、谈感悟，千字而已，一吐胸中之丘壑。深以为，写作不仅仅是写作，写作的背后，其实是思想的历练、心灵的梳理、阅读的喷吐、情感的表达，写作就是一种人生修炼。

后 记

只管耕耘,不问收获。一直只顾埋头,不看风景,不觉间已逾十余载。或许,因为文字的缘故,工作岗位与技术渐行渐远,偏离了早年"以文润理"的"初心"。直到这个春天,江南草长,杂花生树,群莺乱飞,始觉,应该整理一下自己的文字,以不忘初心、继续前进。

翻阅文稿,感慨良多。早期的文本粗浅稚嫩,但令人欣慰的是,数百篇发表过的文字,沿着时间的足迹,清晰勾绘出一条上扬的曲线,似"曲水流觞",时间为"水",文字如"觞",流淌于思想的高地和思考的沃野,于是,便有了《曲水流觞》。这中间,人性的光辉不时闪烁,古韵的跫音不时响起,心灵常常在感悟中清澈透亮。

简单是宇宙的精髓。文字,只有以真实的自然姿态内化为心灵的修炼,伴随生命而流淌,才会散发出真正的价值光芒。

这本集子主要收录了2007年以来在各类报刊发表的大部分文章,计一百三十余篇,分为四个板块,分别为"古韵跫音""人性杂说""书香静气"和"烟雨桃核山"。"古韵跫音"主要收集了散文记事、文化探幽之类的文章;"人性杂说"以随笔感悟和杂谈琐议为主;"书香静气"侧重于读书感想和阅读体悟;"烟雨桃核山"收录了工厂纪事之类的文章。

这里,要特别感谢市作协郭翠华、韦金山主席,《马钢日报》董镜屏、荣健主任,《皖江晚报》吴晓平老师,《益寿文摘》张洁老师等一直以来的指点和支持,在此深表感谢!

文章千古事,得失寸心知。相信那句话:"你的存在,就是我存在的原因。"

癸卯年夏于马鞍山